रक्तबोध: बंगाल की गाथा

सत्य की खोज में एक फिल्ममेकर की जंग

विवेक रंजन अग्निहोत्री

हिंदी संस्करण संपादक: विश्वास तिवारी

ink | OCCAM

ISBN: 978-93-6547-753-5
e-ISBN: 978-93-6547-256-1

First published in India 2025
This edition published 2025

BluOne Ink Pvt. Ltd
A-76, 2nd Floor, Sector 136, Noida
Uttar Pradesh 201301
www.bluone.ink
publisher@bluone.ink

Typeset in Kokila by Manipal Technologies Limited
Printed and bound in India at Thomson Press

ink | OCCAM

रक्तबोध: बंगाल की गाथा

विषय सूची

आभार		vii
आरंभ		ix
प्रस्तावना		xiii
1.	भटके हुए शेर 'बंगाल की गाथा' का जन्म	1
2.	मकड़ी का जाल वो इतिहास जो कभी पढ़ाया नहीं गया	13
3.	हिन्दोस्ताँ हमारा' खिलाफत आंदोलन	29
4.	कोई तो सुनो! मोपला नरसंहार	41
5.	क्या होता है सेक्युलरिज़्म? मोपलाओं का बचाव	51
6	मेरा-तेरा-हमारा गेम बंगाल विभाजन—1905	64
7.	'अमर कब आयेगा?' सीधी कार्रवाई	77
8.	राजेंद्र लाल रॉय चौधरी और उनका रॉशोगोल्ला नोआखाली नरसंहार; 1946	92
9.	"मुझे बन्दूक चाहिये" भारत विभाजन -1947	106
10.	नरसंहारों की कहानियाँ भारत का अर्थ क्या है?	117

11. कुछ नहीं बदला
सीएए: दिल्ली दंगे, 2019-2020 126
12. रक्तबोध:बंगाल की गाथा 139
13. उपसंहार: "हम भारत के लोग" 149

संदर्भ ग्रंथ सूची 163
लेखक के बारे में 169

आभार

यह पुस्तक एकांत में नहीं जन्मी। जब सब कुछ धुंधला-सा था और मैं अनजान पथ पर चल रहा था, तब कुछ और लोग मेरे साथ चले।

विश्वास तिवारी—इनके बिना यह पुस्तक शायद कभी जन्म न लेती। इन्होंने मेरे बिखरे शोध को समेटकर हिंदी में गढ़ना शुरू किया, और यहीं से इस पुस्तक की नींव पड़ी। विश्वास मेरे साहित्यिक हनुमान बने—जब मैंने संजीवनी माँगी, इन्होंने बिना सवाल, बिना देर, पूरा पर्वत मेरे सामने ला रखा।

सौरव वर्मा—मेरे शोध के प्रमुख, जिन्होंने पाँच लंबे वर्षों तक धूल भरे अभिलेखागारों, पीले पड़ चुके दस्तावेजों और डिजिटल भूलभुलैया में बिना शिकायत, एकाग्रचित्त होकर खोज की—1.8 लाख पन्नों की मेहनत से कमाई सच्चाई को समेटा। इन्होंने अस्त-व्यस्त कागजों को स्पष्टता में ढाला। इस स्वार्थी दुनिया में वे निःस्वार्थ भाव से मेरे साथ खड़े रहे—एक सच्चे शैक्षणिक साथी की तरह।

राजू और राजेश—मेरे दिन-रात के सहारे। इनकी वजह से ही मैं अपनी व्यस्त दिनचर्या में इस पुस्तक के लिए कुछ अनमोल पल निकाल सका—बैठने, सोचने और लिखने के लिए।

प्रवीण—इस पुस्तक के प्रकाशक और बिना जताए मुझ पर विश्वास रखने वाले, जिन्होंने मुझे हमेशा मृदुता से पर दृढ़ता से प्रेरित किया—"लिखिए, अवश्य लिखिए, और वही कहिए जो केवल आप ही कह सकते हैं।"

पल्लवी—मेरी जीवन-साथी और वैचारिक संगिनी, जिन्होंने मुझे सिखाया कि सत्य को सशक्त करने के लिए शोर मचाने की जरूरत नहीं। इन्होंने मेरे भीतर की आग को उन शब्दों में पिरोया जो भारत के दिलों को छूते हैं। ये वो शांति हैं जो मेरे अंदर के कोलाहल को उसके उद्देश्य से जोड़ती है।

अंत में—मैं उन निडर इतिहासकारों, लेखकों और पत्रकारों के प्रति अपनी कृतज्ञता व्यक्त करता हूँ, जिन्होंने हमारे इतिहास की असहज सच्चाइयों को दर्ज करने का साहस दिखाया| उनके साहस के बिना, हम आज भी सत्य को अंधेरे में टटोलते रहते, इस बात से अनजान कि एक सभ्यता के रूप में हम अभी जीवित हैं|

आप सभी को मेरा सादर प्रणाम|

आरंभ

मैंने कभी इस पुस्तक को लिखने की चेष्टा नहीं की थी| मैंने केवल सत्य की खोज में एक और कदम बढ़ाया था|

कश्मीर फाइल्स ने भारत की अंतरात्मा को झकझोर दिया| लेकिन मेरे लिए, इसने एक गहरे आघात को उजागर किया—एक ऐसा आघात जिसे मैंने पूरी तरह स्वीकार नहीं किया था| इसके बाद के सन्नाटे में, लोगों ने मुझसे पूछा कि अब आगे क्या? मगर मेरे भीतर एक सवाल गूँज रहा था: इससे पहले क्या हुआ था?

इस प्रश्न ने मुझे बंगाल ने अपनी ओर खींच लिया|

बंगाल की उस धरती पर जहाँ मेरा बचपन बीता, जहाँ सिनेमा ओर साहित्य से मेरा पहला परिचय हुआ| बंगाल की उस धरती पर, जिसने कभी भारत के आध्यात्मिक, सांस्कृतिक और राजनीतिक जागरण का पथ प्रशस्त किया था| विवेकानंद, अरबिंदो, टैगोर, नेताजी और ऐसे असंख्य अज्ञात नायकों की धरती| वह पावन भूमि, जो एक समय भारत की आत्मा और स्वतंत्रता के स्वप्नों को विश्व के समक्ष उजागर करती थी|

पर फिर भी, आज का बंगाल टूटा-सा प्रतीत होता है—इसकी आत्मा घायल है, वहाँ के लोग आपस में बिखरे हुए हैं —इसकी चुप्पी में एक अशांत सन्नाटा छाया हुआ है| मैंने उन दंगों में शिकार हुए लोगों के बारे में जाना जिन्हें इतिहास ने भुला दिया| मैंने उन जीवित बचे लोगों को देखा, जो अपने ही राज्य के भय के साये में जी रहे हैं| वो माँएँ जो आज भी अपनी बेटियों को भुला नहीं पाईं, मैंने उन्हें अपनी बेटियों की तस्वीरों को तकिए के नीचे से निकालकर सिसकी भरते हुए हुए देखा है| मैं उन लोगों से मिला जो 'वंदे मातरम' चुपके से फुसफुसाते हैं, जब कोई नज़र उनकी ओर नहीं होती|

यह पुस्तक उन कहानियों से जन्मी है|

यह सुख-सुविधा में नहीं लिखी गई| यह बंगाल फाइल्स की शूटिंग के दौरान, उन स्थानों की यात्रा करते हुए लिखी गई, जहाँ अनकही पीड़ा का दर्द बस्ता है| उन लोगों की गवाहियों को दर्ज करते हुए, जिन्हें इतिहास ने मिटाने की कोशिश की| उस असहज सत्य का सामना करते हुए, जिसने देश के बँटवारे को जन्म दिया, जो न केवल आज भी जीवित है—बल्कि और भी गहरा और घातक हो चुका है|

जब मैं एक फिल्मकार की भूमिका निभा रहा था, मैं वो दृश्य दर्शा रहा था जो स्क्रीन पर कहानियाँ बुनते हैं| लेकिन एक लेखक के रूप में, मैं उन सत्यों को उजागर करना चाहता था जो कैमरे की नज़र से परे हैं| वह सड़न, जो समाज के भीतर और इतिहास के अनदेखे कोनों में चुपके से पनप रही है—वह जो न देखी जा सकती, न बोली जा सकती, पर जिसका ज़हर हर साँस में महसूस होता है| वह कायरता, जो हमारे संस्थानों के गलियारों में बसती है, जहाँ सच बोलने का साहस दम तोड़ देता है| वह घिनौना खेल, जिसमें इतिहास को न केवल भुलाया जाता है, बल्कि उसे हथियार की तरह इस्तेमाल किया जाता है—सच को दबाने, झूठ को बढ़ाने, और आने वाली पीढ़ियों को गुमराह करने के लिए|

सबसे बढ़कर, एक आवाज़ जिसने मुझे भीतर तक हिला दिया—वह पुकार जो न तो सत्ता के सिंहासनों से निकली, न ही राजनीति के गलियारों से— मैंने उसे दर्द की गहराइयों में जाकर सुना और उसके बाद मानो कोई अनकहा दर्द मेरे भीतर भी समा गया|

यह थी माँ भारती की करुण पुकार—उस माँ की वेदना, जिसकी गोद में इस धरती की हर साँस बसी है| वह इस पुस्तक की सच्ची नायिका हैं—मेरे प्रयासों की प्रेरणा, भारत के लिए मेरे हर स्वप्न की आधारशिला| माँ भारती कोई मंदिरों में सजी संगमरमर की मूर्ति नहीं, न ही पूजा की थालियों में सिमटी कोई देवी|

वह एक शोकाकुल माँ हैं, जिनके आँचल में इस देश की सभ्यता, संस्कृति, और आत्मा सँजोई गई है, पर जिनके बच्चे अब उनके आँसुओं को देखकर भी अनजान बने रहते हैं| उनके हृदय का दुख, उनकी पीड़ा का मोल, उनकी आत्मा की गहराई को वे भूल चुके हैं| वह इसलिए नहीं रोतीं कि उनका शरीर घायल है—वह रोती हैं, क्योंकि उनकी आत्मा को भुला दिया गया है| माँ भारती की यह पुकार मेरे लिए केवल एक लेखक की प्रेरणा नहीं, बल्कि एक पुत्र की कर्तव्यनिष्ठा है—उनके दुख को सुनने, उनके सत्य को उजागर करने, और उनकी आत्मा के उत्थान के लिए|

यह पुस्तक कोई राजनीतिक टीका-टिप्पणी नहीं है।

यह इतिहास का पाठ भी नहीं है।

यह एक फिल्मकार की अंत:करण से उठी आवाज़ है—जो भारत का एक नागरिक भी है, एक पिता भी, एक सत्य-साधक भी, और भारत माँ का पुत्र भी।

यह जागृति की पुकार है—क्योंकि संकट अब आने वाला नहीं, वह आ चुका है और हमारे सामने खड़ा है।

चाहे आप इस पुस्तक से सहमत हों या न हों, मैं आपसे अनुरोध करता हूँ कि इसे खुले हृदय से पढ़ें—न कि वामपंथी या दक्षिणपंथी के रूप में, न ही हिन्दू या मुस्लिम के रूप में, न ही बंगाली या उत्तर भारतीय के रूप में—बल्कि केवल "हम भारत के लोग" होने के रूप में।

क्योंकि जब तक हम जागृत नहीं होते, सत्य का सामना नहीं करते, और अपनी सभ्यता के नैतिक साहस को पुनः प्राप्त नहीं कर लेते, हम स्वतंत्र नहीं हो सकते।

हम केवल जीवित कहलाएँगे।

बिना रक्तबोध के, उस पवित्र बोध के, जो माँ भारती के रक्त में बस्ता है।

हम अपने इतिहास के घावों को भूलकर, अपनी आत्मा की पुकार को अनसुना कर, छायाओं की तरह भटकते रहेंगे—न स्वतंत्र, न संपूर्ण, न ही अपने सत्य के साथ एक।

जागो भारतवासियों, क्योंकि यह रक्तबोध ही है जो अब हमें जीवित रख सकता है, न कि केवल साँसें लेना।

विवेक रंजन अग्निहोत्री
मुंबई, 2025

प्रस्तावना

लगभग एक दशक पहले, मैं एक सज्जन व्यक्ति से मिला, जो भारत के बँटवारे के भिन्न अनुभवों को संरक्षित और पुनः स्मरण करने के आशय से एक संग्रहालय स्थापित करने पर विचार कर रहे थे| जैसे-जैसे हमारी बातचीत आगे बढ़ी, मुझे यह अहसास हुआ कि बँटवारे के जिन अनुभवों को यादों में बसाया जाना था, वे मुख्य रूप से उत्तर भारत पर केंद्रित थे|

"पूर्वी भारत का क्या?" मैंने सरलता से पूछा "बँटवारा तो वहाँ भी हुआ था?"

उनका उत्तर चौंका देने वाला था, वो बोले—"हाँ, बँटवारा तो बंगाल में भी हुआ पर वो पंजाब के बँटवारे जितना दुखद नहीं था"

चूँकि वह कोई इतिहासकार नहीं थे, बल्कि केवल यह सुनिश्चित करना चाहते थे कि लाहौर, कराची, और गुजराँवाला छोड़ने वालों की व्यथा भावी पीढ़ियों को पता चल सके, इसलिए मैंने उनसे बहस करने से परहेज किया|

परंतु वर्षों से मैं उस वार्तालाप के बारे में निरंतर सोचता रहा हूँ| क्या ख़ुशवंत सिंह की ट्रेन टु पाकिस्तान इतनी लोकप्रिय थी, या 1988 में भीष्म साहनी के तमस का दूरदर्शन प्रसारण, जिसने राष्ट्र को सोचने के लिए मजबूर

कर दिया था? क्या इसीलिए उत्तर भारत में बँटवारे की भयावहता हमारी राष्ट्रीय चेतना में इतनी गहराई से समा गई?

इसके विपरीत, बंगाल और असम में हिंदुओं पर बीती त्रासदी को कम कर आँका गया| इसका बहुत बड़ा कारण पीड़ितों का समुदाय था| 1950 और 1960 के दशकों में, पश्चिम बंगाल में तत्कालीन पूर्वी पाकिस्तान से आए शरणार्थियों की राजनीतिक लामबंदी देखी गई| वो पश्चिम बंगाल में उचित पुनर्वास और बहाली की माँग कर रहे थे, न कि मध्य भारत के किसी हिस्से में| पूर्वी पाकिस्तान से आए लोगों के अधिकांश आंदोलनों को कम्युनिस्ट पार्टियों ने संचालित किया| कोलकाता के उत्तरी और दक्षिणी उपनगरों में फैली शरणार्थी बस्तियों पर

कम्युनिस्ट प्रभुत्व का परिणाम यह हुआ कि इतिहास राजनीतिक स्वार्थ का शिकार हो गया और अतीत को भूलने की बीमारी ने अपने आगोश में ले लिया|

ऋत्विक घटक की प्रतिष्ठित फिल्मों में अतीत की समस्या-ग्रस्त धारणा को दर्शाया गया| घटक ने पश्चिम बंगाल के शरणार्थी शिविरों और बस्तियों में परेशान जीवन और अभाव को जीवंत रूप से चित्रित किया| अशोक मित्रा ने भी अपनी कलकत्ता डायरी में यही किया| 1970 के दशक में यह डायरी इकॉनमिक एंड पॉलिटिकल वीकली के पाठकों को मंत्रमुग्ध कर देती थी|

शिक्षित और उच्च-जाति बंगालियों की चेतना में अपने खोए हुए गौरव को पुनः पाने की गहरी लालसा थी। उन्होंने ब्रिटिश शासन से स्वतंत्रता के लिए आंदोलन में अपना सर्वस्व समर्पित कर दिया था। अंडमान द्वीप समूह की सेलुलर जेल में कैदियों की सूची से पता चलता है कि पूर्वी बंगाल के बंगाली कैदियों की संख्या कहीं अधिक थी, खासकर 1920 और 1930 के दशकों में। फिर भी, पूर्वी बंगाल के हिंदू शरणार्थियों को स्वतंत्रता से कुछ नहीं मिला। उनकी पीड़ा को बँटवारे के बाद की रचनाओं में सजीव रूप से दिखाया गया। पर एक महत्वपूर्ण प्रश्न अनसुलझा रह गया—एकजुट भारत के इन महान नागरिकों को शरणार्थी क्यों बनना पड़ा?

प्रख्यात इतिहासकार तपन रायचौधरी की संस्मरण पुस्तक द वर्ल्ड इन आवर टाइम: अ मेमॉयर को पढ़ना बहुत प्रेरणादायक होगा| वो बारीसाल जिले (जो अब बांग्लादेश में है) के जमींदार परिवार में जन्मे थे| वो भद्रलोक जागरण का जीवंत प्रतीक थे| कोलकाता और ऑक्सफोर्ड जैसे दो भिन्न स्थानों पर रहने के बावजूद, वे जवाहरलाल नेहरू द्वारा प्रतिपादित आधुनिकता के विचारों के जीवंत उदाहरण थे| मैं उनसे भली-भाँति परिचित था| उनके साथ बातचीत अत्यंत उत्साहपूर्ण होती थी, क्योंकि उनके विचारों का दायरा अति विशाल था| रायचौधरी के संस्मरण उस चित्र को पूर्णता प्रदान करते हैं, जो नीरद सी. चौधरी ने अपनी रचनाओं में भद्रलोक की जीवनशैली, संस्कृति और व्यस्तताओं के बारे में प्रस्तुत किया था|

तपन रायचौधरी और नीरद चौधरी ऑक्सफोर्ड में अच्छे मित्र और पड़ोसी रहे थे| दोनों को आधुनिक बंगाल के इतिहास की गहरी समझ थी और दोनों ही भारत के बँटवारे को निष्पक्ष दृष्टिकोण से देख सकने की क्षमता रखते थे| नीरद सी. चौधरी की आत्मकथा की दोनों किताबों में 1920 के दशक से बंगाल में हिंदू-मुस्लिम तनाव और दंगों का विस्तार से वर्णन है| उन्होंने बंगाल के सामाजिक

और सांप्रदायिक माहौल को बहुत बारीकी से दर्शाया है| लेकिन तपन रायचौधरी समकालीन पश्चिम बंगाल के बुद्धिजीवियों में फैली एक बड़ी समस्या से चिंतित थे—वास्तविकता को नकारने की प्रवृत्ति, जो उस समय भी बंगाल के बौद्धिक जीवन को प्रभावित कर रही थी|

रायचौधरी के संस्मरणों से हमें यह पता चलता है कि बारीसाल में स्वतंत्रता प्राप्त की गई थी| फिर अचानक ऐसा क्या हुआ कि उन्होंने अपने पैतृक गाँव को हमेशा के लिए छोड़ने का फैसला किया? इतना बड़ा, जीवन बदल देने वाला निर्णय लेने के पीछे क्या कारण था, यह नहीं बताया गया|

मैंने अपना बचपन कोलकाता में बिताया, जहाँ 1946 के मुस्लिम लीग के डायरेक्ट एक्शन की यादें आज भी ताज़ा हैं| मुझे याद है एक बार राजाबाज़ार के किंग मार्केट से गुज़रते समय, मेरी माँ ने एक घर की ओर इशारा करते हुए बताया था कि वहाँ पाकिस्तान के लिए आंदोलन करने वालों ने पूरे परिवार को बेरहमी से मार डाला था| मेरे पिता का परिवार सियालदह स्टेशन के पास एक संकरी गली में रहा करता था जो उन दिनों हत्याओं का गढ़ था| मेरी सबसे छोटी बुआ, जो उस समय केवल आठ वर्ष की थीं, याद करते हुए बताती हैं कि हमारे एक पड़ोसी ने घबराते हुए दरवाजा खटखटाया, लेकिन जब लोहे का फाटक खोला गया, तो खून से लथपथ उनका बेजान शरीर नीचे गिर पड़ा| चार दिनों तक किसी को भी बाहर जाने की अनुमति नहीं थी, मेरे पिता पीछे की दीवार फांदकर कुछ ज़रूरी सामान ले आते थे| मेरी परदादी 1921 में गांधीजी के असहयोग आंदोलन में जेल गई थीं— उन्हें सड़क पर बाहर जाने से रोकना पड़ा| वो यह मान ही नहीं पा रही थीं कि स्वतंत्रता के इतने करीब कोलकाता में इतना खूनखराबा हो रहा है|

बचपन में मैंने हिंदू प्रतिरोध के संदर्भ में गोपाल पाठा का नाम सुना था लेकिन इसका मुख्य कारण यह था कि मेरा परिवार उस भयानक समय में उत्तर कोलकाता में रहा करता था| जैसे-जैसे समय बीतता गया और ग्रेट कलकत्ता किलिंग्स को केवल एक दूर की, अज्ञात घटना के रूप में देखा जाने लगा, एक साधारण व्यक्ति, जो हिंदुओं के रक्षक के रूप में उभरा था, उसका नाम लोगों की स्मृति से धीरे-धीरे गायब हो गया| पिछले एक दशक में पूरे भारत में बढ़ते हिंदू जागरण के कारण बंगाल के बंटवारे की भूली हुई कहानी फिर से सामने आ रही है|

हिंदू अल्पसंख्यकों पर नोआखाली में 1946 में मुस्लिम लीग के क्रूर लोगों द्वारा किए गए अत्याचारों को याद रखना ज़रूरी है| कुछ साल पहले, जब

वामपंथियों ने कहा कि पूर्वी पाकिस्तान/बांग्लादेश से आए सभी प्रवासी, चाहे हिंदू हों या मुस्लिम, एक जैसे हैं, तो मैंने पूछा कि क्या चटगांव शस्त्रागार छापे के नायक मास्टरदा सूर्य सेन और नोआखाली के गुलाम सरवर हुसैनी की तुलना की जा सकती है? मैं नहीं जानता कि मेरा यह इशारा समझा गया या बांग्लादेश की तरह नोआखाली अब सिर्फ़ पड़ोसी देश का एक ज़िला बनकर रह गया है|

अब तो बस इतना ही कहा जा सकता है कि बंगाल ने जानबूझकर अपने अतीत को भुला दिया है| इस भूलने की वजह से, जब स्वतंत्र भारत में हिंदुओं के खिलाफ स्थानीय स्तर पर जातीय अत्याचार शुरू हुए, तो एक बार फिर से वह असहाय और दुखद रूप से अकेला दिखाई दिया|

विवेक रंजन अग्निहोत्री की अब यह आदत बन गई है कि वे भारतीयों को कड़वी सच्चाइयों का सामना करने पर मजबूर करते हैं| इन्होने अर्बन नक्सलियों का विश्लेषण किया और उनका पर्दाफाश किया| 1990 में कश्मीर घाटी में हिंदुओं के भीषण सफाए को उजागर करके इन्होने इसे दोहराया—जिसे 'धर्मनिरपेक्ष' सहमति से राष्ट्रीय चेतना से मिटा दिया था| आज, जब बंगाल की संस्कृति और जीवन रैडक्लिफ रेखा के पार हुई तबाही का दोहराव झेल रहा है, तो वे माँ भारती को सूत्रधार बनाकर देश को यह चेतावनी दे रहे हैं कि ऐसा भोलापन—जो यह मानता है कि उसकी अच्छाई सभी स्वीकार करते हैं—खतरनाक है|

यह ठीक ही कहा गया है—"जो लोग इतिहास को भुला देते हैं, वे उसे दोहराने के लिए शापित होते हैं|" भारत इससे बेहतर का हकदार है|

स्वपन दासगुप्ता
कोलकाता, June 4, 2025.

1

भटके हुए शेर 'बंगाल की गाथा' का जन्म

आज हमारी फिल्म 'द कश्मीर फाइल्स' का ट्रेलर रिलीज़ होने वाला था। फिल्म के प्रमोशन के लिए ट्रेलर रिलीज़ के बाद के अगले एक महीने की सभी योजनाएँ मैंने पहले से ही निर्धारित कर रखी थीं। मुझे कई शहरों में यात्राएँ करनी थीं। इसलिए फ्लाइट बुकिंग्स से लेकर ऑडिटोरियम तक, सब कुछ पहले से रिज़र्व कर लिया गया था ताकि अंतिम समय में किसी भी प्रकार की परेशानी न आए।

लेकिन परेशानी कहाँ से आती है, यह कोई नहीं जानता। एक और बात जो मैंने तब जानी कि कई बार सफलताएँ भी अपने साथ बड़ी चुनौतियाँ लेकर आती हैं, खासकर तब जब आपकी सफलता में कड़वा सच कहा गया हो। मैंने 'द कश्मीर फाइल्स' में सिर्फ सच दिखाया था, पर मुझे इस बात का जरा भी अंदेशा नहीं था कि इसके लिए मुझे इतनी भारी कीमत चुकानी पड़ेगी।

अभी तो सिर्फ ट्रेलर ही आया था, पर साढ़े तीन मिनट के इस ट्रेलर ने पूरी दुनिया में जैसे तूफान ला दिया था। जैसे ही आम लोगों ने इस ट्रेलर पर अपनी राय देनी शुरू की, यूट्यूब पर दर्शकों की भीड़ उमड़ पड़ी। फिर क्या—सोशल मीडिया पर हंगामा मच गया। मेरे लिए सबसे चौंकाने वाली बात यह थी कि सब कुछ पहले से जानते हुए भी सालों से चुप बैठा मीडिया अचानक जाग गया।

क्या आप जानते हैं कि विश्व की सबसे बड़ी ताकत आम लोगों में ही होती है? हिंदू शास्त्रों में इसे 'तत् त्वम् असि' से दर्शाया गया है। लेकिन इस सच से अनजान एक आम इंसान अपनी जिंदगी भर रोज़मर्रा की लड़ाइयों में उलझा रहता है।

बॉलीवुड में कुछ लोग ऐसे हैं जो अपनी बौद्धिकता पर ज़रूरत से ज़्यादा भरोसा करते हैं। हर मुद्दे पर उनकी राय तैयार रहती है जैसे यह उनका कोई पेशेवर

काम हो। ऐसे ही एक बॉलीवुड के समूह ने मेरी फिल्म की आलोचना शुरू कर दी। एक न्यूज़ चैनल ने तो हद कर दी—फिल्म देखे बिना ही, रिलीज़ से पहले इसे फ्लॉप घोषित कर दिया। हालांकि यह अलग बात है कि बाद में उन्हें अपनी बात से पीछे हटना पड़ा।

मुझे और मेरे परिवार को धमकियाँ मिलनी शुरू हो गईं। मेरे खिलाफ कई शहरों में एफआईआर दर्ज करवा दी गईं। मेरे खिलाफ कई फतवे जारी कर दिए गए और मुझे चुप कराने तथा फिल्म की रिलीज़ रोकने के लिए अदालतों में भी कई मुकदमे दायर करवा दिए गए। लेकिन इन सभी विरोधों के बावजूद उन दिनों यह ट्रेलर टीवी डिबेट का सबसे बड़ा मुद्दा बन गया।

'सरकार भले ही उनकी हो, सिस्टम तो हमारा है'—'द कश्मीर फाइल्स' के इस डायलॉग को इस हद तक मान्यता प्राप्त हुई कि आज 'इको-सिस्टम' शब्द न सिर्फ भारतीय समाज और राजनीति में चर्चा का केंद्र बन गया है, बल्कि यह गहन शोध का विषय भी बन गया है। फिल्म के रिलीज़ होने के दौरान इस 'इको-सिस्टम' ने कई बाधाएँ डालीं, लेकिन अंततः फिल्म दर्शकों तक पहुँच ही गई।

इस दौरान हमारे अनेकों इंटरव्यू किए गए और हमें अनेक पुरस्कारों से सम्मानित किया गया। लेकिन एक घटना ऐसी हुई जिसने मेरे दिल को गहरे तक छू लिया। हालाँकि मुझे कई टीवी डिबेट्स के लिए आमंत्रित किया गया, पर इसी बीच एक प्रतिष्ठित न्यूज़ चैनल की वरिष्ठ महिला पत्रकार ने मुझे, अनुपम खेर और पल्लवी को अपने चैनल पर बुलाया। उन्होंने कई प्रतिभागियों के साथ एक बड़ी बहस आयोजित करने के बजाय सिर्फ हम तीनों के साथ एक अंतरंग चर्चा करने का फैसला किया।

इंटरव्यू की शुरुआत में पत्रकार ने फिल्म 'द कश्मीर फाइल्स' के उस मार्मिक दृश्य का जिक्र किया जिसमें कश्मीरी शरणार्थी पुष्कर नाथ पंडित अपने बच्चों के लिए अपना खाना छोड़ देते हैं और बाद में भूख तथा असहायता से जूझते नज़र आते हैं। इस दृश्य को याद करते ही पत्रकार भावुक हो गईं और अनुपम खेर तथा पल्लवी की आँखों में भी आँसू छलक आए। जैसे ही इंटरव्यू में कश्मीरी पंडितों के दर्द को साझा किया गया, पूरा स्टूडियो गहरी भावुकता से भर उठा।

इस चर्चा ने मुझ पर गहरा प्रभाव डाला। क्योंकि इसने कश्मीरी पंडितों के उस टूटे हुए समुदाय की पीड़ा और शक्तिहीनता को उजागर कर दिया जिसके बारे में पहले कभी मीडिया में चर्चा नहीं हुई थी। बातचीत में आगे बढ़ते हुए 'द कश्मीर

फाइल्स' के एक दृश्य में पुष्कर नाथ की हताशा और उनके टूटने का चित्रण बहुत गहराई से किया गया। पत्रकार के आँसुओं और हमारी साझा भावनात्मक प्रतिक्रिया ने इस पल को मेरी यादों में हमेशा के लिए अंकित कर दिया। यह फिल्म के प्रभाव और कश्मीरी पंडितों की कहानी को साझा करने के महत्व का एक शक्तिशाली संदेश बन गया।

मैं थक गया था—न काम से, न परिश्रम से, न ही अपने खिलाफ दायर अनेकों एफआईआरों से लड़ने से। बल्कि एक ऐसे मूलभूत सवाल का जवाब ढूँढने की नाकाम कोशिश से कि आखिर इंसान बिना सोचे, बिना समझे, बिना जाने उस विचारधारा के साथ क्यों खड़ा हो जाता है जो उसे ही मिटा देना चाहती है। मेरी व्याकुलता मेरे मन में तब तक बनी रहती है जब तक मुझे अपनी भावनाओं को बाहर निकालने का कोई रास्ता नहीं मिल जाता। ऐसी परिस्थिति में, मैं अपनी अभिव्यक्ति कला के माध्यम से करने का प्रयास करता हूँ ताकि कम से कम, शांति से नींद तो आ सके। अगले दिन मुझे जबलपुर के लिये निकलना था। रात को सोने से पहले ये पंक्तियाँ मेरे मन में आयीं:

'हिंदी हो या अंग्रेजी, उर्दू हो या उड़िया।
न जाने है क्यूँ शर्माती, अपने दर्पण से चिड़िया।।'

मैं एक कार्यक्रम में भाग लेने के लिए जबलपुर आया था जिसमें मुझे भारतीय संस्कृति और हिंदू सभ्यता पर व्याख्यान देना था। इस शहर से मेरा गहरा नाता है क्योंकि यहाँ मैंने अपना बचपन बिताया था। उस समय मेरे पिता जबलपुर विश्वविद्यालय के कुलपति थे और मैं बहुत छोटा था। हमारे परिवार को उस दौरान यहाँ रहने का मौका मिला जिसके कारण जबलपुर के परिदृश्य और इसके आस-पास के माहौल से मेरे बचपन की यादें जुड़ी हैं।

यही वजह है कि इस शहर से मेरा एक भावनात्मक लगाव आज भी कायम है। कार्यक्रम खत्म होने के बाद मुझे प्रकृति की गोद में कुछ शांत पल बिताने की इच्छा हुई। इसलिए मैंने फैसला किया कि एक दिन मैं 'कान्हा किसली' में बिताऊँगा। यह जगह जबलपुर से लगभग 150 किलोमीटर दूर, एक बड़ा ही सौम्य स्थल है, जो प्राकृतिक संसार की अपरंपार सुंदरता से घिरा हुआ है।

मैंने दुनिया भर के राष्ट्रीय उद्यानों और जंगलों को बहुत करीब से देखा है, लेकिन कान्हा की बात ही कुछ और है। मेरा प्रकृति और वनों से बहुत गहरा लगाव रहा है और यहाँ आकर मुझे एक ऐसा आत्मिक सुख और मानसिक शांति मिलती है जो कहीं और नहीं मिलती। फिर भी यहाँ आने के बाद भी न जाने क्यों मेरा मन पूरी तरह शांत नहीं हो पा रहा था।

आखिर मैं कौन हूँ? मेरे जीवन का उद्देश्य क्या है और मेरे अस्तित्व का क्या कारण है? यह संसार क्या है—यह पृथ्वी तो अनंतकाल से अपनी धुरी पर घूम रही है जिसे हमने 'दिन' का नाम दे दिया—जबकि सत्य तो यह है कि सूर्य न कभी उदय होता है न ही अस्त। यह तो बस हमारी आँखों का भ्रम है, हमारा सीमित दृष्टिकोण।

क्या हम केवल वही सच मान लेते हैं जो हमें आँखों से दिखता है या सच उससे कहीं परे है? कश्मीरी पंडितों के साथ दशकों से अत्याचार होते आए हैं—एक ऐसा सच जो लंबे समय तक अनदेखा रहा। क्या आज इस पर चर्चाएँ केवल इसलिए हो रही हैं क्योंकि यह सच अब सबके सामने आ गया है? या फिर यह क्षणिक शोर है जो समय के साथ थम जाएगा? क्या यह विषय भी केवल चर्चा बनकर रह जाएगा या कश्मीरी पंडितों को कभी न्याय मिल पाएगा?

कान्हा राष्ट्रीय उद्यान में वन विभाग का एक विश्राम-गृह सफारी के बिलकुल बीचों-बीच स्थित है। जबकि अन्य विश्राम-गृह और होटल वगैरह सफारी के बाहर बने हुए हैं। शाम को सात बजे तक सफारी में अंदर जाने का गेट बंद कर दिया जाता है। अगर आप इस अंदर वाले विश्राम-गृह में ठहरे हुए हैं तो वन-विभाग के कर्मचारी शाम सात बजे के पहले ही आपके खाने आदि की व्यवस्था कर चले जाते हैं।

आपको अपने कमरे के अंदर ही रहने की सलाह दी जाती है क्योंकि कोई भी जानवर कभी भी विश्राम-गृह परिसर में अंदर आ सकता है। फिर भी अगर कोई आपात स्थिति हो तो आप कर्मचारियों को तुरंत बुला सकते हैं। इस शांत और अनोखे विश्राम-गृह में मैं अकेला था। बस मेरे विचार और कान्हा के जंगलों की मनमोहक प्रकृति मेरे साथ थी।

प्रकृति के इस मनोरम दृश्य को कभी भी शब्दों में नहीं पिरोया जा सकता। रात के ग्यारह बज रहे थे, लेकिन उस गहरे सन्नाटे में मैं अपने विचारों में इतना खोया हुआ था कि मुझे समय का एहसास ही नहीं हुआ। मैं सदा से 'तत् त्वम् असि'

और 'अहम् ब्रह्मास्मि' में विश्वास करता आया हूँ| जीवन की इस यात्रा में जैसे-जैसे आगे बढ़ता गया इसमें मेरा विश्वास और भी अधिक प्रबल होता चला गया|

अगर मैं इस प्रकार से सोचूँ कि समस्त ब्रह्मांड मेरे ही अस्तित्व का विस्तार है और जो मतभेद मेरे भीतर चलते रहते हैं, अंततः यह संसार भी उन्हीं मतभेदों का विस्तार है| तो मेरे लिए अपने आप पर विजय पाना अत्यंत आवश्यक हो जाता है| इस भावना ने मुझे यह एहसास दिलाया कि मेरे भीतर चल रही उथल-पुथल इस संसार में मौजूद अंतर्विरोधों का एक सूक्ष्म रूप है|

मेरे मन के भीतर भी निरंतर एक संग्राम चलता रहता है| जहाँ सत्य और असत्य, श्रेष्ठ और निकृष्ट, रुचि और अनिच्छा के बीच हमेशा एक रेखा खिंची रहती है| यह भीतरी तनाव मुझे अपनी बुद्धि के आधार पर चयन करने की शक्ति देता है—सुबह जागने से लेकर रात को सोने तक मैं हर क्षण कुछ न कुछ तय करता हूँ| एक रास्ता अपनाता हूँ और दूसरे को बार-बार नकारता हूँ|

भोजन चुनने से लेकर कार्य निर्धारित करने तक हर कदम पर एक विकल्प को अपनाया जाता है| मेरा मन खुद ही से तरह-तरह की बातें कर रहा था| सोचते-सोचते कभी मेरी झपकी लग जाती, लेकिन तभी अचानक कोई अधूरा विचार मुझे झकझोर कर जगा देता|

इस बार ऊँघते हुए जैसे ही मैंने पीछे मुड़कर देखा तो मुझे ठंडा पसीना छूटने लगा| मेरी सारी नींद पल भर में उड़ गई और मन में चल रही सारी की सारी फिलॉसफी धरी की धरी रह गई| रात के घनघोर अँधेरे को चीरते हुए मेरे सामने दो भूरी आँखें चमक रही थीं| मैंने गौर से देखा तो वह एक विशाल बाघ था जिसकी काली धारियाँ उसकी ताकत उजागर कर रही थीं| वह धीरे-धीरे मेरी ओर बढ़ रहा था|

मैंने बहुत सावधानी से अपनी कुर्सी छोड़ी और किसी तरह अपने बिस्तर तक पहुँचा| वहाँ पहुँचते ही मैंने झट से कम्बल अपने सिर तक खींच लिया और आँखें बंद कर लीं| जैसे कि ऐसा करने से मैं उस खतरे से बच निकलूँगा| मैं बिना हिले-डुले चुपचाप लेटा रहा, यह सोचते हुए कि अब आगे क्या होगा| कुछ क्षणों तक तो सब शांत रहा|

लेकिन मेरे कानों में उसकी मौजूदगी की हल्की आवाज़ें—उसकी गहरी साँसें और उसके मेरे और पास आने के एहसास ने मुझे पसीने से तर-बतर कर दिया| अचानक बिना किसी चेतावनी के उसने मेरी हथेली को अपनी जीभ

से चाटा| उस स्पर्श से मेरी रीढ़ में एक ठंडी सिहरन पैदा कर दी| तभी मुझे अपनी हथेली पर हल्का दबाव महसूस हुआ जैसे बाघ ने उसे अपने मुँह में भर लिया हो|

मेरा दिल डर के मारे ज़ोर-ज़ोर से धड़क रहा था| पर इतनी विपरीत परिस्थितियों में भी मैं यह सोच पा रहा था कि यदि बाघ को मेरा शिकार करना होता तो वह सीधे मेरी गर्दन पर हमला करता| अगर ये मेरा हाथ चाट रहा है तो निश्चित ही इसका इरादा शिकार करना नहीं हो सकता| सबसे हैरान कर देने वाली बात यह थी कि बाघ मेरे हाथ को काट नहीं रहा था|

न तो मुझे दर्द हो रहा था और न ही खून निकल रहा था| बस एक हल्की और चंचल सी पकड़ थी| मैंने सोचा, यह कैसा बाघ है? क्या यह मेरे साथ खेल रहा है? मेरा डर धीरे-धीरे कम होने लगा और उसकी जगह मन में आश्चर्य और उत्सुकता की भावनाएं आने लगी| मैंने सावधानी से अपने दूसरे हाथ से कम्बल हटाया और देखा कि मेरे कमरे के बाहर कुछ लोग लाठियाँ, चाकू और कुल्हाड़ियाँ लिए खड़े थे|

क्या ये मेरी जान बचाने आए हैं या ये खूंखार शिकारी हैं? यह सवाल मेरे दिमाग में कौंध रहा था| तभी अचानक मेरी नज़र पड़ी—इतने करीब से मैंने पहले कभी किसी बाघ की आँखों में वो भयानक चमक नहीं देखी थी| मेरा दिल ज़ोर-ज़ोर से धड़कने लगा और डर मेरे पूरे वजूद पर छा गया|

अब और इंतज़ार असंभव था| क्या यह मेरे जीवन का आखिरी पल था? मैंने खुद से पूछा—मैं और कितना सहन कर सकता हूँ? अब तो बस एक ही रास्ता रह गया था—लड़ना| क्योंकि यह मेरे होने या न होने की लड़ाई थी| मैंने सारी हिम्मत बटोरी, पूरी ताकत से कम्बल उठाया, उसे ज़ोर से बाघ की ओर फेंका और फुर्ती से उठकर बिस्तर पर बैठ गया|

मेरी साँसें इतनी तेज़ और भारी थीं कि लगा जैसे मैंने कोई लंबी दौड़ पूरी कर ली हो| कुछ पल तक तो मैं स्तब्ध था मानो मेरे दिमाग ने काम करना बंद कर दिया हो| फिर धीरे-धीरे मैंने अपने आसपास ध्यान से देखा| मुझे एहसास हुआ कि वहाँ न तो कोई बाघ था और न ही कोई खूंखार शिकारी|

मेरी जान में जान आई और मैंने राहत की एक गहरी साँस ली| मैंने पूरा एक ग्लास पानी पिया, पंखा थोड़ा धीमा किया, अपना कम्बल ओढ़ा और उस अजीब सपने के बारे में सोचने लगा| न जाने कब मेरी नींद लग गई|

अगले दिन जब मैं पल्लवी को उस अजीबोगरीब सपने के बारे में बता रहा था तभी पीछे से लगातार मेरा फोन बज रहा था| मैंने पल्लवी से एक पल रुकने को कहा और फोन उठाया| स्क्रीन पर एक अनजान नंबर था| मैंने सोचा कि शायद कोई गलती से कॉल आ गया हो, लेकिन फिर भी मैंने जवाब दिया|

—'हेलो'—मैंने धीरे से कहा|

—'विवेक जी, केवल दो मिनट लूँगी, प्लीज़ फोन मत काटिएगा'—दूसरी तरफ से एक घबराई हुई तेज़ आवाज़ आई| उसकी बात में कुछ ऐसा था जो मुझे तुरंत चौकन्ना कर गया|

—'जी बोलिए, क्या चाहती हैं आप?'—मैंने पूछा, मेरे मन में उलझन बढ़ रही थी|

—'सर, अगर आप भी केवल "द दिल्ली फाइल्स" बनाएंगे तो हमारी सारी उम्मीदें टूट जाएंगी'—उसने कहा|

उसकी आवाज़ में एक गहरा दर्द और निराशा साफ झलक रही थी| कुछ ऐसी ही बात मुझसे डॉक्टर सुरेंद्र कॉल ने कही थी जब शुरुआत में मैंने कश्मीर पर फिल्म बनाने में ज़्यादा रुचि नहीं दिखाई थी| इसलिए मैंने इनकी बात जानना चाही|

—'आप कौन बोल रही हैं? मैं आपके लिए क्या कर सकता हूँ?'—मैंने थोड़ा सख्त लहजे में पूछा, यह समझने की कोशिश करते हुए कि यह कॉल आखिर है क्या?|

—'सर, आप केवल हमारा सच सुन लीजिए और उसे सारी दुनिया को बता दीजिए| जैसा आपने कश्मीरी पंडितों के लिए किया... हमारे परिवारों की जान बचा लीजिए'—उसकी आवाज़ अब टूट रही थी जैसे वह रोने की कगार पर हो|

यह कोई साधारण कॉल नहीं था—इसमें कुछ गंभीर था, कुछ ऐसा जो मेरे समझ से परे था| मैं जब अपने मन की गहराइयों में झाँकता हूँ तो एक विचार बार-बार उभरता है—यदि मैंने 'द कश्मीर फाइल्स' नहीं बनाई होती तो शायद मैं इनकी बातों को उस गंभीरता से न लेता जो अब लेता हूँ| उस वक्त शायद उसकी आवाज़ मेरे लिए बस एक आवाज़ होती, बिना किसी गहरे अर्थ के|

लेकिन इस फिल्म को बनाने की प्रक्रिया और उसके बाद का सफर मेरे लिए एक खुलासा बन गया| इस दौरान मुझे उन साधारण लोगों से मिलने का मौका मिला जिन्होंने अपनी जिंदगी के सबसे काले पन्ने मेरे सामने खोल दिए| उनकी बातें सुनकर कभी मैं स्तब्ध रह जाता हूँ, कभी शर्मिंदगी से मेरी आँखें झुक जाती हैं| यह सोचकर कि ये दर्द, ये सच्चाइयाँ इतने समय तक अनसुनी कैसे रहीं|

उसकी आवाज़ में जो सच्चाई थी वह इन लोगों की कहानियों में बार-बार गूँजती है| यह वो सच्चाई है जो चमक-दमक से भरे मीडिया की रिपोर्टों में कभी जगह नहीं पाती| इन साधारण लोगों ने मुझे अपना समझा और अपने दिल के सबसे गहरे ज़ख्म मेरे सामने रख दिए| उनके दर्दनाक अनुभवों ने मुझे झकझोर कर रख दिया|

अब यह मेरे लिए नामुमकिन है कि मैं इन आवाज़ों को नज़रअंदाज़ कर दूँ| ये लोग, ये कहानियाँ—इन्होंने मुझे बदल दिया है और मैं इनकी सच्चाई को दुनिया तक पहुँचाने की ज़िम्मेदारी महसूस करता हूँ| मैंने एक गहरी साँस ली और अपने आपको संभाला|

—'अच्छा बताइए, सुन रहा हूँ मैं आपकी बात| आप कहाँ से बोल रही हैं?'—उसकी कहानी को ध्यान से सुनने का फैसला करते हुए मैंने कहा|

— मैं पश्चिम बंगाल के मुर्शीदाबाद शहर से बोल रही हूँ 'सर, मैं एक बहुत ही छोटी सी पत्रकार हूँ| इसलिए मैं आपको एक सच बताती हूँ—पत्रकारिता की दुनिया का एक ऐसा सच जो सचमुच दिल दहला देने वाला है| लेकिन अफसोस, ऐसे सच हमारा मुख्य मीडिया कभी नहीं बताता'—उसने गंभीर स्वर में कहा|

—'बताइए, मैं आपकी बात पूरे ध्यान से सुन रहा हूँ'—मैंने उसे प्रोत्साहित किया|

—'1946 के आते-आते मोहम्मद अली जिन्नाह और उनकी मुस्लिम लीग पार्टी ने यह ठान लिया था कि वे हर हाल में पाकिस्तान बनाएँगे जिसमें कोलकाता भी शामिल होगा| अपनी इस माँग को सही ठहराने के लिए जिन्नाह को अंग्रेज़ों और कांग्रेस के सामने यह साबित करना था कि भारत के हिंदू और मुसलमान एक साथ शांति से नहीं रह सकते| इस मकसद को पूरा करने के लिए 1946 में बंगाल में सुनियोजित दंगे करवाए गए'—उसने इतिहास खोलते हुए कहा|

—'इन दंगों में जिन्नाह को उस समय के बंगाल के मुख्य मंत्री हुसैन शाहिद सुहरावर्दी का पूरा साथ मिला| सुहरावर्दी ने कोलकाता पुलिस को दंगाइयों का समर्थन करने के लिए मजबूर कर दिया| "द ग्रेट कोलकाता किलिंग्स" के दौरान हज़ारों हिंदुओं को बेरहमी से मार डाला गया| उनकी हत्या इतनी क्रूरता से की गई कि देखने वालों के दिल काँप उठे'—उसने दुखी स्वर में बताया|

—'महिलाओं और नाबालिग बच्चियों को बलात्कार और हिंसा का शिकार बनाया गया| इस खौफनाक घटना में कोलकाता पुलिस, मुसलमानों द्वारा संचालित माफिया और मुस्लिम लीग के गार्ड्स की मुख्य भूमिका रही| यही वह

वक्त था जब भारत में संगठित, संरचित और संस्थागत दंगों की नींव पड़ी'—उसने अपनी बात पूरी की जिसे मैंने धैर्यपूर्वक सुना।

—'जो आप बोल रही हैं, क्या आप उसकी पुष्टि कर सकती हैं?'—मैंने सीधा सवाल किया।

—'सर, मैं एक-एक बात की पुष्टि कर सकती हूँ। अगर वहाँ गोपाल मुखोपाध्याय—जिन्हें गोपाल पाठा के नाम से भी जाना जाता है—का हस्तक्षेप नहीं होता तो शायद वहाँ एक भी हिंदू ज़िंदा नहीं बच पाता। दंगों की योजना बड़े पैमाने पर सावधानीपूर्वक तैयार की गई थी और उसे अंजाम दिया गया'—उसने गहरे दर्द के साथ कहा।

—'हालाँकि जब गोपाल पाठा के नेतृत्व में हिंदुओं ने जवाबी हमला शुरू किया तो उनके प्रतिरोध को दबाने के लिए और अधिक सेना बुलाई गई। मार्शल लॉ लागू किया गया और यहाँ तक कि व्यवस्था बहाल करने के लिए सैन्य टैंक भी तैनात किए गए। इस जवाबी हमले में हज़ारों मुसलमान भी मारे गए'—यह सुनकर कि 'उस दंगे में कई हज़ार मुसलमान भी मारे गए' मुझे थोड़ा आश्चर्य हुआ।

—'यह सुनकर तो सचमुच हैरानी होती है। लेकिन क्या आपके पास इसके कोई ठोस सबूत हैं? क्या आप मुझे कोई ऐसा स्रोत या दस्तावेज़ दे सकती हैं जिससे मैं इन घटनाओं की सच्चाई जान सकूँ?'—मैंने फिर सीधा सवाल किया।

—'जी बिलकुल सर। मैं आपको कुछ ऐतिहासिक दस्तावेज़ और रिपोर्ट्स के लिंक भेज सकती हूँ जो इन घटनाओं की पुष्टि करते हैं। अनेकों किताबें जो विश्वसनीयता के साथ लिखी गई हैं, उस समय के समाचार पत्रों की खबरें जो मैंने स्कैन कर रखी हैं और मेरे पास कुछ प्रत्यक्षदर्शियों के बयान भी उपलब्ध हैं। ये सारी चीज़ें साबित करती हैं कि दंगों की शुरुआत सुनियोजित थी'—उसने पूरे आत्मविश्वास के साथ उत्तर दिया।

—'आपको ऐसा क्यों लगता है कि इस विषय पर फिल्म बनाई जानी चाहिए?'—मैंने एक और सीधा सवाल किया।

—'सर, मुझे आपके साथ उन दंगों के दौरान हुई एक दिल दहला देने वाली घटना साझा करनी चाहिए जो मुझे आज भी परेशान करती है। एक वरिष्ठ पत्रकार उस भयावह रात के नरसंहार के बाद का सर्वेक्षण करने कोलकाता के एक घनी आबादी वाले इलाके में गई थीं। वहाँ चारों तरफ सन्नाटा पसरा था—हज़ारों

बेज़ान शव ज़मीन पर बिखरे पड़े थे। कई महिलाओं की लाशें बेरहमी से फेंकी गई थीं'—उसने दृश्य का चित्रण करते हुए कहा।

—'सड़कें खून से लाल हो चुकी थीं और हवा में मृतकों की दुर्गंध फैल रही थी। छोटे-छोटे बच्चों के मासूम शरीर निश्चल पड़े थे जिनकी जिंदगियाँ बेरहमी से छीन ली गई थीं। ऊपर आसमान में चील, कौवे और गिद्ध मँडरा रहे थे मानो मौत का तांडव देख रहे हों। वह दृश्य इतना भयावह था कि कोई भी उसे देखकर काँप उठे'—उसने काँपते स्वर में बताया।

—'तभी उन्हें एक हल्की सी आहट सुनाई दी। उन्होंने उस ओर देखा तो एक 1-2 महीने का मासूम बच्चा अपनी भूख मिटाने के लिए अपनी मरी हुई माँ का दूध पीने की कोशिश कर रहा था। यह असहनीय दृश्य देखकर उनका खून ठंडा पड़ गया और पैर थरथराने लगे। लेकिन जैसे ही वह उस बच्चे को उठाने के लिए आगे बढ़ीं, एक गिद्ध ने झपट्टा मारा और उस नन्हे बच्चे को अपने पंजों में जकड़कर एक अमानवीय अंत तक ले गया'—उसने आँसुओं के साथ कहा।

यह सुनकर मेरे अंदर कुछ टूट सा गया था। मैं आगे बात करने की स्थिति में नहीं रह गया था। थोड़ा रुकते हुए मैंने कहा—'मैं आपसे बाद में बात करूँगा'। लेकिन सच तो यह था कि मेरे भीतर एक तूफान सा उठ रहा था।

मन पूरी तरह से विचलित हो चुका था—वही तूफान, वही बेचैनी जो 'द कश्मीर फाइल्स' में उस महिला की दर्दनाक कहानी सुनने के बाद मेरे अंदर जागी थी। उसने बताया था कि कैसे उसके पति को बेरहमी से चावल के ड्रम में मार डाला गया था और फिर उसे उसी के पति के खून से सने चावल खाने को मजबूर किया गया था। उसकी वह कहानी मेरे मन में एक अमिट छाप छोड़ गई थी।

अब ये बातें सुनकर वही दर्द, वही गुस्सा मेरे अंदर फिर से उबलने लगा। मेरे दिमाग में सवालों का सैलाब सा आ गया—आखिर हम किस तरह के भारत में जी रहे हैं? क्या यह वही देश है जिसे हमने आज़ादी के सपनों से सजाया था? हमारी सरकार का असली काम क्या है? क्या वे इसी लिए चुनी जाती हैं कि ऐसे अन्याय और अत्याचारों को चुपचाप देखती रहें?

ये सवाल मेरे मन में बार-बार उठ रहे थे और हर सवाल मुझे और गहरी सोच में डुबो रहा था। हम जबलपुर वापस लौटने के लिए निकल पड़े। रास्ते में गाड़ी में बैठे-बैठे मेरे

दिमाग में एक ही सवाल दोहरा रहा था—आखिर मैं क्या कर सकता हूँ? यह सवाल मेरे मन को किसी काँटे की तरह चुभ रहा था, बार-बार मुझे परेशान कर रहा था।

मैं 'द दिल्ली फाइल्स' की शुरुआत के कगार पर खड़ा था और उसके बाद का शेड्यूल मेरे सामने एक ऐसी जंजीर की तरह था जो मुझे कहीं और जाने की इजाज़त नहीं दे रही थी। फिर भी एक फोन कॉल ने मेरे भीतर हलचल मचा दी थी। उस कॉल ने मुझे बंगाल के दर्द से जोड़ दिया था और अब मैं उस दर्द की गहराई में डूबता हुआ महसूस कर रहा था। जैसे कोई भारी बोझ मेरे सीने पर रख दिया गया हो।

मन में एक तूफान सा उठ रहा था—क्या भारत में कई सारे कश्मीर पहले से ही तैयार कर दिए गए हैं? अगर ऐसा है तो सरकार आखिर कर क्या रही है? क्या वह भी इस अंधेरे जाल में उलझी हुई है या उसने अपनी आँखें मूँद ली हैं? और अगर सरकार भी इस आग को बुझाने में नाकाम है तो मैं—एक अकेला इंसान—क्या कर सकता हूँ?

यह सवाल मेरे दिल को भारी कर रहे थे। मैं खुद को असहाय पा रहा था जैसे कोई अनजाना रास्ता मेरे सामने हो और मेरे हाथों में नक्शा तक न हो। असहायता और हताशा के क्षण में जब मेरे कर्तव्य और मेरी इच्छाएँ आपस में उलझकर मुझे भटका रहीरहे थे। मैंने अपने आपको परम शक्ति के चरणों में समर्पित कर दिया।

मैंने आँखें मूँद लीं और ईश्वर से प्रार्थना करने लगा कि वे मुझे इस अंधेरे से उबारें, मुझे राह दिखाएँ। तभी एक ज्वलंत स्मृति मेरे सामने उभर आई। अचानक मुझे पिछली रात देखा सपना याद आने लगा। मेरा मन उस सपने के धागों को वर्तमान के इस फोनकॉल से जोड़ने लगा।

आखिर वो बाघ कौन था जो अपनी असीम शक्ति से अनजान भटक रहा था? और वे लोग—जो बाहर खड़े थे—कर्मचारी थे या शिकारी जिन्होंने अपने डंडों, चाकुओं और फरसों से उस शक्तिशाली प्राणी को भयभीत कर दिया था? क्या उनका मकसद उस बाघ को मारकर जंगल पर कब्ज़ा करना था? फिर उस बाघ का इशारा—क्या वह मेरी ओर था?

उसने बड़े नरम ढंग से मेरा हाथ अपने मुँह में ले लिया था—क्या वह मुझसे अपनी रक्षा की गुहार लगा रहा था? क्या वह मुझे उन शिकारियों से बचाने की पुकार थी जिन्होंने उसके वजूद को ही संकट में डाल दिया था? तभी मेरे भीतर एक प्रकाश सा कौंधा मानो ईश्वर ने उस सपने के माध्यम से मुझे एक संदेश भेजा हो।

मैंने अपनी आँखें खोलीं और एक गहरी सोच से बाहर आते हुए देखा कि हमारी गाड़ी जबलपुर के मुख्य मार्ग पर पहुँच चुकी थी| शहर की रोशनी खिड़की से गुज़रती हुई दूर तारों-सी चमक रही थी और कुछ ही पलों में हम एयरपोर्ट पहुँचने वाले थे| मेरे फोन में सिग्नल वापस आ गए थे|

मैंने बिना देर किए फोन उठाया और अपने प्रोडक्शन मैनेजर को संदेश टाइप किया:

> ऍम सॉरी पर फिलहाल हमें 'द दिल्ली फाइल्स' के शेड्यूल को डिले करना पड़ेगा क्योंकि इसमें मैं ''बंगाल की कहानी'' भी जोड़ रहा हूँ... आय होप यू विल अंडरस्टैंड... लौटकर डिटेल में बात करते हैं'

संदेश भेजते ही मेरे सीने में एक फैसले का बोझ सा महसूस हुआ| फिर मैंने अपनी रिसर्च टीम के ग्रुप में लिखा:

> 'एक और बड़ी लड़ाई की तैयारी शुरू करें—इस बार पश्चिम बंगाल में| लेकिन असली चुनौती यह होगी कि हम भारत में भटके हुए अनगिनत शेरों को आखिर उनकी असीमित शक्ति का अहसास करवाएं तो करवाएं कैसे?'

संदेश भेजने के बाद मैं थोड़ी देर तक स्क्रीन को देखता रहा| 'भटके हुए शेर'—ये महज़ शब्द नहीं थे, ये भारत के उन लोगों की असीम शक्ति का प्रतीक थे जो नाइंसाफी के सामने चुप हो गए हैं| अगर हम उनके भीतर के सामर्थ्य को दिशा दे सकें तो संभवतः भारत का भविष्य और भी उज्जवल हो जाएगा| लेकिन कैसे? यह सवाल मेरे मन में घूमता रहा जब गाड़ी एयरपोर्ट के टर्मिनल पर रुकी|

2

मकड़ी का जाल
वो इतिहास जो कभी पढ़ाया नहीं गया

मेरे दिमाग में एक के बाद एक सवाल उठ रहे थे। क्या किसी राजनेता ने कभी हिंदुओं की इस पीड़ा को वैश्विक मंच पर उठाने की बात नहीं सोची होगी? हमारे बुद्धिजीवियों ने ऐसा क्यों नहीं किया, या कम-से-कम कोशिश भी क्यों नहीं की? या शायद किसी ने कोशिश की हो, पर वही पुराने इको-सिस्टम के आगे उसे घुटने टेकने पड़ गए हों। उस रात मैंने खुद से प्रण लिया कि अब मैं इस इको-सिस्टम को समझे बिना चैन से नहीं बैठूँगा।

इतिहास केवल किताबों में बंद पन्नों का ढेर नहीं, बल्कि वह दर्पण है, जो हमें हमारे अपने चेहरे की सच्चाई दिखाता है। दलाई लामा, जिन्हें विश्व शांति और करुणा का प्रतीक माना जाता है, ने एक बार गहन चिंतन के साथ कहा था—"यदि हमने इतिहास से कुछ सीखा नहीं, तो हम उसे दोहराने के लिए विवश होंगे"। यह एक ऐसी चेतावनी है, जो हर समय हमारे साथ चलती है। इसी तरह, जाने-माने विचारक जॉर्ज सैंटयाना ने मानव स्वभाव की कमज़ोरियों को उजागर करते हुए कहा—"जो लोग इतिहास को भुला देते हैं, वे उसे दोहराने के लिए शापित होते हैं"। और फिर आते हैं नोबेल पुरस्कार विजेता विलियम फॉकनर, जिनकी साहित्यिक प्रतिभा ने मानव अनुभव की गहराइयों को शब्दों में ढाला—इन्होने अपनी अनूठी शैली में कहा था—"अतीत कभी मरता नहीं, यहाँ तक कि अतीत, अतीत ही नहीं"। ये तीनों विचार एक ही सत्य की ओर इशारा कर रहे थे—इतिहास वह डोर है, जो हमें, हमारे वर्तमान से बांधे रखती है और भविष्य की राह दिखाती है।

फॉकनर के शब्द हमें याद दिलाते हैं कि वर्तमान अतीत का पुनरागमन है और भविष्य का आधार—अतीत हमें यह अनमोल सबक देता है| लेकिन क्या हम वास्तव में उससे कुछ सीखते हैं? या हम उन डरावनी यादों को भूले रहने की कोशिश करते रहते हैं—इस उम्मीद में कि उन्हें अनदेखा करने से हमारी समस्याएँ समाप्त हो जाएँगी? क्या हम अतीत को भुलाकर अपने भविष्य को सुरक्षित कर सकते हैं, या यह महज़ एक भ्रम है?

ज़रा एक बार कल्पना कीजिए—ऋषि-मुनियों की उस पावन धरती की, जहाँ 'हिंदू'—यानी इस भूमि के प्राचीन निवासी—आंतरिक शांति और विज्ञान के प्रकाश से जीवन के रहस्यों को सुलझा रहे थे| वह भूमि, जहाँ हज़ारों साल पहले नवग्रहों का ज्ञान जाग चुका था, जहाँ सूर्य और चंद्र ग्रहण के भेद खुल चुके थे, और आकाश में गंगा की खोज की जा रही थी, जहाँ शून्य का रहस्य उजागर किया गया गया था| उस भारत की कल्पना करें जिसकी हवा में चंदन की सुगंध, मिट्टी की सोंधी खुशबू और धूप से नहाए पहाड़ों की महक घुल-मिल गई थी| जहाँ यमुना और गंगा की कलकल करती धारा के संगीत में मनुष्य अपने जीवन का सच्चा आनंद ले रहे थे| लेकिन फिर, इस स्वर्ग पर कुछ दुष्ट लोगों की नज़र पड़ गई| उन दुराचारी शक्तियों ने यहाँ विनाश और खून की नदियाँ बहाईं, और इस धरती पर अपना कब्ज़ा करना शुरू कर दिया|

इस्लाम के आक्रमणों से पहले, राष्ट्रकूट और गुर्जर-प्रतिहार जैसे हिंदू साम्राज्य बहुत शक्तिशाली थे| 8वीं सदी में प्रतिहार राजा नागभट्ट ने अरब से आये हमलावरों को राजस्थान से खदेड़ दिया था| दक्षिण में चोल वंश ने बृहदेश्वर जैसे अलौकिक मंदिर बनवाये| हालाँकि शुरू में ये राज्य हिंदू संस्कृति को संरक्षित करने में सफल रहे और इस्लामी हमलों को रोकते रहे, पर बाद में ये कहानियाँ हारों में बदल गयीं|

क्या हमें यह नहीं जानना चाहिए कि हमारा ऐसा गौरवशाली अतीत क्यों और कैसे छिन गया? क्या उस पतन की कहानी हमारे सामने नहीं आनी चाहिए?

हज़ार साल से भी अधिक समय से हिंदू समुदाय ने ऐसे दर्द और अत्याचार सहे हैं, जिनकी कल्पना करना भी मुश्किल है| इस संदर्भ में "हिंदू" से मेरा तात्पर्य उन लोगों से है, जो सदियों से भारत की इस धरती पर रहते आए हैं—यह शब्द यहाँ एक सांस्कृतिक और ऐतिहासिक पहचान को दर्शाता है|

8वीं से 12वीं शताब्दी के बीच, इस उपमहाद्वीप पर दूर-दूर से आए आक्रमणकारियों की धमक गूँज उठी| अरब, मंगोल और मध्य एशिया की इन

ताकतों ने अपने पीछे तबाही के गहरे निशान छोड़े| इन्हें 'इस्लामी आक्रांता' कहा जाता है, क्योंकि इन्होंने इस्लाम के नाम पर विनाश फैलाया, लेकिन इनका आज के भारत के मुसलमानों से कुछ लेना-देना नहीं| ये बाहरी शक्तियाँ थीं, जिनका मकसद सत्ता और संपदा पर कब्ज़ा था, न कि इस धरती के लोगों से कोई रिश्ता| भारत में उस समय मुस्लिम समुदाय था ही नहीं—जो बाद में तलवार की नोक पर हुए धर्म परिवर्तन के कारण धीरे-धीरे अपने पैर जमाता गया और स्वयं अपने इतिहास को भूलता चला गया|

आज के भारत के अधिकतर मुसलमान अपने उन पूर्वजों के वंशज हैं, जिन्होंने खुद इन अत्याचारों को सहा था| क्या उन्हें अपने सच्चे इतिहास की सच्ची तस्वीर जानने का अधिकार नहीं है?

वह दौर, जब हिन्दुओं के गौरव के प्रतीक—वह मंदिर, जो कभी साधना और ज्ञान के प्रकाश से जगमगाते थे—धूल में मिला दिए गए| अनगिनत मूर्तियाँ—जिन्हे सदियों से पूजा जाता था, खंडित कर दी गई| कभी सोचिए, किसी मंदिर में रखी ऐसी किसी मूर्ती के बारे में, जिसकी आँखें तोड़ दी गई हों, नाक निकाल दी गई हो, या हाथ-पैर अलग कर दिए गए हों—क्या आपकी आत्मा दर्द से तड़प नहीं उठेगी? यह विनाश सिर्फ मूर्तियों का नहीं, बल्कि उस संस्कृति का था, जो इस धरती की आत्मा में बसा करती थी|

ग्यारहवीं शताब्दी के प्रारंभ में, 997 से 1030 ईस्वी तक, महमूद ग़ज़नवी ने उत्तरी भारत पर लगभग सत्रह हमले किए, जो धन और सांस्कृतिक वैभव के केंद्रों को निशाना बनाते थे| 1018 ईस्वी में, महमूद ग़ज़नवी की सेनाओं ने मथुरा में भगवान श्रीकृष्ण के जन्म से जुड़े पवित्र स्थल, श्री कृष्ण जन्मभूमि मंदिर, को लूटा और क्षतिग्रस्त किया|1025-26 ईस्वी में, गुजरात के तट पर स्थित सोमनाथ मंदिर पर हमला हुआ जो हिंदू धरोहर का प्रतीक माना गया है| इसका अपार खजाना, सोना और रत्न, ऊँटों पर लादकर ले जाया गया, और मंदिर को क्षतिग्रस्त कर दिया गया| हिंसा और लूटपाट ने स्थानीय निवासियों पर गहरा आघात किया| मंदिरों का विध्वंस और लोगों की पीड़ा ने भारत की सांस्कृतिक स्मृति पर गहरी छाप छोड़ी| इन आक्रमणों का दर्द, विशेष रूप से मथुरा और सोमनाथ का विनाश, आज भी हमारी सांस्कृतिक चेतना में ठहरा हुआ है, जो उस दौर की क्रूरता को दर्शाता है|

हिंदू राज्य केवल बाहर से नहीं हारे, आपसी लड़ाई ने भी बहुत नुकसान किया| राजपूत एक-दूसरे से टकराते रहे| प्रतिहार, पाल, और राष्ट्रकूट जब आपस में लड़े,

तो एकता टूट गई। इस तरह 1192 में ग़ौरी ने पृथ्वीराज को हराया, क्योंकि भारत के अन्य राज्यों ने उनका समर्थन नहीं किया और तमाशा देखते रहे। ये चाल पहले से ही "मकड़ी के जाल" में बुन दी गयी थी।

एक भीषण आग उठी, जिसने कश्मीर की शारदा पीठ से लेकर बिहार में नालंदा तक सब कुछ निगल लिया—मानो आक्रांताओं ने ठान लिया हो कि भारत की इस धरती के स्वर्णिम पन्नों को राख में बदल देना है। शारदा पीठ, जो कभी संस्कृत और दर्शन-शास्त्र का तीर्थ था, जहाँ पाणिनि जैसे विद्वानों की परंपरा फली-फूली, वहाँ आक्रांताओं की तलवारों ने ज्ञान के इस मंदिर को पूरी तरह से मिटा दिया। दूसरी ओर, नालंदा—वह विश्वविद्यालय, जो पाँचवीं सदी से लेकर बारहवीं सदी तक दुनिया भर के विद्वानों के लिए ज्ञान का केंद्र बना रहा—बख्तियार खिलजी की आग में जलकर खाक हो गया। कहा जाता है कि नालंदा के पुस्तकालय 'धर्मगंज' में रखे ग्रंथ नौ माह तक जलते रहे।

ज्ञान के इन मंदिरों में सालों का संचित ज्ञान था—वह विज्ञान, जिसमें नक्षत्रों के रहस्यों का अध्ययन किया जाता था, आकाशगंगा की पहेलियों को समझाया जाता था, और शून्य से दशमलव तक की गणना की स्थापित की जाती थी। वे ग्रंथ महज़ कागज़ के पन्ने नहीं थे, बल्कि इस धरती की आत्मा के दर्पण थे—उस बौद्धिक दीप्ति के प्रतीक, जो भारत से निकलकर विश्व को प्रकाश देती थी। हिंसा की आँधी में भारत की अमूल्य धरोहर धूल में मिल गई। कश्मीर में शारदा पीठ, विद्या की देवी का पवित्र केंद्र, ग्यारहवीं शताब्दी से पतन की ओर बढ़ा, जब बाहरी आक्रमणों—महमूद ग़ज़नवी और बाद के शासकों—ने इसे अशक्त किया। नालंदा, बिहार का ज्ञान-मंदिर, 1203 में बख्तियार ख़िलजी की क्रूरता का शिकार बना, जब उसकी सेना ने इसे राख में बदल दिया। यह केवल पुस्तकालयों या भवनों का नाश नहीं था—यह मानवता की साझी विरासत पर अमिट घाव था। उस प्रकोप की गूँज आज भी भारत के हृदय में करुणा और दर्द बनकर गूँजती है। क्या हम कभी इस अपूरणीय क्षति की गहराई को समझ पाएँगे?

नालंदा जल गया, पर हिंदू विचार न जल सके। दक्षिण के विजयनगर में संस्कृत इतिहास और गणित के भेदों को सुरक्षित कर रखा गया। गणित के संसार में संगमग्राम के विद्वान् माधव ने 'अनंत शृंखलाओं से गणना' का ऐसा प्रकाश जलाया, जो दुनिया में कहीं और नहीं मिल सकता था—यह दिखाता है कि भले

ही उन्होंने हमारे मंदिरों को विध्वंस कर दिया, पर वो हमारे अंदर प्रज्वलित ज्ञान का दीपक नहीं बुझा पाए|

यह भारत है—यहाँ हिन्दुओं के अस्तित्व को,कोई भी कभी पूरी तरह से मिटा न सका| इतिहास की ठहर गई राख से कुछ नगर फिर से धीरे-धीरे साँसें लेने लगे—वाराणसी ने अपनी आत्मा को संभाला और आध्यात्मिकता का एक नया दीप प्रज्वलित किया| फिर भी, यह सवाल एक अनश्वर रहस्य बनकर दोहराता रहा है—क्या वह प्राचीन वैभव कभी अपनी संपूर्ण भव्यता पा सका? या वह केवल एक धुँधला साया बनकर रह गया, जो हमें अनंत से पुकारता चला आ रहा है, पर उसकी पुकार को कोई संतोषजनक उत्तर नहीं मिलता|

पर भारत पर आक्रमणों का उपद्रव थमा नहीं| अराजकता के उस घने कोहरे में एक नाम और सामने आता है, जो समय की स्याही से कभी मिटने वाला नहीं—मध्य एशिया का वह क्रूर शासक—तैमूर लंग| यह नहीं कि भारत भीरुओं का देश था और यह वीरों की धरती नहीं थी| पर यहाँ युद्ध की ललकार सीधी और सम्मानजनक हुआ करती थी, जहाँ कपट की काली छाया नहीं होती थी| हमारे पूर्वज खुले मैदान में दुश्मन का सामना करने को तैयार थे, पर यह धोखे का खेल हमारे लिए अनजाना था| हम उस छल से अनभिज्ञ थे, जो कायरता के लबादे में छिपकर, चुपके से वार करता था|

1398 में तैमूर की नृशंस सेना एक दानव की तरह टूट पड़ी| उसका वीभत्स आतंक कहर बनकर छा गया, जिसमें मासूमों की चीखें थर्रा उठीं| सरल जीवन जीने वाले लोग उसकी बेरहमी के नीचे कुचल दिए गए| उसकी लूट की लपटों ने कई शहरों को भस्म कर डाला—लाहौर से लेकर दिल्ली तक सब कुछ राख में बदल दिया गया| तैमूर ने खुद लिखा कि उसकी सेना ने एक दिन में एक लाख से अधिक लोगों को कत्ल किया, ताकि विद्रोह की कोई गुंजाइश ही न बच सके| यह भारत का युद्ध-धर्म नहीं था| यह क्रूरता का वह नंगा नाच था, जिसकी कल्पना भी हमारे लिए असंभव थी|

हमारे पूर्वज इस कायरतापूर्ण दुस्साहस से लड़ने को तैयार थे, पर रात के अंधेरे में सियारों-सा छिपकर किया गया विश्वासघात हमारी समझ से परे था| यह हमारे युद्ध के पवित्र सिद्धांतों का अपमान था! हमारी वीर परंपरा तो सूरज के उजाले में तलवारें भांजने, शत्रु का सीना छलनी करने की गाथा लिखती थी| कौन सोच सकता था कि कोई इतना नीच, इतना गिरा हुआ भी हो सकता है

कि रात के अँधेरे में छिपकर भोले-भाले लोगों के ऊपर धोखे से टूट पड़ेगा? युद्ध तो दो सेनाओं के बीच लड़े जाते हैं| पर शायद यही हमारी भूल थी! हम ज्ञान की साधना में लीन रहे, वेदों और शास्त्रों में डूबे रहे, पर इस बात से अनजान कि कोई इतना अधम हो सकता है, जो हमारे ही घर में घुसकर हमारे सम्मान की मर्यादा को बार-बार भंग करता रहे। क्या यही उनकी वीरता थी? छिपकर वार करना?

1398 में तैमूर की सेनाओं ने दिल्ली पर हमला किया और शहर को व्यापक रूप से तबाह कर दिया| दिसंबर की ठंडी रातों में, सड़कों पर लाशों के ढेर जमा हो गए| हज़ारों लोग इस हमले में मारे गए| यह एक ऐसा सैन्य अभियान था जिसमे घुड़सवार सैनिकों ने अपने हथियारों का इस्तेमाल भारत के निर्दोष लोगों को बेरहमी से मारने के लिए किया था| तैमूर के आक्रमण ने भारत के इतिहास पर एक अमिट छाप छोड़ी है|

भारतीय युद्ध सिद्धांतों में प्रकृति को कभी हानि नहीं पहुँचाई जाती थी, भले ही वह प्राकृतिक संपदा शत्रु देश के अधीन हो| प्रकृति से भला कैसा वैर? वही तो हमें निष्पक्ष रूप से जीवन देती है। इसे कोई कैसे शत्रु मान सकता है? साथ ही, जन-साधारण, सार्वजनिक स्थानों, खेतों और खलिहानों पर भी हमले नहीं किए जाते थे| पर बाहरी ताकतों द्वारा किए गए इन आक्रमणों ने यहाँ की सदियों पुरानी संस्कृति के साथ-साथ भारत की धरती को भी गहरा आघात पहुँचाया| तैमूर ने 1398 में ऐसा भयंकर विध्वंस मचाया कि दिल्ली और उसके आसपास अकाल पड़ गया—लोग मरते चले गए| हमलों में जंगल के जंगल उजाड़ दिए गए| मंदिरों की पवित्र भूमि छीन ली गई, जहाँ यज्ञों की धूम, कथाओं का गान, और ज्ञान की चर्चाएँ अनवरत गूँजती थीं| इसने भारत की प्राकृतिक समृद्धि को कमजोर कर दिया, और यह क्षति इतनी भारी थी—शायद सबसे बड़ी—कि उसका दंश हमें आज भी महसूस होता है|

1526 ईस्वी में, मध्य एशिया से जहीरूद्दीन मुहम्मद बाबर ने अपने कदम भारत की धरती पर रखे, जिसे इतिहास में 'बाबर' के नाम से जाना जाता है| उसने पानीपत के मैदान में पहली लड़ाई लड़ी और दिल्ली सल्तनत के अंतिम शासक, इब्राहिम लोदी, को हराकर मुग़ल साम्राज्य की नींव रखी| इस युद्ध में उसकी तोपों और रणनीति ने लोदी की बड़ी सेना को परास्त कर दिया, जिसने भारत के इतिहास को बदल दिया| बाबर का शासन 1526 से 1530 तक चला, जब तक

उसकी मृत्यु नहीं हुई| उसने अपने उत्तराधिकारियों के लिए लूट का एक साम्राज्य स्थापित किया, जो बाद में विस्तारित हुआ|

1526 में बाबर ने भारत में मुग़ल शासन की शुरुआत की, जो लगभग 180 वर्षों तक तक प्रभावी रहा| 1526 से 1707 तक बाबर ने लगभग 4 वर्ष (1526–1530), हुमायूँ ने लगभग 11 वर्ष (1530–1540 और 1555–1556), अकबर ने लगभग 50 वर्ष (1556–1605), जहाँगीर ने लगभग 22 वर्ष (1605–1627), शाहजहाँ ने लगभग 30 वर्ष (1628–1658), और औरंगज़ेब ने लगभग 49 वर्ष (1658–1707) तक शासन किया| प्रत्येक शासक ने अपने शासनकाल में भारत को अलग-अलग तरीकों से प्रभावित किया| यह केवल शासन का समय नहीं था, बल्कि युद्धों और नीतियों का भी दौर था| क्या यह सिर्फ सत्ता का विस्तार था, या इसके पीछे अन्य कारण भी थे?

मुगलों के आने से पहले ही दिल्ली पर विदेशी कब्जा हो चुका था, और इस 'दिल्ली सल्तनत' ने भारत के विशाल भूभाग को लूटकर खोखला कर दिया| अलाउद्दीन खिलजी ने यहाँ की संपदा छीन ली, उन व्यापारिक रास्तों को बंद कर दिया, जो भारत को "सोने की चिड़िया" का सम्मान देते थे| फिर मुगलों ने इस लूट को और बढ़ाया, और बाद में अंग्रेजों ने इसे चरम पर पहुँचा दिया| यह कहानी हमें शायद ही कभी सुनाई जाती है|

1658 ईस्वी में औरंगज़ेब आलमगीर मुग़ल साम्राज्य का छठा शासक बना, और उसका शासन 1658 से 1707 तक चला| 1669 में उसकी सेनाओं ने वाराणसी में काशी विश्वनाथ मंदिर को तोड़ दिया, जो हिन्दुओं के लिए एक प्रमुख धार्मिक और सांस्कृतिक स्थल था| उसने हिन्दुओं के विरुद्ध कठोर धार्मिक नीतियाँ लागू कीं और मूर्तिपूजा के प्रतिकूल कदम उठाए, जिसमें मंदिरों को नष्ट करना और गैर मुसलमानों के ऊपर जज़िया कर लगाना शामिल था| इन नीतियों से हिन्दू समुदाय में असंतोष बढ़ा| इस अवधि में भारत ने कई बदलाव देखे|

औरंगज़ेब के शासनकाल में उसकी सेनाओं ने 1670 में, मथुरा में श्रीकृष्ण जन्मभूमि मंदिर को तोड़ दिया| सोमनाथ मंदिर पहले के आक्रमणों से क्षतिग्रस्त था, और औरंगज़ेब के समय में इस पर और क्षति पहुँचाई गई|

पर हमने कभी हार नहीं मानी| भारत के इतिहास में महिलाओं ने भी अपनी वीरता से महत्वपूर्ण योगदान दिया| रानी दुर्गावती, गोंडवाना की शासिका, ने 1564 में मुगल सेना के खिलाफ युद्ध लड़ा और अपनी अंतिम सांस तक हार

नहीं मानी| वहीं, 1303 में चित्तौड़ की रानी पद्मिनी ने अलाउद्दीन खिलजी के आक्रमण के सामने झुकने से इनकार किया और जौहर कर लिया, जिससे उन्होंने अपनी आन और अपने लोगों की गरिमा की रक्षा की| ये साहसी महिलाएँ, जिनके किस्से अक्सर अनसुने रह जाते हैं, हिंदू हौसले और आत्मसम्मान की जीवंत प्रतीक हैं|

1780 ईस्वी में इंदौर की महरानी अहिल्याबाई होल्कर ने वाराणसी में काशी विश्वनाथ मंदिर का पुनर्निर्माण करवाया| यह मंदिर 1669 में औरंगज़ेब के शासनकाल में तोड़े गए मूल मंदिर के पास बनाया गया| यह एक प्रमुख हिन्दू तीर्थ स्थल के रूप में स्थापित हुआ| इस स्थान पर आज भी पूरी श्रद्धा से पूजा-अर्चना की जाती है|

पर अत्याचारों का सिलसिला कभी थमा नहीं| 1675 ईस्वी में औरंगज़ेब ने सिखों के नौवें गुरु, गुरु तेग बहादुर, को दिल्ली में अपने समक्ष बुलाया| उस समय गुरु तेग बहादुर सिख समुदाय के एक प्रभावशाली नायक थे और कश्मीरी हिंदुओं के समर्थन के लिए जाने जाते थे| औरंगज़ेब ने उन्हें जुलाई 1675 में पंजाब के मलिकपुर रंगहराँ से गिरफ्तार करवाया, जहाँ वे अपने तीन शिष्यों—मती दास, सती दास, और दयाला—के साथ थे| कुछ दिनों की कोतवाली में उन्हें कैद रखने के बाद, औरंगज़ेब ने गुरु तेग बहादुर को इस्लाम स्वीकार करने या मृत्यु चुनने का विकल्प दिया| गुरु तेग बहादुर ने इस्लाम स्वीकार करने से इनकार कर दिया| इसके बाद 11 नवंबर 1675 को उनकी दिल्ली के चाँदनी चौक में सार्वजनिक रूप से सिर काटकर हत्या कर दी गई—उनके शिष्यों की भी जान ले ली गई—भाई मती दास को आरे से काटा गया, भाई सती दास को गरम पानी में उबाला गया, और भाई दयाला को आग में मार दिया गया| गुरु तेग बहादुर का शव वहाँ छोड़े जाने के बाद, उनके अनुयायियों ने उसे बाद में प्राप्त कर उनका अंतिम संस्कार किया| जहाँ यह घटना घटी, वहाँ आज गुरुद्वारा सीस गंज साहिब की पवित्र स्थली खड़ी है| सीस गंज, अर्थात् जहाँ गुरु तेग बहादुर का शीश काटा गया था| इस घटना के पश्चात् सिख समुदाय में उनके बलिदान के प्रति गहन संवेदना जागी| यह इतिहास में एक युगांतकारी घटना के रूप में अंकित है|

1679 ईस्वी में औरंगज़ेब ने जज़िया कर को फिर से लागू कर दिया| यह कर गैर-मुसलमानों, विशेष रूप से हिंदुओं, पर लगाया गया| यह कर 1679 से 1707

तक, औरंगज़ेब के शासनकाल के अंत तक, लागू रहा| इस तिरस्कार से हिंदू समुदाय में असंतोष बढ़ा| यह कर उस समय की प्रशासनिक नीतियों का हिस्सा था, और इसका प्रभाव भारत के विभिन्न क्षेत्रों में देखा गया|

औरंगज़ेब के शासनकाल (1658–1707) में शरिया के आधार पर नीतियाँ लागू की गई| इस काल में हिन्दुओं के धार्मिक और शैक्षिक उपासनों पर गहरा आघात हुआ| मंदिरों में विद्या का प्रकाश बुझाया गया, और संस्कृत अध्ययन की परंपरा को दबाया गया|

हिन्दुओं पर अत्याचार का ये खेल औरंगज़ेब के बाद भी थमा नहीं| उसके दरबार की सत्ता भले ही मिट्टी में मिल गई, पर उसकी नीतियों की छाप भारत के गाँव-गली में बनी रही| 18वीं सदी आते-आते, मुग़ल साम्राज्य की कमज़ोर होती पकड़ के बीच, स्थानीय शासकों और नवाबों ने इस खेल को अपने हाथों में ले लिया| बंगाल से लेकर दक्कन तक, प्रलोभन और दबाव का यह दोहरा हथियार चलाया जाता रहा| कहीं मंदिरों की ज़मीनें छीनकर मस्जिदों को दी गईं, तो कहीं हिंदू किसानों को करों के बोझ तले दबाकर उन्हें मजबूर किया गया कि वो अपना धर्म बदल लें| यह सब केवल धर्म का मसला नहीं था—यह सत्ता का ऐसा खेल था, जिसमें संस्कृति को कुचलकर वफादारी खरीदी जाती थी| फिर भी, इन अंधेरे बादलों के बीच, भारत की आत्मा टूटी नहीं| उसने अपने रंग, अपनी परंपराओं को किसी न किसी रूप में बचाए रखा, जैसे कोई दिया, जो तूफान में भी टिमटिमाता रहे|

भारत के बीते कई सौ वर्षों का इतिहास केवल अन्याय और रक्त से भरा है जो अतिचार, दमन, बलपूर्वक धर्म-परिवर्तन, लूट और हमारे आत्मसम्मान को ठेस पहुँचाने की याद दिलाता है| पर आज का समाज, इस सच को—हमारे अतीत के उन संघर्षों और बलिदानों को—अनदेखा कर देता है—जैसे यह सब अब मायने न रखता हो|

हमारे कुछ नेता इस हकीकत को स्वीकार करने से कतराते हैं, शायद इसलिए, क्योंकि इस सच के सामने आने पर कुछ नेताओं की कुर्सी पर सत्ता का खतरा मंडराने लगता है| "औरंगज़ेब के व्यक्तित्व को कुछ लोग एक महान मुस्लिम शासक के रूप में दर्शाते हैं, पर उन्हें यह नहीं बताया जाता कि उसने अपने पिता शाहजहाँ को 1658 से 1666 तक आगरा के किले में कैद रखा और अपने दो सगे भाई दाराशिकोह और मुराद बख्श को मरवा डाला, दाराशिकोह का सिर काटकर शाहजहाँ को भिजवाया गया|"

—क्या हमने अपने अतीत को भुला दिया? या इसे हमारी यादों से जानबूझकर हटाया गया है?

आखिर वे कौन-सी शक्तियाँ थीं, जो हमारे पूर्वजों की जड़ों को उखाड़ फेंकना चाहती थीं? वह इतिहास, जिसने हमारी सभ्यता की नींव को हिलाकर रख दिया, हमें क्यों नहीं सुनाया गया? क्या कोई डर था, या कोई साज़िश, जो इन सच्चाइयों को अंधेरे में दफनाए रखना चाहती थी? ये सवाल अब तक रहस्य की परतों में छिपे हैं, लेकिन अब वक्त आ गया है कि हम इन पर से पर्दा उठाएँ और अपने अतीत की उस गूँज को सुनें, जो हमें इतने समय से पुकार रही है|

"एक समय था, जब भारत विश्व की अर्थव्यवस्था का स्वर्णिम रत्न था—सोने-चाँदी, मसालों और रेशम का व्यापार दूर-दूर तक फैला हुआ था| पर मुग़लों के आक्रमण के बाद, खासकर औरंगज़ेब के दौर में, यह चमक धीरे-धीरे फीकी पड़ने लगी—जंगों और जज़िआ ने इसकी नींव हिला दी|"

—मैंने पूना में एक कार्यक्रम में अपने व्याख्यान के बीच छात्रों से पूछा|

—"क्या आपको लगता है कि हमने अपनी समृद्धि वाली कहानी को भुला दिया है, या इसे हमसे छिपाया गया है?"

—"क्या आप जानते हैं भारत को 'माँ' क्यों कहा जाता है और इसे क्यों पूजा जाता है?"—मैंने सवाल उठाया|

—"क्योंकि यह हमारी संस्कृति है"—छात्रों के बीच से किसी ने कहा|

—"और यह हमारी संस्कृति कैसे बनी?"—मैंने फिर पूछा|

जवाब में खामोशी छाई रही, तब मैंने आगे कहा—"आज विज्ञान हमें बताता है कि पृथ्वी गोल है, पर हिंदू सभ्यता ने यह सत्य सदियों पहले जान लिया था| तभी तो भूमि के अध्ययन को 'भूगोल' कहा गया—'भू' अर्थात धरती, 'गोल' यानी गोलाकार| यह कोई संयोग नहीं, बल्कि हमारे पूर्वजों की दूरदर्शिता का प्रमाण है"|

'मानव जीवन इस धरती पर फूलों की तरह खिलता है| प्रकृति ने इस विशाल कैनवास को अलग-अलग रंगों से सँवारा है—कहीं बर्फ की बिछी चादरें—जहाँ साँसें ठंड से जम जाती हैं और तापमान शून्य से नीचे चला जाता है, तो कहीं रेगिस्तान की तपती रेत—जहाँ नदियाँ एक सपने-सा लगती हैं और गर्मी पचास डिग्री को पार करके पत्थरों को भी झुलसा देती है| फिर आता है भारत—एक ऐसी भूमि, जहाँ प्रकृति ने अपने सारे खज़ाने उड़ेल दिए| यहाँ छह ऋतुएँ खिलती हैं:

हेमंत की सिहरन, शरद का आलोक, शिशिर की ठिठुरन, वसंत का पराग, ग्रीष्म की तपन, और वर्षा का झरझर गीत। इसकी मिट्टी ऐसी उपजाऊ है कि बीज छूते ही अंकुर फूट पड़ते हैं। इसके पर्वत खनिजों से लदे हैं—धरती की इस धूल में जीवन थिरकता है, यहाँ की हवा के कण-कण में सौंदर्य बसता है, एक ऐसी संपदा, जो प्रकृति की हर साँस में गूँजती है'।

—"अगर भारत इतना संपन्न और समृद्ध राष्ट्र है, तो यहाँ इतनी दरिद्रता क्यों है? यहाँ इतना अन्याय क्यों है?"—एक छात्र ने उठकर पूछा, उसकी आवाज़ में रोष था।

—"चोर वहाँ नहीं जाता, जहाँ कोठरियाँ खाली पड़ी हों। वह सोने-चाँदी से लदी हवेली की चौखट पर दस्तक देता है"—मैंने उसकी आँखों में झाँकते हुए कहा।

—"भारत कभी गरीब नहीं था—यह एक ऐसा हीरा था, जहाँ सदियों से लुटेरों ने अपनी नज़रें गड़ाई हुई थीं। पहले अरब, ग़ज़नवी, गोरी, तैमूर, फ़ारसी, अफ़ग़ान, मुग़ल और कई अन्य आक्रमणकारियों ने भारत के गौरव पर प्रहार किया, फिर अंग्रेजों ने इसकी समृद्धि निचोड़ डाली। यह सुख और वैभव का उपवन था—भला उन लोभी आँखों से कैसे छिप सकता था, जिनके हिस्से में प्रकृति ने ऐसा सौंदर्य नहीं बिखेरा? जब बाहर से आए हमलावर अपनी तलवारों से हिंदुओं को कुचल सके, तो अंग्रेज़ों के पास तो गोला-बारूद था—हर धमाके के साथ वे भारत के गौरव को चूर-चूर करते गए"।

"हज़ारों वर्षों से, विश्व की तमाम ताकतों ने हिंदुओं को अपना निशाना बनाया है—हिन्दू, अर्थात भारत में रहने वाले सभी लोग—और अगर हम आज भी इस सच से मुँह मोड़ते रहे, तो वह घड़ी दूर नहीं, जब वे अपने मकसद में कामयाब होंगे और हिंदुओं की पूरी की पूरी कहानी ही जड़ सहित समाप्त कर दी जाएगी।"

तालीयों की गड़गड़ाहट के साथ कार्यक्रम संपन्न हुआ, पर मैं नहीं जानता कि कितने छात्रों ने मेरी बात को समझा और उनमें से कितने मेरी बात याद रख पाएंगे।

सौरभ से मेरी पहली मुलाकात जम्मू की ठंडी हवाओं में हुई थी, जब हम 'द कश्मीर फाइल्स' की रिसर्च के लिए वहाँ डेरा डाले हुए थे। उस दिन मैंने उसे पहली बार देखा—एक ऐसा नौजवान, जिसके भीतर जोश और जुनून का तूफान उमड़ रहा था, मानो वह बॉलीवुड की चकाचौंध में अपनी जगह बनाने को बेताब हो। पर सौरभ सिर्फ हीरो बनने के सपनों का पीछा करने वाला व्यक्ति नहीं था; उसकी

असली ताकत उसकी रिसर्च की गहरी पकड़ में छिपी थी, जिसने मुझे उसका क़ायल बना दिया|

पुरानी किताबों के पन्नों से लेकर धूल भरे दस्तावेज़ों तक—वह हर सूत्र को परखता, हर तारीख को तराशता, और हर कहानी के पीछे की हकीकत को बारीकी से उजागर करने की कला रखता था| जो बात मुझे उसमें सबसे अच्छी लगी, वह थी उसकी निष्पक्षता—विचारों का खुलापन और सत्य और केवल सत्य को समझने की उसकी अटूट चाह| जहाँ कई दूसरे शोधकर्ता अपने पूर्वाग्रहों में उलझ कर रह जाते हैं, उनसे अलग—सौरभ हर पक्ष को खुली आँखों से देखता, जैसे एक सच्चा शोधकर्ता करता है—जिसे केवल सत्य की तलाश हो|

—"क्या तुम इतिहास का सच जानना चाहते हो?"—मैंने सौरभ से पूछा, मेरी आवाज़ में एक अनकही चुनौती थी|

—"सर, मैं और कर क्या रहा हूँ?"—उसने झट से जवाब दिया|

—"तो इसके लिए तुम सीधे अदालत का दरवाज़ा क्यों नहीं खटखटाते?"—मैंने सवाल दागा, जैसे कोई तीर छोड़ दिया हो|

—"उससे क्या होगा, सर?"—उसने एक गहरी सांस लेते हुए कहा—"और बीस-पच्चीस साल बीत जाएँगे, फिर आप क्या मुझे अपनी फिल्म में एक बूढ़े का रोल दोगे? एक ऐसा बूढ़ा, जो सच का पता लगाने के लिए कोर्ट की सीढ़ियाँ चढ़ता-उतरता, पच्चीस साल तक लड़ता रहा—और आखिर में बस थककर बैठ गया?"

—"क्या तुम्हें भारत का संविधान सच जानने का अधिकार देता है?"

वो सोच में पड़ गया| इतिहास की गहराइयों में गोते लगाने वाला सौरभ, जिसने पुरानी किताबों से लेकर फीके दस्तावेज़ों तक, हर पन्नों को छान मारा था, इस सवाल पर हिल सा गया| उसकी निष्पक्षता, उसका खुला दिमाग, सत्य के प्रति उसकी चाह—मानो एक पल के लिए सब गायब हो गए| एक नागरिक के तौर पर संविधान उसे सच जानने का अधिकार देता है या नहीं, इसका जवाब उसके पास नहीं था| उसकी खामोशी कमरे में भारी होने लगी, जैसे कोई अनसुना सच दीवारों से टकरा रहा हो|

—"क्या सच जाने बिना, तुम्हें न्याय मिल सकता है?"—मैंने एक और प्रश्न कर डाला|

—"सर, बाद में बात करते हैं—आज मुझे बहुत थकान हो रही है—आगे सोच नहीं पा रहा"—सौरभ कुछ परेशान-सा हो गया|

—"गुड नाइट"—मैंने कहा|

मेरे भारत के लोकतंत्र से तीन मूल प्रश्न हैं:

क्या हमें सच जानने का अधिकार है?
क्या हमें न्याय पाने का अधिकार है?
क्या हमें ज़िंदा रहने का अधिकार है?

—"अगले दिन सुबह-सुबह सौरभ मेरे पास आया और बोला—'सर, मैं तैयार हूँ, अब हम इसे जान के रहेंगे'"|

—"इससे पहले कि हम इस यात्रा को शुरू करें, मैं तुम्हे एक कहानी सुनाता हूँ"|

'अरब के किसी अनाम मुल्क में वहाँ की बेगम के प्रेमपत्र उसके वज़ीर के हाथों में लग गए और पैसा ऐंठने के चक्कर में उसने उन पत्रों को हथियार बनाकर बेगम को डराना शुरू कर दिया| हताश और बेबस बेगम ने उन पत्रों की खोज के लिए वज़ीर के सभी ठिकानों पर अपने सबसे भरोसेमंद जासूस भेजे| उन जासूसों ने वज़ीर के सभी गोपनीय स्थानों को बुरी तरह से खंगाल डाला—दीवारें चीरीं, फर्श उखाड़े, हर साये को टटोला—पर वो पत्र कहीं न मिले| आखिरकार, वे निराशा के साथ, खाली हाथ वापस लौट आए'|

'बेगम वज़ीर की शर्त के आगे हार गईं और भारी कीमत चुकाकर उन्होंने उन पत्रों को वापस हासिल किया, पर बेगम के लिए यह जान लेना बेहद ज़रूरी हो गया था कि आखिर उसने वो पत्र छुपाए कहाँ थे, जिन्हे खोज पाना हुकूमत के सबसे बेहतरीन जासूसों के लिए भी नामुमकिन हो गया था'—मैंने सौरभ से पूछा—"क्या तुम अंदाज़ा लगा सकते हो कि उसने वो पत्र कहाँ छुपाकर रखे होंगे?"|

—"ये बता पाना कि उसने उन्हें कहाँ छुपाया था, थोड़ा मुश्किल है, क्योंकि जब वो उन जासूसों को भी नहीं मिले, तो उसमे कुछ न कुछ बात तो होगी"—सौरभ ने कहा|

—"फिर भी कुछ अंदाज़ा तो लगाओ"—मैंने कहा|

—"मुझे लगता है वो उन्हें अपने घर लाया ही नहीं होगा"।

—"नहीं, वो उसके घर में ही रखे थे"—मैंने सस्पेंस कुछ बढ़ा दिया।

राजू, जो इतनी देर से हमारी बातें सुन रहा था, अचानक बोल पड़ा—"सर, उसने उन्हें पक्का अपने कुँए में छिपा दिया होगा"।

25 साल पहले मिला था मैं राजू से—मेरे कैमरे ने देर रात धोखा दे दिया था और अगले दिन शूटिंग थी। मैं परेशान था—इसे ठीक करवाना ज़रूरी था। उस रात सैट पर राजू शाह मिला और मुझसे कहने लगा कि वह सुबह तक मेरा कैमरा ठीक करवाकर लाएगा मेरे पास। मैंने पूछा—"कैसे?"—तो बोला—"वो आप मुझ पर छोड़ दीजिए"। अगली सुबह वह मेरे घर पर था, हाथ में ठीक किया हुआ कैमरा लिए। उसने बताया कि वह काम की तलाश में है और मैंने उसे मौका दिया, और तब से राजू मेरे साथ है।

—"नहीं"—मैंने जवाब दिया।

—"तो सर, अब आप ही बता दीजिये, मुझसे तो अब और रहा नहीं जा रहा"—राजू ने मुझे कॉफी देते हुए कहा।

मैंने मुस्कुराते हुए कहा—"जानते हो उसने वो चिट्ठियाँ कहाँ रखी थीं? बिलकुल खुले में—मेज़ पर, बाकी काग़ज़ों के ढेर में, ठीक नज़रों के सामने। इतने सामने कि कोई सोच भी न सके। इसीलिए जासूस गद्दों को उधेड़ते रहे, मिट्टी खोदते रहे, पेड़ों पर चढ़ते रहे—जबकि सच उनकी आँखों के नीचे साँस ले रहा था"।

यह एक कटु सत्य है—अगर कोई ठीक हमारी नाक के नीचे बेशर्मी से धोखा दे, ऊँची आवाज़ में झूठ बोले, उसे बार-बार दोहराए, तो धीरे-धीरे वह धोखा धोखा नहीं लगता, वह झूठ सच की शक्ल ले लेता है। ठीक इसी तरह, हमारे सामने सबसे बड़े झूठ, सबसे गहरे रहस्य और सबसे नंगी धमकियाँ बेशर्मी से खुलेआम रख दी जाती हैं—आँखों के ठीक सामने, कानों के ठीक पास—फिर भी हम उन्हें देख नहीं पाते, सुन नहीं पाते, समझ नहीं पाते… क्यों? क्योंकि हमने अपनी ही बनाई एक सपनों की परत अपनी आँखों पर चढ़ा रखी है, जो हमें अंधा कर देती है।

भारत चीन की तरह नहीं है—यहाँ नागरिकों को बिना रोक-टोक दुनिया के विचारों से सहमत या असहमत होने का अधिकार है। साम्यवादी देश, विदेशी हस्तक्षेप को अपनी संप्रभुता के लिए खतरे के रूप में देखते हैं, पर भारत में तो आदिकाल से 'वसुधैव कुटुंबकम्' की परंपरा चली आ रही है, जो समस्त

संसार को एक कुटुंब मानती है। आज के युग में, कुछ साम्यवादी देशों को छोड़ दें, जो वैश्वीकरण को सीमित करते हैं, तो बाकी दुनिया ने भी इसे अपनाया है—भले ही घर अलग-अलग हों। आधुनिक संसाधनों से लैस इस संसार में वैचारिक मतभेद और समानता को लेकर संवाद चलता रहता है—यहाँ वार्तालाप कभी थमता नहीं।

जब वैश्वीकरण के नाम पर संसार को एक माना जाता है, तो हिंदुओं को अलग से क्यों तौला जाता है? यदि भारत के हिंदुओं को दुनिया भर के अन्य मज़हबों की आबादी के साथ रखकर देखें, तो क्या उनकी संख्या बेहद कम नहीं नज़र आएगी? वैश्विक नज़रिए से क्या हिंदू एक अल्पसंख्यक समुदाय नहीं हैं? यह वही समुदाय है, जो हज़ारों सालों से उत्पीड़न, हिंसा, और नरसंहार का शिकार रहा है—फिर भी, हिंदुओं ने कभी दूसरों की मान्यताओं को गलत नहीं ठहराया, कभी उनमें दखल नहीं दिया। इनके डीएनए में नफरत या घृणा का कोई अंश नहीं—यह केवल शांति और सद्भाव से जीना चाहते हैं। ऐसे समुदाय की आवाज़ क्या आज वैश्विक मंच पर नहीं रखी जानी चाहिए?

हिंदू समुदाय चुप रहता आया है और सब सहता आया है। आगे भी वह शायद चुप ही रहेगा, क्योंकि जैसा कहा गया है—'टूटे हुए लोग बोलते नहीं—उन्हें सुना जाता है'। तो क्या बरसों से पीड़ित हिंदुओं की सामूहिक चेतना को आज संयुक्त राष्ट्र जैसी संस्थाओं में सुना नहीं जाना चाहिए? जिस तरह यहूदियों के ऊपर हुए अत्याचार और नरसंहार को वैश्विक मान्यता मिली, वैसे ही हिंदुओं पर हज़ार वर्षों से चले आ रहे इस नरसंहार को—जो आज भी धार्मिक हिंसा के रूप में जारी है—क्या वैश्विक मंच पर सुना नहीं जाना चाहिए?

सोचते-सोचते अचानक मेरी नज़र सामने मकड़ी पर पड़ी। उसके छोटे-छोटे पैर सटीकता के साथ एक जटिल पैटर्न बुन रहे थे—एक ऐसा जाल, जो देखने में अलौकिक था, पर इसके पीछे का भयावह मकसद मुझे पता था। यह कोई कला नहीं, बल्कि शिकार को फँसाने का हथियार था—मकड़ी इसे इतनी सूक्ष्मता से बुनती है कि दिखाई न देने के बावजूद, अगर कोई उसकी चपेट में आ जाए, तो बचना असंभव हो जाता है। मौत भी तड़पते हुए धीरे-धीरे गले लगाती है। मैं सोच में डूब गया—इस जाल से कैसे बचा जा सकता है, जो मकड़ी ने असावधान जीवों के लिए रचा है?

फिर ख्याल आया कि ऐसे ही जाल तो इंसान भी बुनते हैं| मकड़ी तो फिर भी अपने जीवन के लिए ऐसा करती है, पर इंसान अपने स्वार्थ के लिए एक पल भी नहीं सोचता|

तभी मैंने देखा—जाल के पास एक मक्खी भिनभिना रही थी| मैं साँस रोककर देखने लगा—क्या वह फँसेगी या बच निकलेगी? अगर मक्खी इसे देख ले, तो शायद अपना रास्ता बदलकर निकल जाए| लेकिन फिर विचारों ने उड़ान भरी| क्या होगा, अगर मक्खी रुककर इस जाल के रहस्य को समझ ले?

अगर वह जान ले कि यह उसे मारने के लिए बुना गया है, तो शायद वह इसे ध्वस्त करने की कला भी सीख सकती है|

मक्खी का क्या हुआ—वह फँसी या बच निकली—यह रहस्य मेरे साथ ही रहा| पर उस रात, मैंने उस 'इको-सिस्टम' के जाल को जाना, जिसे मैं पहले ही देख चुका था| मैंने प्रण लिया कि अब मैं इसे समझूँगा, पहचानूँगा, और इसे ध्वस्त करने का हर प्रयास करूँगा|

3

'हिन्दोस्ताँ हमारा' खिलाफत आंदोलन

लगभग पेंतीस साल पहले, 1990 के दशक में, जब मैं एडवर्टाइज़िंग में काम करता था, मुझे अच्छी तरह याद है कि एक बार मैं दिसंबर की कड़कड़ाती ठंड में भोपाल से दिल्ली वापस आ रहा था| ट्रेन से उतरते वक्त रात के नौ बज रहे थे| स्टेशन के बाहर सब सुनसान था| वहाँ पास ही एक वृद्ध आग में अपने हाथ ताप रहे थे; उनके चश्मे में आग की लपटें चमक रही थीं| कोई टैक्सी या ऑटो नहीं था, इसलिए इंतज़ार के सिवा मेरे पास कोई चारा नहीं था|

आग की लपटों पर नज़रें टिकाए मैंने कहा—"बड़ी अजीब बात है, आज कोई टैक्सी ही नहीं दिख रही?"

—"आज उनकी हड़ताल है"—उन्होंने आग से आँखें हटाए बिना जवाब दिया—"वैसे सभी हड़ताल नहीं चाहते थे, पर भीड़ के आगे उनकी एक न चली|"

—"भीड़ में बहुत ताकत होती है"—मैंने कहा|

—"नहीं!"—उनकी आवाज़ में ठहराव था—"ताकत भीड़ में नहीं होती| भीड़ कभी अपने आप इकट्ठा नहीं होती, न ही अपने से तोड़फोड़ करती है| भीड़ को इकट्ठा किया जाता है, उसे उकसाया जाता है| असल ताकत उस इंसान में होती है, जो भीड़ को जमा करता है और अपनी मर्ज़ी का काम करवाता है|"

उनकी कही वह बात आज भी मेरे ज़हन में बैठी हुई है—और यह सच है| 1920 के पहले क्या भारत के सभी मुसलमान एक अलग राष्ट्र चाहते थे? नहीं, पर कुछ नेताओं ने अपनी महत्वाकांक्षाओं के लिए भीड़ इकट्ठी की| उन्होंने हिंदुओं और मुसलमानों के बीच संदेह का बीज बोया—"हिंदू और मुसलमान एक छत के नीचे नहीं रह सकते, उन्हें अलग राज्य चाहिए|" पहले उनपर यह बात

थोपी गई, फिर इसका पालन-पोषण किया गया, और अंततः एक राष्ट्र की छाती पर खंजर चला| लगभग आठ दशकों बाद, आज के बचे हुए भारत में भी यही खतरा मंडरा रहा है| सत्ता की इस शतरंज में, भीड़ महज़ एक मोहरा है, जिसके डोर उन सायों में छुपे हैं, जो हमारी आँखों से परे हैं|

1914 में, प्रथम विश्व युद्ध छिड़ गया| ओटोमन साम्राज्य—जिसे आज तुर्की के नाम से जाना जाता है—जर्मनी, ऑस्ट्रिया और हंगरी के साथ मित्र राष्ट्रों में शामिल हो गया| ब्रिटिश-भारत सेना के अधीन काम करने वाले भारतीय सैनिक ब्रिटेन की ओर से लड़े, और ओटोमन साम्राज्य की हार हुई| 1918 में युद्ध समाप्त होते-होते ओटोमन खलीफा भी पतन के कगार पर पहुँच गए| ब्रिटेन, फ्रांस और संयुक्त राज्य अमेरिका के नेतृत्व वाली विजयी शक्तियों ने खलीफा की विचारधारा को जड़ से खत्म करने की ठानी, क्योंकि "तुर्की अब एक पराजित शत्रु था, जिसे विजेता हमेशा के लिए मिटा देना चाहते थे"| "भारतीय मुसलमानों को यह डर सताने लगा था कि ब्रिटिश अपने युद्धकाल में किये गए वादे तोड़ देंगे, जिनमें उन्होंने इस्लाम के पवित्र स्थानों की रक्षा करने का भरोसा दिलाया था"| यहीं से खिलाफत आंदोलन की चिंगारी भड़क उठी|

खिलाफत आंदोलन आर्थिक तंगी से त्रस्त लोगों का गुस्सा भी था| युद्ध के बाद ब्रिटिश करों और महंगाई ने किसानों-मज़दूरों को तोड़ दिया था| 1920 में यह संकट खिलाफत को असहयोग आंदोलन से जोड़ने वाला हथियार बना, जहाँ भीड़ में मज़हब की लड़ाई के साथ भूख की आग भी जल रही थी|

प्रथम विश्व-युद्ध-विराम के बाद से जिन्नाह ने भारत में ब्रिटिश सरकार की नीतियों पर गहरा असंतोष जताना शुरू कर दिया था| उनके दो प्रमुख मुद्दे थे: पहला, रौलट बिल और पंजाब में अत्याचार, जिसे वे भारत की स्वतंत्रता पर हमला मानते थे; और दूसरा ओटोमन साम्राज्य व खिलाफत को खत्म करने का प्रयास, जिसे वे अपने मज़हबी ऐतबार पर आघात समझते थे| जिन्नाह का कहना था कि हर देश को अंतरराष्ट्रीय नीति बनाते वक्त आंतरिक न्याय और मानवता के सिद्धांतों पर ध्यान देना चाहिए और उन्हें यह भी लगता था कि तुर्की पर अनुचित शर्तें थोपने और ओटोमन साम्राज्य में दखलंदाज़ी से भारत का ब्रिटिश सरकार पर भरोसा टूट रहा है| जिन्नाह ने इसे अपने मज़हब के ऊपर व्यक्तिगत हमले के रूप से लिया, क्योंकि वे इसे केवल सत्ता का खेल नहीं, बल्कि अपनी आस्था में दख़लंदाज़ी मानते थे|

लेकिन भारत के अधिकतर मुसलमान ओटोमन साम्राज्य के सुल्तान को अपना खलीफा नहीं मानते थे| भारतीय मुसलमान आम तौर पर मज़हबी या राजनीतिक राय मशवरे के लिए दूर के खलीफा की ओर देखने के बजाय, स्थानीय मज़हबी नेताओं, सूफी संतों और इस्लामी उलेमाओं का अनुसरण करते थे| अगर यह कहा जाए कि भारत के मुसलमानों का हज़ारों मील दूर बैठे, तुर्की के खलीफा से कुछ लेना-देना नहीं था, तो इसमें कोई अतिशयोक्ति नहीं होगी| फिर भी, खिलाफत का विचार उनके लिए एक प्रतीक बन गया—न कि रोज़मर्रा की आस्था का हिस्सा, बल्कि ब्रिटिश अन्याय के खिलाफ एकजुट होने का ज़रिया|

भारत में शौकत अली और मौलाना मोहम्मद अली जौहर जैसे प्रभावशाली नेता—जिन्हें अली ब्रदर्स कहा जाता था—हकीम अजमल खान और अबुल कलाम आज़ाद, खिलाफत आंदोलन के पक्ष में खड़े हो गए, भले ही तब तक आम लोग उनके साथ नहीं थे| "अली बंधुओं ने 1919 में अमृतसर में भीड़ को आकर्षित करते हुए कहा, अब और कोई सरकार नहीं, अब केवल अल्लाह की सरकार है," पर शायद यह बात हर मुसलमान तक नहीं पहुँच पायी| मुझे लगता है कि आज भी भारत में ज़्यादातर लोग 'खिलाफत' का पूरा मतलब नहीं समझते| वे अक्सर इसे 'खिलाफ' शब्द से जोड़कर देखते हैं, यह सोचते हुए कि यह अंग्रेज़ों के 'खिलाफ' कोई आंदोलन था| जबकि इसका असल नाम 'खलीफत आंदोलन' था, जिसका मकसद मुस्लिम उम्माह के खलीफा को बचाना था|

अंग्रेज़ों ने खिलाफत को अपने ऊपर खतरा माना और इसे कुचलने के लिए अली बंधुओं को 1921 में जेल में दाल दिया गया| साथ ही, हिंदू-मुस्लिम एकता तोड़ने के लिए संदेह का बीज बोया| उनके वादे तोड़ना एक चाल थी, मगर यह दमन आंदोलन की आग को भड़काने के लिए किया गया|

भारत के इन मुस्लिम नेताओं ने भीड़ को इकट्ठा कर उन्हें खलीफत आंदोलन के लिए तैयार करने का फैसला किया| "यह आंदोलन जिन्नाह के लिए परेशानी का सबब बन गया, जो इसे भीड़ की भावनाओं का खेल मानते थे"| मुझे अचानक पैंतीस साल पहले कही उस वृद्ध की बात याद आ गई—"भीड़ कभी अपने आप इकट्ठा नहीं होती; न ही अपने से तोड़फोड़ करती| उसे इकट्ठा किया जाता है, उकसाया जाता है| असल ताकत उस इंसान में होती है, जो भीड़ को जमा करता है और अपनी मर्ज़ी का काम करवाता है|" क्या ये नेता भीड़ को सिर्फ अपने फायदे के लिए इस्तेमाल करना चाहते थे?|

इन नेताओं ने गाँधी से भारतीय मुसलमानों को एकजुट करने और ओटोमन खलीफा पर लगाए गए प्रतिबंधों का विरोध करने का आग्रह किया| उनका मानना था कि गाँधी की भागीदारी उनके मुद्दे को एक शक्तिशाली आवाज़ देगी| खिलाफत नेताओं ने गाँधी को इसलिए चुना, क्योंकि उनकी लोकप्रियता पूरे आंदोलन को भारत में फैला सकती थी| अली ब्रदर्स ने गाँधी को एक अवसर के रूप में देखा, जो उनके मज़हबी मक़सद को राष्ट्रीय मंच पर ले जा सके| गाँधी को लगा कि यह मुसलमानों को स्वतंत्रता संग्राम में शामिल करने का सुनहरा अवसर है| वे सोचते थे कि इससे उनके असहयोग आंदोलन को बल मिलेगा और हिंदू-मुस्लिम एकता का सपना साकार होगा|

खिलाफत आंदोलन की चिंगारी भारत में आग बनकर फैल गई| 1919 के आने तक, भारतीय मुसलमानों का गुस्सा उबाल पर था— अपने खलीफा को अपमानित होते देख वे चुप नहीं रह सके| मुसलमानों को डर था कि ब्रिटिश सरकार द्वारा किये गए वादे टूटने से इस्लाम के पवित्र स्थल खतरे में पड़ जाएँगे, और इस डर ने उन्हें सड़कों पर ला दिया| यह आंदोलन जिन्नाह के लिए भी चुनौती बन गया, जो उस समय संवैधानिक रास्ते में यकीन रखते थे, न कि भीड़ के उन्माद में| जिन्नाह ने गाँधी के तरीके को चेताया कि "यह रास्ता अराजकता की ओर ले जाएगा, पर गाँधी ने इसे एक अवसर माना जिससे हिंदू-मुस्लिम एकता को स्थापित किया जा सकता था|

हालाँकि जिन्नाह 1913 में मुस्लिम लीग में शामिल हो गए थे, वे कांग्रेस के सदस्य भी बने रहे| जिन्नाह ने शुरू में हिंदू-मुस्लिम एकता को देश की ताकत माना, किंतु गाँधी के साथ गहरे वैचारिक मतभेदों के कारण उन्हें 1920 में कांग्रेस से इस्तीफा देना पड़ा| जिन्नाह का मानना था कि भावनाओं से भीड़ को भड़काना पाप है, और वे गाँधी के असहयोग आंदोलन को भी कुछ हद तक अनुचित मानते थे| दिसंबर 1920 में भारतीय राष्ट्रीय कांग्रेस के नागपुर अधिवेशन में यह टकराव चरम पर पहुँच गया, जहाँ जिन्नाह की संवैधानिक सोच भीड़ के उन्माद के सामने ढह गई|

शौकत अली (1873-1938) खिलाफत आंदोलन के प्रमुख नेता थे, जिन्होंने बाद में पाकिस्तान की माँग उठाई| 1995 में पाकिस्तान पोस्टल सर्विसेज़ ने इनके नाम पर डाक टिकट ज़ारी कर इन्हे सम्मानित किया| वहीं, मोहम्मद अली जौहर

(1878-1931) न सिर्फ खिलाफत आंदोलन और मुस्लिम लीग में सक्रिय रहे, बल्कि 1923 में कुछ समय तक भारतीय राष्ट्रीय कांग्रेस के अध्यक्ष भी बने| "जौहर शुरू में गाँधी के करीबी सहयोगी थे, किंतु बाद में वो उनकी नीतियों के आलोचक बन गए"| उन्होंने नेहरू रिपोर्ट का विरोध किया और जिन्नाह के चौदह सूत्री प्रस्तावों का समर्थन किया, जो मुस्लिम हितों की रक्षा का वादा करते थे|

1928 में मोतीलाल नेहरू की अध्यक्षता में तैयार की गई नेहरू रिपोर्ट ब्रिटिश सरकार की चुनौती का जवाब था, जो साइमन कमीशन के बाद लाई गई और 1919 के भारत सरकार अधिनियम की समीक्षा के लिए रखी गई| इस रिपोर्ट में संसदीय शासन की रूपरेखा दर्शायी गई, जिसमें अभिव्यक्ति की स्वतंत्रता, कानून के समक्ष समानता, और नि:शुल्क प्रारंभिक शिक्षा जैसे मौलिक अधिकारों की गारंटी दी गई| यह भारत की स्वतंत्रता की दिशा में एक बड़ा कदम था| 28 अगस्त, 1928 को पेश की गई इस रिपोर्ट को मिली-जुली प्रतिक्रिया मिली| "मुस्लिम नेताओं ने इसे सिरे से खारिज कर दिया, क्योंकि इसमें अलग निर्वाचन क्षेत्रों का कोई प्रावधान नहीं था"| यह असहमति एक अलग राष्ट्र की माँग की नींव बन गई, जिसे जिन्नाह और उनके समर्थकों ने आगे बढ़ाया|

1929 में नेहरू रिपोर्ट की प्रतिक्रिया में मुहम्मद अली जिन्नाह ने मुस्लिम अधिकारों की रक्षा के लिए चौदह शर्तों के साथ संवैधानिक सुधारों का प्रस्ताव पेश किया| जिन्नाह को लगा कि नेहरु रिपोर्ट मुसलमानों की चिंताओं को नज़रअंदाज़ करती है, और उनका उद्देश्य भारत में मुस्लिम हितों को सुरक्षित करना था| उन्होंने मुस्लिम-बहुल क्षेत्रों में प्रांतीय स्वायत्तता, विधानसभाओं में मुस्लिम प्रतिनिधित्व, अलग निर्वाचन क्षेत्र और मुस्लिम-बहुल प्रांतों की सुरक्षा की माँग की| साथ ही, जिन्नाह ने मंत्रिमंडलों में मुसलमानों की उचित हिस्सेदारी, उत्तर-पश्चिम सीमांत प्रांत (एनडब्ल्यूएफपी) व बलूचिस्तान में सुधार, तथा मुस्लिम तहज़ीब और पहचान की रक्षा की बात उठाई| यह प्रस्ताव जिन्नाह की उस सोच का परिणाम था, जो संवैधानिक ढाँचे में मुसलमानों के लिए स्थान सुनिश्चित करना चाहती थी|

यह कितने आश्चर्य की बात है कि 2024 के महाराष्ट्र विधानसभा चुनाव से पहले ऑल इंडिया उलेमा बोर्ड ने भी अपने समर्थन के बदले कुछ ऐसी ही 17 माँगें रखी थीं| मैंने अखबारों में पढ़ा था कि उलेमा बोर्ड ने मुसलमानों के लिए नौकरियों और

शिक्षा में 10% आरक्षण, वक्फ बोर्ड के विकास के लिए 1000 करोड़ रुपये, 2012 से जेल में बंद मुसलमानों की रिहाई, इमामों और मौलानाओं को 15,000 रुपये मासिक वजीफा, पुलिस भर्ती में मुस्लिम युवाओं को प्राथमिकता, सरकारी समितियों में प्रतिनिधित्व, 2024 के चुनाव में 50 मुस्लिम उम्मीदवारों को टिकट, वक्फ बोर्ड में 500 कर्मचारियों की भर्ती, वक्फ संपत्तियों का संरक्षण, और आरएसएस पर प्रतिबंध की शर्तें रखीं। क्या यह इतिहास का पुनरावर्तन है, या मात्र सत्ता की भूख में एक नया दाँव?

जो माँगें जिन्नाह ने सौ साल पहले रखीं और भारत को दो हिस्सों में बाँट दिया, वही माँगें 2024 के भारत में उठाई गईं, और सभी चुप रहे। मानो 1929 से 2024 तक के 95 साल उस छाया के साथ लुप्त हो गए, जो शांति की आशा जगाती थी, और हम जहाँ के तहाँ खड़े हैं—जैसे एक सदी बीतने पर भी कुछ न बदला हो। क्या यह महज़ संयोग है, या वही इतिहास फिर हमारे सामने उभर रहा है?

खिलाफत आंदोलन के प्रमुख नेताओं में से एक, हकीम अजमल खान न केवल एक प्रसिद्ध चिकित्सक और शिक्षक थे, बल्कि राजनीति में भी अपनी गहरी छाप छोड़ गए। उन्होंने जामिया मिल्लिया इस्लामिया और यूनानी तिब्बिया कॉलेज की सह-स्थापना की। "खान गाँधी के साथ खिलाफत में कंधे से कंधा मिलाकर चले," और उनकी यह एकता आंदोलन की ताकत बनी।

मक्का में जन्मे अबुल कलाम ग़ुलाम मुहियुद्दीन अहमद बिन खैरुद्दीन अल-हुसैनी आज़ाद—जिन्हें मौलाना आज़ाद के नाम से जाना जाता है—अरबी के आलिम थे, और खिलाफत आंदोलन के प्रमुख नेता। आज़ाद ने खिलाफत को एक मज़हबी मसला माना। वे कांग्रेस के अध्यक्ष और भारत के पहले शिक्षा मंत्री बने, साथ ही जामिया मिल्लिया इस्लामिया के संस्थापक सदस्यों में शामिल हुए। उनका जन्मदिन राष्ट्रीय शिक्षा दिवस के रूप में मनाया जाता है। मुझे आश्चर्य होता है कि जब मैं व्याख्यानों में युवाओं से इनके बारे में पूछता हूँ, तो कई बार वे इन्हें अब्दुल कलाम समझ लेते हैं—जो एक प्रसिद्ध वैज्ञानिक और भारत के राष्ट्रपति थे।

खिलाफत आंदोलन, जो कभी जोश और ताकत का प्रतीक था, धीरे-धीरे अपने आप बिखरने लगा। अंतिम झटका तब लगा, जब तुर्की में मुस्तफा कमाल पाशा की क्रांति ने 1924 में खिलाफत को ही खत्म कर दिया। अली ब्रदर्स

मुस्लिम लीग में चले गए जबकि मौलाना आज़ाद और अजमल खान गाँधी के साथ कांग्रेस में बने रहे| इन नेताओं ने भारतीय राजनीति पर अपनी गहरी छाप छोड़ी, और मुस्लिम लीग ने पाकिस्तान की माँग को मज़बूती से उठाया| क्या इसके लिए गाँधी ज़िम्मेदार नहीं? यह सवाल मेरे मन में अक्सर आता है—क्या उनकी एकता की उम्मीद ने ही इस बिखराव की नींव रखी?|

शुरुआत में जिन्नाह धर्म को राजनीति से अलग रखने की बड़ी-बड़ी बातें करते थे| 1916 में जिन्नाह हिंदू-मुस्लिम एकता के दूत थे, जो संवैधानिक रास्ते पर चलते हुए देश को एक रखना चाहते थे| फिर ऐसा क्या हुआ कि अंततः जिन्नाह ने मज़हब के नाम पर ही अपनी नई राजनीतिक पहचान बनाई, जो पहले से कहीं अधिक शक्तिशाली थी?

जिन्नाह ने देखा कि गाँधी की भावनात्मक अपील ने भीड़ को मोह लिया, और वे समझ गए कि भारत में धर्म अब राजनीति का खेल बन चुका है| जिन्नाह को यह भी एहसास हो गया कि मुसलमान अपने मज़हब के प्रति गहरी आस्था रखते हैं| अगर वे इस आस्था को अपनी राजनीति का हथियार बना लें, तो यह उनके लिए फायदे का सौदा होगा| एक बार गाँधी ने उनसे कहा—"आपने मुसलमानों को मंत्रमुग्ध कर दिया है|" जिन्नाह का जवाब था—"और आपने हिंदुओं को|" यह तीखा जवाब उस बदलाव की गवाही देता है—जिसने जिन्नाह को संविधान मानने वाले वकील से एक मज़हबी नेता की ओर बढ़ा दिया, और जिसने भारत की तकदीर को हमेशा के लिए बदल दिया|

मैं गाँधी का आलोचक नहीं हूँ| बल्कि, उनके अनेक कार्यों—उनकी अहिंसा, स्वतंत्रता संग्राम में एकता के प्रयास—की मैं दिल से सराहना करता हूँ| अगर गाँधी ने खिलाफत आंदोलन का साथ दिया, तो उनका आशय नेक था| गाँधी इसे हिंदू-मुस्लिम एकता का अवसर मानते थे, ताकि मुसलमान भी स्वतंत्रता की लड़ाई में शामिल हों| वे मुसलमानों का भला चाहते थे, पर शायद वे इस बात से अनजान थे कि इस्लाम में मज़हब का दर्जा राष्ट्र से कहीं ऊँचा है—यह अंतर जिन्नाह बखूबी समझते थे|

जिन्नाह ने देखा कि मज़हब मुसलमानों के लिए सिर्फ आस्था नहीं, बल्कि उनकी पहचान का आधार है| गाँधी ने जो किया, वह अनजाने में किया—एक सपना, जो एकता से शुरू हुआ, पर बिखराव में खो गया| लेकिन मोहम्मद अली

जिन्नाह ने जो किया, वह सोच-समझकर किया—एक ऐसी रणनीति, जिसने मज़हब को हथियार बनाकर भारत की तकदीर बदल दी|

मुस्लिम लीग में शामिल होने के बाद जिन्नाह की प्राथमिकताएँ बदल गईं| '1920 के बाद जिन्नाह ने मुस्लिम राष्ट्रवाद को अपनी ढाल बनाया और एक अलग देश की आवश्यकता पर ज़ोर देना शुरू किया,'| यह बदलाव उनके रूप-रंग में ही नहीं, बल्कि उनके भाषणों और नीतियों में भी साफ झलकता था जहाँ—एक समय वो कांग्रेस में रहकर एकता की बात करते थे, अब उनकी नज़रें केवल मुसलमानों को एकजुट करने में और उनकी पहचान को मज़बूत करने में टिक गईं| उनका यह नया दृष्टिकोण उनके कपड़ों की सिलवटों से लेकर उनकी दमदार आवाज़ तक में गूँजता था—एक ऐसा जिन्नाह, जो अब भारत को दो हिस्सों में देखने का सपना संजोए था|

राजनीतिक गलियारों में यह बात मशहूर है कि जिन्नाह, 'लंदन गए तो सूट और टाई में, पर लौटे अचकन और टोपी में|' यह बदलाव सिर्फ पहनावे का बदलाव नहीं था—यह मुसलमानों के साथ उनकी बढ़ती नज़दीकी और मुस्लिम जनता से जुड़ने की उनकी गहरी इच्छा का प्रतीक था| 'कांग्रेस छोड़ने के बाद, जिन्नाह ने मुस्लिम लीग को अपनी आवाज़ दी, जो उनकी नई पहचान का आधार बनी,'| 'यह परिवर्तन उनके रूप-रंग से लेकर नीतियों तक में झलकने लगा, मानो वे मुसलमानों के दिल की धड़कन बनना चाहते थे,'—"अब वे सिर्फ मुस्लिम अधिकारों के पैरोकार नहीं थे, बल्कि एक ऐसी ताकत बन गए जो भारत को दो हिस्सों में देखने का सपना बुन रही थी|"

एक ओर जिन्नाह थे—वह शख्स, जिसने अपना जीवन ऐशो-आराम में बिताया, महँगी शराब का शौक रखा, और लंदन की चमक में रचा-बसा| जिन्नाह का जीवन भव्य था, पर जब मुसलमानों को एकजुट करने का मौका आया, तो उन्होंने अपना थ्री-पीस सूट उतारकर अचकन और टोपी पहनने में ज़रा भी देर नहीं की | यह बदलाव सिर्फ बाहरी नहीं था—यह उनकी सोच का वह हथियार था, जिसने मुस्लिम जनता को मंत्रमुग्ध कर दिया| दूसरी ओर गाँधी थे—वो महात्मा, जिसने संतों-सा जीवन जिया, त्याग की मिसाल कायम की, और मुसलमानों के भले की सोच रखी| गाँधी खिलाफत को एकता का पुल मानते थे, पर शायद इसके परिणामों को वे पूरी तरह नहीं समझ सके| फिर भी, उनके नेक इरादों पर सवाल नहीं उठाया जा सकता| मेरा मानना है कि गाँधी के शुद्ध विचार समाज तक पूरी

तरह इसलिए नहीं पहुँच पाए, क्योंकि उनके और जनता के बीच जिन्नाह जैसे नेता अपनी जगह बना चुके थे—एक ऐसी दीवार, जिसने गाँधी के सपनों को छूने से पहले ही रोक दिया|

लेकिन खिलाफत आंदोलन आखिर क्या था? यह सवाल एक अनसुलझी पहेली बनकर रह गया| क्या इसका भारत की स्वतंत्रता से कुछ लेना-देना था, या यह एक दूर बैठे खलीफा के लिए मचाया शोर था? क्या खिलाफत आंदोलन के नेताओं ने अपनी सुविधा के लिए गाँधी के साथ छल किया? अली ब्रदर्स ने गाँधी को एक अवसर के तौर पर देखा, इन नेताओं को कोई नायक मानता रहा तो कोई उन्हें खलनायक कहने लगा| लेकिन इस आंदोलन की आड़ में हुआ कुछ और ही—हिन्दुओं के ऊपर हिंसा भड़क उठी—यह हिंसा भारत के शहरों, गाँवों, और कस्बों में तांडव बनकर फैली, जिससे इंसानियत काँप उठी| सवाल यह उठता है कि यह हिंसा अपने आप होने लगी या इसे भड़काया गया?—"क्योंकि भीड़ कभी अपने आप कुछ नहीं करती|" वृद्ध की वह बात मेरे कानों में गूँजने लगी—"उसे उकसाया जाता है, करवाया जाता है|"

यह मान लेना ज़रूरी नहीं कि जो हमें आँखों से दिखता है, वही सच है —सच, अक्सर उन गहरे रहस्यों में छिपा दिया जाता है, जिन्हें हमारी आँखें नहीं भेद पातीं|

हिजरत आंदोलन:

अगस्त 1920 में, अली ब्रदर्स और कई बड़े मुस्लिम नेताओं ने भारत के मुसलमानों से हिजरत आंदोलन का आह्वान किया—अर्थात् अपनी जन्मभूमि छोड़कर कहीं और चले जाने की अपील| उन्होंने भारत को दार-उल-हर्ब—यानी जंग का स्थल—घोषित कर दिया और मुसलमानों से दार-उल-इस्लाम—अमन की धरती—अफ़ग़ानिस्तान जाने को कहा, जहाँ वे अपने मज़हब को स्वतंत्र रूप से जी सकें| यह आह्वान खिलाफत के जोश में उठा, पर जिन्नाह ने इसे अव्यवहारिक माना| इन नेताओं ने मुसलमानों से भारत छोड़ने का आग्रह किया, जैसे यह उनके मज़हब का आखिरी इम्तेहान हो|

हज़ारों परिवारों ने जल्दबाज़ी में अपनी संपत्ति बेच दी| वे अफ़ग़ानिस्तान की ओर निकल पड़े| करीब 18,000 लोग सीमा तक पहुँचे| लेकिन अफ़ग़ानिस्तान ने इस घुसपैठ को रोकने के लिए अपनी सीमाएँ बंद कर दीं| मुहाजिरीन—ये

प्रवासी—घर लौटने को मजबूर हुए| वापसी की उस कठिन यात्रा में भूख और प्यास ने कईयों की जान ले ली| जो बचकर लौटे, वे बेघर और दरिद्र हो गए| यह एक ऐसा सपना था, जो जोश में शुरू हुआ और मातम में डूब गया|

यह अलग राष्ट्र वाली सोच दशकों से मन में पल रही थी| इसकी शुरुआत खुले तौर पर 1906 में ढाका में हुई, जब अखिल भारतीय मुस्लिम शिक्षा सम्मेलन के दौरान नवाब ख्वाजा सलीमुल्लाह ने ब्रिटिश भारत में मुस्लिम हितों की रक्षा के लिए एक राजनीतिक पार्टी बनाने का प्रस्ताव रखा| यह वह क्षण था, जब मुस्लिम लीग का जन्म हुआ, जो बाद में जिन्नाह के हाथों में एक ताकतवर हथियार बन गई, हालाँकि, इस विचार की जड़ें और भी गहरी थीं| 19वीं सदी से ही मुस्लिम बुद्धिजीवियों में यह चिंता पनप रही थी कि ब्रिटिश शासन में उनकी पहचान और अधिकार दबते जा रहे हैं,—यह सोच धीरे-धीरे एक बीज से विशाल वृक्ष बनने की राह पर थी|

1877 में ब्रिटिश सरकार ने सर सैयद अहमद खान को 'नाइट' की उपाधि दी| उन्हें मुस्लिम समुदाय में एक अग्रणी शख्सियत माना जाता था| 1893 में, जब बंबई में हिंसा भड़की, तब उनकी उम्र 77 साल थी| उससे दस साल पहले, 1883 में एक भाषण में उन्होंने कहा था—"मान लीजिए कि सभी अंग्रेज़ भारत छोड़कर चले जाएँ|" उनकी चिंता गहरी थी—"अगर ब्रिटिश शासन में हिंदू मुसलमानों के सामान्य नागरिक अधिकारों पर इतना दबाव डालते हैं, तो सोचिए, अगर अंग्रेज़ चले गए और सत्ता बहुसंख्यक समुदाय के हाथों में आ गई, तब क्या होगा?"| सर सैयद ने मुस्लिम भविष्य की इस आशंका को एक चेतावनी की तरह देखा, जो बाद में जिन्नाह के विचारों में देखी गई|

1883 में सर सैयद अहमद खान ने जो कहा, हो सकता है वह उनके मन में उस समय के हालात से उपजा हो—उनकी चिंता यह थी कि ब्रिटिश शासन के हटते ही हिंदू बहुसंख्यक सत्ता मुसलमानों के अधिकारों को कुचल सकती है, —वे इस डर से भरे थे कि अगर अंग्रेज़ चले गए और बहुसंख्यक शासन आया, तो मुस्लिम अल्पसंख्यक अपनी जगह खो देंगे| लेकिन क्या ऐसा हुआ, या यह सिर्फ एक काल्पनिक डर था? क्या उनकी यह आशंका भारत के बँटवारे की वजह बनी? यह सवाल आज भी हवा में लटका हुआ है|

1893 के बंबई दंगे इसका सबूत हैं, जहाँ हिंदू और मुस्लिम दोनों समुदायों के बीच संघर्ष हुआ| यह हिंसा ब्रिटिश शासन की छाया में पनपी, जिसके कारण सर

सैयद की आशंकाओं को हवा मिली| फिर भी, यह कहना मुश्किल है कि हिंदुओं ने मुसलमानों को व्यवस्थित रूप से दबाया या भगाया| क्या यह तनाव केवल एक ओर से जन्मा था, या दोनों तरफ की आग को भड़काने में कुछ छिपे हुए हाथों का खेल था? यह सवाल इतिहास की परतों में आज भी दबा हुआ है|

हिजरत आंदोलन की विफलता ने सपनों को तोड़ दिया, पर एक अलग राष्ट्र की चाह को खत्म नहीं कर सका| यह इच्छा 1930 के दशक में भारत के मुसलमानों के लिए एक अलग राष्ट्र वाली सोच के रूप में और भी गहरी होती चली गई| मुहम्मद इकबाल ने 1930 में इलाहाबाद में उत्तर-पश्चिम भारत के चार प्रांतों को एकजुट कर एक अलग राष्ट्र की बात उठाई, जो जिन्नाह के विचारों को गति देने वाली चिंगारी बनी|

यही वह मशहूर शायर मुहम्मद इकबाल हैं, जिन्हें अल्लामा इकबाल के नाम से जाना जाता है| 1904 में उन्होंने 'सारे जहाँ से अच्छा हिन्दोस्ताँ हमारा' लिखा—वह तराना, जो हमें एकता का सबक सिखाता है| लेकिन बाद में वे पाकिस्तान की माँग के प्रमुख विचारकों में शुमार हो गए| 'इकबाल ने इस सोच को बल दिया कि भारत के मुसलमान हिंदुओं के साथ एक छत के नीचे नहीं रह सकते'| यह वही इकबाल हैं, जिन्होंने बँटवारे के बाद हिन्दोस्ताँ को ठुकराकर पाकिस्तान को अपनी कर्मभूमि बनाया|

मैं उनकी एक और खूबी से आपको वाकिफ करता हूँ—'सारे जहाँ से अच्छा' के कुछ साल बाद, 1910 में उन्होंने 'तराना-ए-मिल्ली' लिखा—कुछ लोग इसे मुस्लिम समुदाय का गान मानते हैं:

चीन-ओ-अरब हमारा, हिन्दोस्ताँ हमारा|
मुस्लिम हैं हम, वतन है सारा जहाँ हमारा||

यह तराना एकता से परे एक नई पहचान की गूँज थी| क्या यह बदलाव केवल शब्दों का छलावा था या उस सोच का उदय, जिसने भारत को दो हिस्सों में बाँट दिया?

मुझे अचानक बेगम और वज़ीर की वह कहानी याद आ गई, जो मैंने इस किताब में पहले सुनाई थी| वज़ीर ने बेगम के प्रेम-पत्र बिलकुल खुले में पटक दिए थे, और जासूस सोचते रहे कि वे किसी गुप्त ठिकाने में छिपाये गए हैं| क्या मोहम्मद

इकबाल भी ऐसा ही कुछ नहीं कर रहे थे? उन्होंने दुनिया के सामने डंके की चोट पर कहा—मुस्लिम हैं हम, वतन है सारा जहाँ हमारा; चीन-ओ-अरब हमारा, हिन्दोस्ताँ हमारा,—यानी 'हम मुसलमान हैं, इसलिए यह सारा जहाँ हमारा है— चीन हमारा, अरब हमारा, और हिन्दोस्ताँ भी हमारा|' इकबाल की यह पुकार 1930 में एक अलग राष्ट्र की नींव बनी| क्या यह एक ऐसा रहस्य था, जो सबके सामने खुला पड़ा था, फिर भी किसी की नज़रों में नहीं आया? क्या उनका यह तराना एक शायर की कोरी कल्पना थी, या एक ऐसी चाल, जिसने भारत को दो टुकड़ों में बाँटने का बीज बोया? अगर यह सब इतना साफ़ था, तो हम इसे समझ क्यों नहीं पाए?

क्या आज भी वही साये हमारे बीच मंडरा रहे हैं, जो एक बार फिर भारत को तोड़ने का खेल खेल रहे हैं?

4

कोई तो सुनो! मोपला नरसंहार

जंगल में नदी किनारे, एक महिला अपने बच्चे को अपने सीने से लगाए, जान बचाकर भाग रही थी| पीछे मोपला अपने हाथों में तलवारें लिए उसका पीछा कर रहे थे| न जाने वो बची या मर गई—उसका बच्चा तलवार से कटकर मरा, या नदी में डूब गया, या उसे जंगली जानवरों ने खा लिया? मेरे हाथ में सी. गोपालन नायर की किताब 'द मोपला रिबेलियन 1921', खुली हुई थी, और उसकी स्याही का दर्द मेरे दिल में ठहर गया था| 20 अगस्त, 1921 की सुबह, तिरुरंगडी में यह सब शुरू हुआ—जब ब्रिटिश मजिस्ट्रेट हथियारों की तलाश में यहाँ आए, और उनके कदमों ने यहाँ एक ऐसी आग भड़का दी, जो पूरा का पूरा मालाबार निगल गई| नन्नंब्रा में सात लाशें, पूककोट्टूर में 400 मृत—यह भीड़ अपने आप भड़की थी, या इसे उकसाया गया था?—'भीड़ को इकट्ठा किया जाता है, उसे उकसाया जाता है।' क्या यह वही खिलाफत की आग थी—वही काले साये, जो भारत को तोड़ने का सपना बुन रहे थे?

उस किताब को अपने हाथ में लिए, मैं भारत में नरसंहारों के बारे में सोच रहा था—मुझे उस युवा पत्रकार की याद आई, जिसने उस दिन मुझे फोन किया था| उसकी दर्दभरी कहानी सुनकर मैंने फोन काट दिया था—उसके बाद उसका दोबारा कभी कॉल नहीं आया—वह कौन थी, मुझसे क्या चाहती थी? मैंने उसका नंबर खो दिया था पर मैं उसकी आवाज़ को खोना नहीं चाहता था| अक्सर मैं उसके बारे में सोचता रहता था और मन ही मन उससे बातें करता रहता था| मेरी कल्पना में कभी वह मुझसे सवाल करती, कभी मैं उससे, और हम दोनों बातों में

खोए रहते| शायद वह आवाज मेरे मन की सबसे अच्छी दोस्त बन गई| गौरी नाम दिया मैंने उसे—मेरी वह मानस पुत्री, जो भारत को सशक्त देखना चाहती थी, और जो आगे चलकर इस फिल्म की एक किरदार बनी|

—"विवेक जी, क्या आप अब भी सोचते हैं कि वो सब झूठ था?"—उसकी आवाज़ में बेचैनी थी, वही आग|

—"मालाबार में जो हुआ, वो कोई कहानी नहीं—वो सच है, मैं अभी बस इतना जानता हूँ"—फिल्म बनाऊं या न बनाऊं, पर मैं अब इस सच को जानकर रहूँगा, और किसी भी बात को सच, मैं केवल प्रमाणिकता के आधार पर मानता हूँ"—जैसे मैंने उसे जवाब दिया|

—"क्या हम इस सच को कभी पूरी तरह समझ पाएँगे?"—गौरी ने फिर एक सवाल किया| |

गौरी के शब्द मेरे मन में दोहरा रहे थे—क्या हम इस सच को कभी पूरी तरह समझ पाएँगे? मुझे एक कहानी याद आ गई| एक बार कुछ नेत्रहीन लोगों के सामने, एक हाथी जितना बड़ा पुतला रख दिया गया, और उन्हें उसके आसपास खड़ा कर दिया; फिर उनसे उसकी पहचान करने के लिए कहा गया| प्रत्येक व्यक्ति उस पुतले को छूकर उसे समझने और पहचानने का प्रयत्न करने लगा| कोई उसके पैर को छू रहा था, कोई दाँत, कोई धड़, तो कोई पूँछ, और सभी लोग उसके बारे में अपनी एक अलग धारणा बना रहे थे, क्योंकि कोई भी उसे पूरे ढंग से समझ पाने में असमर्थ था| अंततः उनमें से कोई भी यह नहीं बता पाया कि असल में वह एक हाथी का पुतला है|

जिस तरह नेत्रहीन लोगों का समूह हाथी के पूर्ण स्वरूप को समझ सकने में असमर्थ रहा, ठीक वैसे ही भारत का कोई भी बड़ा राजनेता शायद भारत की मूल समस्या को देख ही नहीं पाया| और यही एक कारण है कि पूरे विश्व में भारत, हिन्दुओं के रहने के लिए केवल एक राष्ट्र होने के बावजूद, हिन्दुओं को अत्याचारों से नहीं बचा पाया|

शायद, ऐसे ही किसी अनदेखे हाथी ने भारत पर अपना कब्जा बना रखा है| विडंबना यह है कि इस हाथी का अस्तित्व वास्तविक नहीं है; यह अपने सोचे-समझे इरादों को पूरा करने के लिए अपनी छुपी विचारधारा के तहत अपना आकार पिछले तेरह सौ वर्षों से लगातार फैलाता ही चला आ रहा है, और भारत निरंतर बँटता, कटता, और सिकुड़ता जा रहा है|

मालाबार में रहने वाले पुरुषों, महिलाओं, बुजुर्गों, और बच्चों को जानवरों की तरह काट डाला गया—वो बेचारे तब तक चीखते-चिल्लाते, तड़पते, और कराहते रहे, जब तक उनकी साँसें न थम गईं| मारने से पहले महिलाओं और बच्चियों के साथ बलात्कार हुए, उन्हें निर्वस्त्र कर सड़कों पर घुमाया गया| बरसों से मालाबार में रहने वाले हिंदुओं को लगभग मिटा दिया गया—कुछ को धीरे-धीरे तड़पाकर मारा, कुछ को जलती आग में फेंक दिया गया, कईयों को बाँधकर जिंदा जलाया, कईयों का गला घोटा गया, तो कईयों के टुकड़े कर कुओं में डाल दिया गया| यह पढ़कर मेरा मन काँप उठा— मालाबार, जहाँ 1921 में 10,000 से अधिक हिंदुओं की बेरहमी से हत्या हुई, वह हिंसा मुख्य रूप से खिलाफत आंदोलन की उग्र विचारधारा से जन्मी थी|

मोपला किसे कहा जाता है? मोपला लोग कौन होते हैं?

मालाबार, केरल का एक जिला है, जहाँ बरसों से रहने वाले भारतीय मूल के मुसलमानों को मोपला कहा जाता है| प्राचीन काल से यहाँ अरब देशों के साथ व्यापार किया जाता था, इसलिए यहाँ अरब के मुसलमानों का आना-जाना लगा रहता था| यहाँ नौवीं शताब्दी में, 825 ईस्वी के आस-पास, मलिक-इब्न-दीनार नाम के एक अरब धर्मप्रचारक ने यहाँ कदम रखा| मालाबार के शासकों की अनुमति से इसने और इसके साथियों ने यहाँ दस मस्जिदें बनवाईं—कोडुंगलूर से मंगलापुरम तक—और इस्लाम की जड़ें जमाने का सिलसिला शुरू किया, न सिर्फ दुआ के लिए, बल्कि इस्लाम को फैलाने के मकसद से| इस तरह मोपला समुदाय की नींव पड़ी, जो बाद में खिलाफत आंदोलन की आड़ में हिंदुओं पर कहर बनकर टूटा|

फिर धीरे-धीरे धर्म-परिवर्तन का खेल शुरू हुआ| शुरू में लालच और प्रोत्साहन के रास्ते खुले—कई लोगों को सामाजिक सम्मान के लिए इस्लाम अपनाने के लिए राजी किया गया, तो किसी को अरब के व्यापारियों के साथ जुड़ने के फायदे के लिए| मालाबार की आबादी में मोपला मुसलमान तेजी से बढ़ने लगे; कोझिकोड के ज़मोरिन शासक ने इस्लाम का परचम फैलाने के इरादे से मछुआरों के हर परिवार में कम से कम एक बच्चे को मुसलमान बनाने का फरमान जारी किया| बाद में, खासकर टीपू सुल्तान के 18वीं सदी के दौर में, जहाँ-जहाँ मुसलमान ताकतवर हुए, वहाँ-वहाँ जबरन धर्म-परिवर्तन का सिलसिला शुरू हुआ—लोगों को गोमांस खाने और खतना कराने पर मजबूर किया गया|

—क्या यह वही बीज था, जो 1921 में नरसंहार की आग बनकर फूटा?

जिस तरह हिंदू अपने पूर्वजों का गौरव, तीर्थस्थलों में खोजते हैं, श्रद्धा से यात्राएँ कर उन्हें श्रद्धांजलि देते हैं, वैसे ही अरब के धर्मप्रचारक और व्यापारी मालाबार की ओर खिंचे चले आए—यहाँ की समृद्धि और व्यापार के लोभ में, अपने मन में मजहब फैलाने की आकांक्षा लिए।

यह शुरुआत प्रेमभाव दिखलाकर हुई, जैसे वे हमारा भला चाहते हों—कई लोग सम्मान व बेहतर जीवन की आशा से इस्लाम की छाया में आ गए। 1342 के आसपास शेख इब्न-बतूता, एक और अरब यात्री, मालाबार पहुँचा। उसने देखा कि मोपला समुदाय फल-फूल रहा था—बाज़ारों में मसालों की खुशबू और उमंग थी, मस्जिदें भरी हुई थीं, और उनकी तादाद बढ़ती जा रही थी—तब कौन सोच सकता था कि यह शांति एक छलावा थी, और उनका असली मकसद कुछ और ही है?

सदियों बाद, 18वीं शताब्दी में मैसूर का क्रूर शासक टीपू सुल्तान मालाबार पहुँचा, और अपनी बर्बरता का इतिहास रच डाला। यह पढ़कर मेरा खून खौल उठा—मालाबार में नरसंहार की शुरुआत 1921 के खिलाफत आंदोलन से नहीं हुई; इसका इतिहास बहुत पुराना है। 825 ईस्वी के आसपास मलिक-इब्न-दीनार, 1342 के आसपास शेख इब्न-बतूता, और फिर 18वीं शताब्दी में टीपू सुल्तान ने मालाबार पर अपना कब्जा करने की कोशिश की।

टीपू सुल्तान ने स्थानीय लोगों को इस्लाम अपनाने के लिए तलवार उठाई—पहले भय फैलाने के आशय से निष्ठुर ढंग से हत्याएँ की गई। मार्च 1789 में टीपू सुल्तान के 19,000 सैनिकों ने कुट्टीपुरम में 2,000 नायरों को घेर लिया; महिलाओं और बच्चों समेत नायरों ने अपने सम्मान के लिए कई दिन लड़ाई लड़ी, पर अंत में उन्हें झुकना पड़ा। बंदियों को दो विकल्प दिए गए—इस्लाम अपना लें, या घर छोड़कर चले जाएँ। जो झुके, उनका खतना कर दिया गया, और गोमांस खाने पर मजबूर किया गया; जो नहीं माने, उन्हें कत्ल कर दिया गया, उनके घर की महिलाओं का सम्मान लूटा गया, और उनकी संपत्तियाँ हड़प ली गई। यह धर्म के नाम पर एक छलावा था—क्या वही आग 1921 में दोबारा भड़क उठी?

मंदिरों की राख हवा में उड़ने लगी, और नदियों का पानी खून से लाल हो गया था। तिरुरंगडी से शुरू होकर, विद्रोह की लपटें एर्नाड तक फैल गईं—हिंदुओं के घर जलाए गए, महिलाओं का सम्मान छीना गया, और बच्चे काट डाले गए।

1990 में, उसके लगभग 200 साल बाद, कश्मीर में फिर वही खूनी तमाशा देखा गया—कुछ नहीं बदला, जो बदला, तो बस इतना कि मालाबार की धरती पर नायरों की चीखें अब कश्मीर में पंडितों की सिसकियों में बदल गई| वहाँ अगर दो विकल्प दिए गए थे, तो यहाँ तीन—"या तो इस्लाम क़ुबूल करो, या मर जाओ, या भाग जाओ, और अपनी माँ-बहन और बेटियों को यहाँ छोड़ जाओ—हमारे लिए—हमारे हवस के भेड़ियों के लिए!"

—यह क्या था? यह एक घिनौना मज़ाक था, जो हिंदुओं की बेचारगी पर हँस रहा था|

टीपू सुल्तान की सेना, हिंसा और धमकी के माध्यम से इस्लाम फैलाने के लिए ही बनाई गई थी| उसकी सेना ने कई मंदिर तोड़े, हिंदुओं को या तो जबरन इस्लाम क़ुबूल करवाया, या मारा| टीपू सुल्तान ने ईसाइयों को भी नहीं बक्शा—ईसाई और बुतपरस्त महिलाओं की शादी उनकी मर्ज़ी के बगैर मुसलमानों के साथ करवाई गई, और जिन्होंने प्रतिरोध किया, उनके साथ बलात्कार किए गए| टीपू का निशाना मालाबार को एक मुस्लिम राज्य में बदलना था; लेकिन अंततः 1792 की संधि ने उसकी महत्वाकांक्षाओं को विफल कर दिया| टीपू सुल्तान ने मालाबार को ईस्ट-इंडिया कंपनी के हाथों में सौंप दिया| टीपू सुल्तान का शासन मालाबार के लिए विनाशकारी था; इस दौरान मालाबार के लोगों की आत्मा पर जो आघात हुआ, उसे आने वाली कई पीढ़ियों तक याद रखा जाएगा|

लोगों को लगा, अब सब ठीक हो जाएगा, और जो हिन्दू अपनी जान बचाकर भाग गए थे, वापस मालाबार लौट आए| अपना घर किसे प्यारा नहीं होता? लेकिन ज़्यादा कुछ नहीं बदला, और हिन्दुओं को लगातार उत्पीड़न और संकट का सामना करना पड़ा| आए दिन मोपला [मुसलमान] हिंसक हो जाते थे; हिंदुओं को निशाना बनाते थे, मंदिरों को तोड़ते थे, और धर्म-परिवर्तन के लिए मजबूर करते थे| ऐसे में हिन्दुओं के लिए उन ही के पूर्वजों की धरती पर भय का माहौल पैदा हो गया, और हिंदू अपने अधिकारों का दावा करने से झिझकने लगे| मोपला-किरायेदार अक्सर किराया देने से मना कर देते थे, क्योंकि वो यह अच्छी तरह से जानते थे कि उनके हिंदू मकान-मालिक उनके खिलाफ कुछ नहीं कर सकते—यह भय पैदा करना ही तो था, जो 1921 में खून की आग बनकर भड़क उठा|

पीढ़ी-दर-पीढ़ी हिन्दुओं के अधिकारों को मालाबार में कुचला गया, और उनके सम्मान को ठेस पहुँचाई गई| अंग्रेज़ों की हुकूमत के दौरान भी उत्पीड़न जारी रहा| अत्याचार निरंतर बढ़ते ही चले गए, और अपने पीछे गहरे निशान छोड़ गए, पर हिन्दुओं ने अपनी आस्था और संस्कृति को नहीं छोड़ा|

1921 का मोपला-विद्रोह मालाबार में, विशेषकर एर्नाड और वालुवानाड में, एक खौफनाक तूफान बनकर उभरा| इसकी शुरुआत ख़िलाफ़त-आंदोलन पर ब्रिटिश शासन की सख्ती के खिलाफ—एक चिंगारी से निकलकर हुई| एक मज़हबी उन्माद ने उस चिंगारी को आग में बदल दिया—"काफ़िरों को मारना जन्नत का रास्ता मान लिया गया"| फिर वही हत्याएँ, बलात्कार, मंदिरों को तोड़ने का सिलसिला, और जबरन धर्म-परिवर्तन का घिनौना खेल शुरू हो गया| मोपलाओं ने ब्रिटिश सैनिकों और हिंदुओं पर अंधाधुंध हमले किए|

शुरू में, मोपलाओं ने असहयोग-आंदोलन और स्वराज-आंदोलन के नामों का सहारा लिया, लेकिन उनका असली उद्देश्य, भारत में मुस्लिम-शासन स्थापित करना था| इस बार लड़ाई सरकार के खिलाफ थी, तो गाँधी समेत, खिलाफत-आंदोलन के नेताओं ने हिन्दुओं को अपने मुसलमान भाइयों का साथ देने की अपील की, और हिन्दुओं ने इस आशा से एकजुटता दिखाई कि ऐसा करने से भविष्य में मुसलमान उनके ऊपर अत्याचार करना छोड़ देंगे|

इस तरह हिन्दू, मोपलाओं का साथ देने के लिए तैयार हो गए; यहाँ तक कि रूढ़िवादी नंबूदिरी तक—5 फरवरी, 1921 को शांति बनाए रखने के आशय से सरकार ने एर्नाड तालुक में सभा करने पर प्रतिबंध लगा दिया| इसके बावजूद वहाँ सभाएँ की गईं, जिनमें भड़काऊ भाषण दिए गए| 30 मार्च, 1921 को किझाकोठ गाँव में खिलाफत के ऊपर एक भाषण के दौरान वहाँ तनाव फैल गया|

अगले दिन, पन्नूर मस्जिद में मोपला और हिंदुओं के बीच झड़प शुरू हो गई| 8 मई, 1921 को किझाकोठ, अम्सोम में खिलाफत-आंदोलन से प्रेरित होकर मोपलाओं ने हिंदू मुखिया के पवित्र स्थल पर हमला कर दिया| हमले से अफरातफरी मच गई; डिविजनल मजिस्ट्रेट ने हस्तक्षेप किया, उन्होंने कहा,—"मोपला हिंदुओं को अपना निशाना बना रहे हैं, उनके पूजा-स्थलों को नष्ट कर रहे हैं, और पवित्र तालाबों को गन्दा कर रहे हैं"|

इससे पहले, खिलाफत आंदोलन के दौरान आपसी भाईचारे की अपेक्षा करते हुए हिंदुओं ने मुसलमानों को अपना समर्थन दिया, पर मुस्लिम नेताओं और उनके अनुयायियों ने हिंदू समर्थन को पारस्परिक समझौते के बजाय उसे हिन्दुओं के नैतिक दायित्व के रूप में देखा। खिलाफत आंदोलन का लक्ष्य ओटोमन साम्राज्य की रक्षा करना था, जिसे मुसलमान अपना मज़हबी फ़र्ज़ मान रहे थे। ब्रिटिश-शासन के खिलाफ एकजुट होने के लिए हिंदुओं ने उनका समर्थन किया, लेकिन जैसे-जैसे आंदोलन आगे बढ़ता गया, मुसलमानों ने हिंदू-मुस्लिम एकता को किनारे कर दिया, और केवल अपने हितों को प्राथमिकता दी।

एरानाड, जो मालाबार का मध्य क्षेत्र है, वहाँ हिंदुओं को अकल्पनीय भयावहता से मारा गया। इसी बीच जुमे के दिन मोपलाओं ने हिंदुओं को जबरन इस्लाम कबूल करवाने के इरादे से एक गहरी चाल चली; नमाज़ के बाद, मंजेरी और आसपास के गाँवों में हिंदुओं को जबरन मस्जिदों में खींच लिया गया; उनका खतना किया गया, और उन्हें अचकन और टोपी पहना दी गई; उन्हें जबरन गोमांस खिलाया गया, और उनकी आस्था और गरिमा को तार-तार कर दिया गया।

वरियामकुन्नाथ कुंजाहम्मद हाजी, अपने आपको मालाबार का सुल्तान कहता था। इसने विद्रोह के दौरान एक हुक्म जारी किया—"हिंदुओं को काट डालो, जो हमारे खिलाफ हैं, वे काफिर हैं, और उनकी कोई जगह नहीं।" उसने एर्नाड में अपने दरबार में बैठकर यह फरमान सुनाया, जहाँ उसने इस्लामी शरिया के नाम पर हिंदुओं के खिलाफ जंग छेड़ दी थी। तलवारों और चाकुओं से लैस उसके अनुयायियों ने गाँव-गाँव घूमकर निर्दोष पुरुषों, महिलाओं, और बच्चों को मौत के घाट उतारा; कईयों को उनके घरों से खींचकर कुओं के किनारे काट डाला गया, और उनके शव वहीं फेंक दिए गए। यह नरसंहार केवल अंग्रेजों के खिलाफ विद्रोह नहीं था, बल्कि एक सुनियोजित हिंसा थी, जिसने मालाबार की धरती को हिंदुओं के खून से रंग दिया।

मोपलाओं के मज़हबी उन्माद की कोई सीमा ही नहीं बची थी, वे हिंदुओं पर अकथनीय अत्याचार कर रहे थे; हिन्दू महिलाओं के कपड़े फाड़ दिए जाते थे, हिन्दुओं के हाथों पर बंधे कलावे उतरवाकर जला दिए जाते थे, और उनके अस्तित्व की पहचान को मिटाने के लिए हिन्दुओं के ज़बरन खतने करवा दिए जाते थे; इस तरह हिन्दुओं की प्राचीन विरासत को मिटा दिया गया, और उन्हें इस्लामी पोशाक पहना दी गई।

मालाबार में मोपलाओं द्वारा हिंदुओं पर लगातार अत्याचार किए जाने के आतंक की बात आखिरकार बाहर आई—पर तब तक बहुत देर हो चुकी थी—अधिकतर हिन्दुओं के घर, मंदिर, और जीवन पूरी तरह से तबाह हो चुके थे—उनके परिवार बिखर चुके थे—मालाबार का समस्त हिन्दू समाज खुद अपनी ही धरती पर असहाय होकर रह गया|

"जिस संगठित रूप से, जिस विशाल पैमाने पर, और जिस क्रूरता के साथ मोपलाओं ने मालाबार में हिंसा और नरसंहार किया, वह मालाबार के इतिहास में अभूतपूर्व था|" — सी. गोपालन नायर से प्रेरित|

मालाबार की महिलाओं द्वारा महामहिम, द काउंटेस ऑफ़ रीडिंग को प्रस्तुत एक स्मारक के एक अंश: [संदर्भ: 'द मोपला रिबेलियन, 1921'—सी. गोपालन नायर]

- "हमें हमारी पानी की टंकियों और कुओं से हमारे अपने लोगों के अधकटे या क्षत-विक्षत शव मिले, केवल इसलिए, क्योंकि उन्होंने अपने पूर्वजों के धर्म को त्यागने से अस्वीकार कर दिया था|"
- "गर्भवती महिलाओं को दो टुकड़ों में काटकर उन्हें सड़क किनारे झाड़ियों में फेंक दिया गया; उनके क्षत-विक्षत शरीरों में उनके अजन्मे शिशु दिखाई दे रहे थे|"
- "मरते हुए बच्चों की चीखें अभी भी हमारे कानों में गूँजती रहती हैं, और तब तक हमारे कानों में सुनाई देती रहेंगी, जब तक मृत्यु हमें शांति नहीं प्रदान कर देती|"

—महामहिम, द काउंटेस ऑफ़ रीडिंग

—"पिछले पाँच महीनों से शायद एक भी दिन ऐसा नहीं गुज़रा होगा, जब कोई भयावह कहानी हमारे सामने न आई हो| सर, हम पिछले चार साल से इस पर काम कर रहे हैं, और इस दौरान इतिहास के कई डरावने सच मेरे सामने आए हैं, लेकिन सच कहूँ तो, इससे पहले मैंने इतना भयानक सच कभी नहीं पढ़ा"—सौरभ ने मुझसे कहा|

—"मोपलाओं ने इंसानियत की सारी हदें पार कर दीं, लेकिन सौरभ, एक बात बताओ—क्या तुम्हें अपनी रिसर्च में ऐसा कुछ पढ़ने को मिला, जिसमें किसी मुस्लिम धर्मगुरु या मुस्लिम नेता ने इसके लिए अपने समुदाय की ओर से मालाबार

के हिंदुओं से माफी माँगी हो, या कम से कम इसकी निंदा की हो?"—मैंने हमारी रिसर्च टीम के प्रमुख, सौरभ से पूछा।

—"सर, आपको क्या लगता है? क्या ऐसा हुआ होगा?"—सौरभ ने एक और फाइल खोलते हुए कहा—"सर्वेंट्स ऑफ इंडिया सोसाइटी (SIS) ने एनी बेसेंट की अध्यक्षता में एक समिति गठित की थी—जिसे मोपला दंगों की जाँच करने और उसकी रिपोर्ट तैयार करने के लिए कहा गया था। रिपोर्ट के अनुसार, 1,500 हिंदुओं की हत्या कर दी गई, 20,000 लोगों को इस्लाम में परिवर्तित कर दिया गया, और 3 करोड़ रुपये की संपत्ति नष्ट हो गई।"

—"मैंने सौरभ से पूछा,—'जो मुसलमान—मोपला—हिंदुओं को काट रहे थे, या उन्हें इस्लाम अपनाने के लिए मजबूर कर रहे थे, क्या वो ये जानते थे कि उनके अपने पूर्वजों को भी इसी तरह इस्लाम कबूल करवाया गया था?'" —"क्या वे जानते थे कि वे अरबी नहीं थे, और न ही उनके वंशजों की जड़ें अरब के देशों से जुड़ी थीं?"।

—"सर, मेरे पास इसका कोई सबूत तो नहीं है, पर मुझे नहीं लगता कि वो ऐसा कुछ सोचते होंगे। शायद इसका कारण बीच के लंबे समय का झूठा इतिहास रहा हो,"—सौरभ ने कुछ सोचते हुए जवाब दिया।

—"लेकिन कम से कम भारत में, आज के मुसलमान तो ऐसा कर सकते हैं, है न?—इंटरनेट के ज़रिए इतिहास को समझा जा सकता है—आज तो यह सच जाना जा सकता है—आज के मुसलमान अपने दिल पर हाथ रखकर अपनी आत्मा से यह सवाल क्यों नहीं पूछते कि क्या उनके पूर्वज किसी अरब देश से आए थे, या उनका धर्म-परिवर्तन करवाया गया था?"—मैंने सौरभ से पूछा।

—"सर, इसके तो बस दो ही जवाब हो सकते हैं—या तो आज के मुसलमानों के पूर्वज अरब के देशों से आए थे, या नहीं आए थे—अब अगर वे अरब के देशों से यहाँ आए थे, तो उनका भारत पर क्या अधिकार?—वो भी आज के भारत पर? और अगर वो वहाँ से नहीं आए थे—और यहाँ के हैं—तब वो कौन हुए?—भारतीय—यानी भारत के निवासी—यानी—हिंदू।"

—"पहले वे इस सच को जानें, और फिर स्वीकार करें कि उनके पूर्वज वास्तव में हिंदू ही थे, जिन्हें किसी न किसी कारण से इस्लाम कबूल करवाया गया था—मैं तो यहाँ तक कहता हूँ कि शायद उनके पूर्वजों ने इस्लाम से प्रेरणा लेकर इसे अपनाया हो, पर वे पहले तो हिंदू ही थे—फिर हिंदुओं से इतनी नफरत क्यों?"—सौरभ ने मेरे सवाल के जवाब में सवाल कर दिया।

—"तुम क्या कहना चाहते हो? सारे मुसलमान हिंदुओं से नफरत करते हैं?"—मैंने भी सवालों के ढेर में अपना एक और सवाल जोड़ दिया।

—"सर, हिंदुओं से नहीं, उनके भगवानों से—कम से कम वे उन्हें काफिर कहना तो छोड़ें, उनके भगवानों को बुत कहना तो बंद करें"—सौरभ ने कहा।

—"आज के आधुनिक समय में ये क्यों नहीं समझा जा सकता कि इस्लाम भारत का मूल धर्म नहीं है—ये तो अरब से आए लोगों ने यहाँ जबरदस्ती थोपा था—जो भारत को लूटने आए थे—उन अरबियों का यहाँ के कन्वर्टेड मुस्लिम्स से कोई लेना-देना नहीं—फिर आज खुद को जो मानना है, वो मानें, पर बेवजह का झगड़ा क्यों?"—मैंने सौरभ से पूछा।

—"देखिए सर,"—वह बोला—"आज के मुसलमान अगर अपनी जड़ें खोजें, तो उन्हें शायद ये मालूम पड़ जाएगा कि उनके पूर्वज यहाँ अरब से नहीं आए थे—वे यहीं के थे—इस मिट्टी के—यहाँ की नदियों के किनारे जन्मे और पले—फिर अरबियों से इतना लगाव क्यों?—क्या ये जानते हैं कि अरब के लोग इन्हें पूछते तक नहीं?—अगर आप मेरी बात नहीं मानते, तो पूछ लीजिए उन लोगों से, जो सऊदी, कुवैत, दुबई में रहकर आए हों—क्या ये लड़ाई सिर्फ इसलिए—कि किसी ने सैकड़ों साल पहले तलवार के जोर पर, या लालच देकर उनकी पहचान बदल दी? अगर सच जानना है, तो वो खुद से पूछें—'मैं कौन हूँ?'"

कमरे में अब एक भारी सन्नाटा छा गया; मेरे मन में सवाल उठ रहे थे, सौरभ की बातें कहीं न कहीं सच का दम रखती थीं, पर क्या ये सच इतना आसान था कि इसे सबके सामने लाया जा सके? बाहर से आती हवा अब ठंडी हो चली थी, और खिड़की के पास रखा दीया हवा से फड़फड़ाने लगा, जैसे इस चर्चा की गर्मी को शांत करने की कोशिश कर रहा हो।

मैंने कुछ और कहने की कोशिश की, पर शब्द जैसे गले में अटक गए; मैंने उसे गुड नाइट कहा, और अपने कमरे में चला गया; मन शांत नहीं था। रात को सोने से पहले, मेरे मन में कुछ विचार चल रहे थे; कुछ प्रश्न भी उठ रहे थे।

हजारों वर्षों से हिंदुओं पर लगातार अत्याचार होता चला आ रहा है—ये विचार बार-बार मेरे दिमाग को झँझोड़ रहा था—कोई कुछ करता क्यों नहीं? आज जब एक तरफ पर्यावरण से लेकर पशु अधिकार तक के लिए इतने बड़े पैमाने पर

संस्थाएँ काम कर रही हैं, और अच्छा काम कर रही हैं, तो क्या दुनिया के सभी धर्मों के बुद्धिजीवियों को आगे आकर दुनिया के अल्पसंख्यक हिंदुओं का दर्द नहीं सुनना चाहिए? मैं ये नहीं कहता कि हिंदू जो कहें, उसे आँख मूंदकर सच मान लिया जाए, पर पहले कम से कम उन्हें सुना तो जाए|

मेरा मन इस एक सवाल पर अटक गया था—क्या अगर दुनिया के सारे तर्कशील लोग, हिंदुओं के सुने सच को खंगालने की ठान लें, तो क्या आज के आधुनिक युग में, सच सामने नहीं लाया जा सकता? सच और केवल सच! मैंने तकिए पर सिर रखा, पर नींद आँखों से कोसों दूर थी| खिड़की से आती चाँदनी कमरे में फैल रही थी, और मेरे मन का कोलाहल उस रोशनी में और साफ दिखाई दे रहा था|

तभी मन में एक नया विचार आया—हजारों वर्षों से अत्याचार सहते आए हिंदुओं को अब थोड़ा प्यार-दुलार मिलना चाहिए! और अगर इसकी पहल मुस्लिम समुदाय की तरफ से हो—अगर वो हाथ बढ़ाएँ, दिल खोलें—तो भारत के लिए इससे बड़ी क्रांति, इससे बड़ा चमत्कार और क्या हो सकता है?

मैंने आँखें खोलीं, और महसूस किया कि मेरा दिल बहुत ज़ोर-ज़ोर से धड़क रहा था|

खिड़की के बाहर देखा, तो लगा जैसे उस चाँदनी रात में मेरी इस पुकार को सुनकर आसमान भी कुछ कहना चाह रहा था—कमरे की दीवारें भी मेरी बात सुनकर मुझसे कुछ कह रही थीं—मुझे लगा जैसे ये आवाज़ सिर्फ मेरे मन की नहीं—ये हर उस शख्स की आवाज़ है, जिसने हिन्दुओं की पीड़ा को समझा है|

क्या मेरी आवाज़ सुनी जाएगी? मैंने साँस रोके इंतजार किया, पर कोई जवाब नहीं आया|

तभी मेरे मन के अंदर से एक चीख निकली—"कोई तो सुनो!" पर वो चीख मेरे होंठों तक नहीं पहुँची| बाहर चाँदनी का प्रकाश चमक रहा था और मेरे मन में अंधेरा गहराता जा रहा था|

"कोई तो सुनो!"

5

क्या होता है सेक्युलरिज़्म? मोपलाओं का बचाव

अगली सुबह होते ही मेरे मन में एक और प्रश्न आया—ये सेक्युलरिज़्म क्या है, जो मालाबार के खून से सने सच को दबाने की कोशिश करता है—वही, जिसने कश्मीर के दर्द को भी झूठ का लबादा पहनाया? क्या ये वही ढोंग है, जो मोपलाओं को 'क्रांतिकारी' कहकर उनका बचाव करता है? मैंने नायर की किताब खोली—इस बार मेरी नज़र उन आँकड़ों पर ठहर गई, जिन्हें अंग्रेज़ों ने अपनी जीत का सबूत माना था| चार महीने से ज़्यादा का वक्त लगा था उस आग को बुझाने में—आधिकारिक रिकॉर्ड कहते हैं कि 2,266 मोपला मारे गए, 1,615 मोपला घायल हुए, 5,688 मोपला पकड़े गए, और 38,256 ने पुलिस की कार्रवाई के सामने हथियार डाल दिए| क्या ये सब बस एक विद्रोह था, या इसके पीछे का सच कुछ और कहता है?

तभी मुझे अंबेडकर की एक बात याद आई, जो मैंने उनकी किताब में पढ़ी थी—"भारत के मुसलमानों को उनके नेताओं ने यह विश्वास दिलाने के लिए प्रेरित किया कि ब्रिटिश-सरकार के अधीन भारत एक दार-उल-हर्ब है—एक ऐसा स्थान, जहाँ मुसलमान सत्ता में नहीं हैं, और इसे दार-उल-इस्लाम में बदलने के लिए युद्ध करना होगा, और यदि यह संभव नहीं है, तो उन्हें एक ऐसे स्थान पर स्थानांतरित करना एक धार्मिक कर्तव्य बन गया है, जहाँ मुस्लिम शासन हो| खिलाफत आंदोलन के दौरान इस सिद्धांत का बड़े जोर-शोर से प्रचार किया गया, और इसके परिणामस्वरूप 1920 में हज़ारों मुसलमानों का अफगानिस्तान में प्रवास हुआ|"—बी.आर. अंबेडकर (द पार्टीशन ऑफ़ इंडिया)

मेरे मन में कुछ प्रश्न उठ रहे थे:

- तो क्या आज भारत में मुसलमानों की सत्ता है?
- अगर नहीं, तो क्या आज का भारत भी दार-उल-हरब, अर्थात जंग करने की जगह है?
- अगर आज का भारत मुसलमानों के लिए दार-उल-हरब है, तो क्या आज के भारत के मुसलमानों को भी इसी तरह भड़काया जा सकता है?
- क्या आज के भारत के मुसलमानों को इसी तरह भड़काया जा रहा है?

1990 में, मालाबार के उस खून से सने इतिहास के सत्तर साल बाद, 'नारा-ए-तकबीर, अल्लाहु अकबर' के नारे गूँजे, और कश्मीरी पंडितों को उनके अपने घरों से मारकर भगा दिया गया| आज, पैंतीस साल बाद भी, वे अपने ही देश में शरणार्थी बने हुए हैं—और हम कहते हैं, भारत बदल गया है| हाँ, भारत बदल गया है—1921 में अंग्रेज़ों की सरकार थी, 1990 में भारत की| हाँ, भारत बदल गया है—1921 में अंग्रेज़ों ने मालाबार के हज़ारों वहशी दरिंदों को सज़ा दी, काला पानी की सज़ा तक सुनाई, पर 1990 के बाद के भारत में हज़ारों रोहिंग्या मुसलमानों को बसाया गया, उसी धरती के पास, जहाँ से पंडितों को उनकी जड़ों से उखाड़ फेंका गया| हाँ, भारत बदल गया है—1921 में उन दरिंदों को जंजीरों में बाँधा गया, और 1990 के बाद के भारत में कश्मीर के दरिंदे से प्रधानमंत्री कार्यालय में बुलाकर हाथ मिलाया गया|

1921 के मोपला विद्रोह की शुरुआत 'अल्लाहु अकबर' जैसे मज़हबी नारों के साथ हुई थी, जिसमें भारतीय राष्ट्रवाद का कोई प्रमुख स्वरूप नहीं था| उनके पास पिंगली वेंकैया द्वारा तैयार किया गया कांग्रेस का स्वराज ध्वज नहीं था, और यह विद्रोह कांग्रेस के नेतृत्व में नहीं था, हालाँकि यह खिलाफत आंदोलन से प्रभावित था| विद्रोहियों ने मज़हबी जोश के साथ मार्च किया, उनके तौर-तरीके इस्लामी परंपरा में युद्ध के प्रतीकों से जुड़े थे|

मेरे मन में ये सवाल बार-बार उठ रहे थे—क्या आज भारत में मुसलमानों की सत्ता है? अगर नहीं, तो क्या आज का भारत भी दार-उल-हरब है? और अगर ऐसा है, तो क्या आज के भारत के मुसलमानों को भी उसी तरह भड़काया जा सकता है, जैसा कभी मालाबार में हुआ था? क्या ये भड़कावा आज भी जारी है? मैं इन सवालों के बारे में गंभीरता से विचार कर रहा था, और जैसे-जैसे यह चिंतन

गहराता गया मुझे ऐसा लगने लगा जैसे कि मुझे कोलकाता पुकार रहा हो—वह शहर, जहाँ इतिहास की एक और अनसुनी परत मेरे सामने खुलने को आतुर थी|

गौरी—वही गौरी जिसकी बेचैन आवाज़ ने मुझे बंगाल के दर्द से जोड़ दिया था—रिसर्च में मेरे साथ थी—एक छोटी-सी पत्रकार की जिद, जो सच को दुनिया के सामने लाने के लिए अपने सीने में तूफान लिए चलती है| जब हम नेशनल लाइब्रेरी की धूल भरी अलमारियों से बाहर निकले, जहाँ 1946 की काली रात के दस्तावेज़ मेरे हाथों में थे, अचानक गौरी की आवाज़ मेरे कानों में आई|

—"विवेक जी, हमें भारती जी से मिलना चाहिए"

—"कौन भारती जी?" —मैंने पूछा|

—'हम सब उन्हें माँ भारती कहते हैं, माँ-भारती की आँखों में 1946 की वो रात जिंदा है—वो सच जो किताबों में दफन हो चुका है—आपको एक बार उनसे मिलना चाहिए! पर मुश्किल ये है कि वो बोलती ही नहीं'|

मैं समझ नहीं पा रहा था कि गौरी अब मुझे कौन सी भारती जी से मिलवाना चाह रही थी और क्यों मिलवाना चाह रही थी, पर 'माँ-भारती' नाम सुनते ही मेरे भीतर एक अजीब सी हलचल मची| 1946 के कोलकाता दंगे, अगर इन्होने अपनी आँखों से देखें हैं तो निश्चित ही वो वृद्ध होंगी, नाम भी कैसा है—"माँ-भारती"— मेरे मन में व्याकुलता बढ़ती जा रही थी—जैसे अतीत का कोई भूत मेरे कंधे पर साँस ले रहा हो|

जबकि सच तो ये है कि दिन भर की थकान के बाद मैं अपने होटल के कमरे में बिलकुल अकेला बैठा हुआ था और गौरी— मेरे मन की संगिनी, से बातें कर रहा था—अब वो मुझे मेरी ही कल्पना की माँ-भारती से मिलवा रही थी जो थीं तो काल्पनिक पर अपने असल जीवन में, मैं इस तरह के कई लोगों से सच में मिल चुका हूँ—जिनकी अपनी एक अलग ही दास्ताँ होती है इसलिए इन्हे पूरी तरह से काल्पनिक कहना भी ठीक नहीं| उस रात मुझे अपनी फिल्म का एक और किरदार मिला—माँ-भारती—मैंने आँखे बंद कर लीं और सोचने लगा...

...करीब आधे घंटे से गौरी कोशिश कर रही थी कि माँ-भारती कुछ बात करें इसलिए वो बार-बार उनसे 1946 के दंगों के बारे में पूछ रही थी, मैं अपने मोबाइल पर काम निपटाने की कोशिश कर रहा था, पर उनकी चुप्पी मेरे लिए असहनीय होती जा रही थी, तभी अचानक वो बोलीं—

—"वो काली भयानक रात, मेरी आँखों के सामने से कभी नहीं निकलती,"—भारती-जी ने कहा|

भारती-जी को सभी 'माँ-भारती' कहते हैं—यह मुझे गौरी ने बताया था पर सच कहूँ तो उनके व्यक्तित्व में भारत माता की छवि झलकती है| पर 'भारत-माँ' और 'माँ-भारती' में फर्क है—'माँ-भारती' सिर्फ सौ साल की हैं, भारत माता से हज़ारों साल छोटी| उम्र में छोटी हों, पर नादान नहीं—उनकी आँखों में सदी भर का दर्द सिमटा है, जो बहुत कुछ देख चुका, बहुत कुछ सह चुका| गौरी ने मुझे बताया कि वो हमेशा चुप रहती हैं, कुछ बोलती नहीं—आज गौरी की इतनी कोशिशों के बाद, वो हमें कुछ बताना चाह रही थीं|

—"कौन-सी रात, माँ?"—मैंने धीरे से पूछा|

—"जब बाबा भागते हुए आए, और मुझे और माँ को कार में बैठने को कहा,"—उन्होंने खिड़की की ओर देखते हुए कहा, जैसे बरसों बाद वो दृश्य उनकी आँखों में फिर से जिंदा हो उठा|—"चलो, जल्दी आओ, जल्दी—let's go!" बाबा चिल्लाए| मैंने उन्हें पहले कभी इतनी तेज़ कार चलाते नहीं देखा था| वे बस बोलते जा रहे थे, 'पाकिस्तान से दिल नहीं भरा, तो अब जिन्नाह को कोलकाता भी चाहिए| इसीलिए डायरेक्ट एक्शन डे मना रहा है| भारत की चेतना है कोलकाता, भारत की पहचान है कोलकाता, माँ काली का है ये कोलकाता... क्या जिन्नाह अब इसे भी मुसलमान बनाएगा? गंगा को मुसलमान बनाएगा?' फिर बाबा रुके, 'बंगाली मर जाएगा, पर कोलकाता को कभी मुसलमान नहीं बनाने देगा।' तभी उन्होंने देखा—सामने से लोग लाठियाँ, तलवारें, और मशालें लिए चले आ रहे थे| बाबा ने गाड़ी बाईं ओर मोड़ दी|"

—"यह सब अंडरवर्ल्ड और क्रिमिनल्स हैं,"—वे गुस्से से बोले,—"इनको दंगों का ठेका दिया है मुस्लिम-लीग ने| देखना, एक दिन भारत को इसका बहुत बड़ा हर्ज़ाना देना होगा|"

—"मैंने काँपती आवाज़ में पूछा, 'हम कहाँ जा रहे हैं, बाबा?'"

—"महापात्राजी ओडिशा के बिज़नेसमैन हैं,"—बाबा ने जल्दी से कहा,—"उनकी केसोराम कॉटन मिल है, लिचुबगान में| वहाँ उन्होंने हिंदुओं को शेल्टर दिया है| तुम लोग वहाँ पहुँचो—मैं पेट्रोल डलवाकर आता हूँ|"—'माँ-भारती' यह कहते हुए रुक गईं, उनकी आँखों में एक तूफान सा उमड़ रहा था| अचानक वे उठीं, एक गहरी साँस लेती हुई दूसरे कमरे में चली गईं, और दरवाज़ा धीरे से बंद कर लिया|

मैं कुछ समझ नहीं पा रहा था—आखिर वह उस रात के बाद की बात बताना चाह रही थीं, या कुछ और? उनकी चुप्पी मुझे परेशान कर रही थी। मेरी नज़रें मेज पर पड़े एक पुराने, पीले पड़ चुके अखबार पर ठहर गई। मैंने उसे उठाया—'यंग इंडिया'—और पढ़ने लगा।

—"हिंदुओं को मोपलाओं की कट्टरता के कारणों का पता लगाना चाहिए। वे पाएंगे कि वे खुद भी दोषमुक्त नहीं हैं। उन्होंने मोपला की कभी परवाह नहीं की। उन्होंने या तो उनके साथ एक दास जैसा व्यवहार किया है, या उन्हें डराकर रखा। उन्होंने उनके साथ एक मित्र और पड़ोसी की तरह व्यवहार नहीं किया, जिससे उन्हें सुधारा जा सके और उनका सम्मान किया जा सके। अब मोपलाओं या आम तौर पर मुसलमानों से नाराज़ होने से कोई फायदा नहीं है।"—एम.के. गाँधी [यंग इंडिया, 1921]

इसके आगे ठीक से कुछ दिखाई नहीं दे रहा था, क्योंकि अखबार के पुराने होने से उसका प्रिंट खराब हो गया था। मैं तुरंत अपने होटल पहुँचा और गूगल पर खोजबीन शुरू की— यह गाँधी का लेख था, 'द मोपला आउटब्रेक', यंग इंडिया में, 1921 में प्रकाशित—"सरकार ने मोपलाओं के क्रोध का भरपूर फायदा उठाया। यदि कलेक्टर ने मोपलाओं की धार्मिक भावना समझकर उनसे विचार-विमर्श किया होता, तो यह प्रकोप नहीं होता।"—एम.के. गाँधी [यंग इंडिया, 1921]

गाँधी आगे लिखते हैं:

—"मैं मौलाना को दोष नहीं देता। वह ब्रिटिश सरकार को शत्रु के रूप में देखते हैं। वह उनसे लड़ने वालों का हमेशा बचाव करेंगे। उनका मानना है कि मोपलाओं के खिलाफ जो कहा जा रहा है, उसमें बहुत कुछ सच नहीं है, और इसलिए वे उनकी गलती मानने को तैयार नहीं हैं। मैं मानता हूँ कि यह उनकी संकीर्णता है, लेकिन इससे हिंदुओं को ठेस नहीं पहुँचनी चाहिए। मौलाना के मन में जो होता है, वे वही बोलते हैं। वह सच्चे और साहसी व्यक्ति हैं। सभी जानते हैं कि उनके मन में हिंदुओं के प्रति कोई दुर्भावना नहीं है। धर्म के बारे में अपरिष्कृत विचारों के बावजूद, मौलाना से बड़ा न तो कोई राष्ट्रवादी है, न ही इनसे बड़ा हिंदू-मुस्लिम एकता का प्रेमी है।"—एम.के. गाँधी [यंग इंडिया, 1921]

मैंने तुरंत दूसरी विंडो ओपन की, और मौलाना हसरत मोहानी के बारे में खोजना शुरू किया। मैंने जाना कि मौलाना हसरत मोहानी एक सम्मानित स्वतंत्रता सेनानी थे, और एम.के. गाँधी के सहयोगी के रूप में जाने जाते थे।

इन्होंने 'इंकलाब जिंदाबाद' का नारा दिया था| साथ ही, इन्होंने मोपलाओं के विद्रोह का समर्थन किया था, इसे ब्रिटिश हुकूमत के खिलाफ एक जायज़ लड़ाई मानते हुए, हालाँकि इस दौरान हिंदुओं पर हुए अत्याचारों को लेकर उनकी चुप्पी या बचाव ने विवाद खड़ा किया था|

मैंने दोबारा गाँधी के लेख वाली विंडो खोली| उसमें आगे लिखा था:

—"जबरन धर्म-परिवर्तन एक निंदनीय बात है| लेकिन मोपलाओं की बहादुरी की सराहना होनी चाहिए| ये उसके लिए लड़ रहे हैं, जिसे वे अपना धर्म मानते हैं, और उस तरीके से लड़ रहे हैं, जिसे वे धार्मिक समझते हैं|"—एम.के. गाँधी [यंग इंडिया, 1921]

मोपलाओं की बहादुरी? गाँधी क्या कह रहे थे? अगर मोपला बहादुर थे, तो फिर कश्मीर के वो जेहादी भी बहादुर हुए, जिन्होंने कश्मीरी पंडितों को उनके घरों से निकाल दिया! मेरा सर चकरा रहा था| मैंने आगे पढ़ना शुरू किया:

—"यदि एक पक्ष अपने धर्म का पालन करने में अटल रहे, तो कभी दोनों के बीच कोई शत्रुता नहीं होगी| केवल वही अपने धर्म पर दृढ़तापूर्वक खड़ा रह सकता है, जो अपनी रक्षा का भरोसा ईश्वर पर छोड़ दे, और चिंता से मुक्त होकर सदाचार के मार्ग पर चलता रहे| यदि हिंदू इस नियम को मोपला मामले पर लागू करते हैं, तो वे मोपलाओं की गलती देखकर भी मुसलमानों पर कभी आरोप नहीं लगाएँगे|"—एम.के. गाँधी [यंग इंडिया, 1921]

मेरे लिए यह समझ पाना बहुत मुश्किल हो रहा था कि गाँधी ऐसा क्यों लिख रहे थे| मुझे उस लेख को पढ़ने का मन नहीं कर रहा था, पर मैं उसे पूरा पढ़ना भी चाहता था| आगे लिखा था:

—"जबरन धर्म-परिवर्तन स्वीकार करने से पहले मुझे हिंदुओं से मरने का साहस और ताकत विकसित करने के लिए कहने में कुछ भी अटपटा नहीं लगता| मुझे यह बताते हुए प्रसन्नता होगी कि ऐसे हिंदू भी हैं, जो जबरन धर्मांतरण की बजाय मोपलाओं के हाथों मरने को प्राथमिकता देते हैं|"—एम.के. गाँधी [यंग इंडिया, 1921]

—"एक हिंदू के लिए मोपला और मुसलमान के प्रति प्रेम की भावना रखना तब और भी अधिक आवश्यक हो जाता है, जब मोपला उसे मारता है, या मोपला ने उसे पहले मारा हो| मोपलाओं के अत्याचारों के कारण एक भी हिंदू को क्यों भागना चाहिए?"—एम.के. गाँधी [यंग इंडिया, 1921]

गाँधी ने अपने तर्कों से मोपलाओं की बर्बरता के लिए बाकी सभी को दोषी ठहराया, लेकिन मोपलाओं की निंदा के लिए उनके मुँह से एक शब्द भी नहीं निकला|

तभी मुझे मेरी माँ की याद आ गई—उन्होंने मुझे बचपन में एक कहानी सुनाई थी—अचानक मुझे वो कहानी याद आ गई|

"एक राक्षस था, जिसे दो रूप धारण करने का अद्भुत वरदान मिला हुआ था| जब वह अपनी पूर्ण शक्ति में होता, तो वह एक विशाल और डरावने राक्षस के रूप में प्रकट होता और भले लोगों के साथ मार-काट करता, उन्हें बेघर करता और नगर से दूर भगा देता—जैसे ही उसकी शक्ति क्षीण होने लगती, वह एक देवता का रूप धारण कर लेता था|"

"जब वह देवता बनकर उनके सामने आता, तो लोग उसे पहचान नहीं पाते—उसकी तरफ दया और सहानुभूति से देखते, उसे भोजन और आश्रय देते—कुछ ही दिनों में, भरपेट भोजन करके उसकी शक्ति फिर से लौट आती, और फिर वह अपने असली रूप में लौट आता—फिर वह उन ही लोगों को पीड़ा पहुँचाता, जिन्होंने उसकी मदद की थी—लोग उसके इस छल को समझ ही नहीं पाए| इसी तरह, उसने धीरे-धीरे एक पूरे शहर को नष्ट कर दिया, और अपने राक्षस समाज को वहाँ बुलाकर बसा दिया—और खुद निकल पड़ा अगले शहर की ओर, यही खेल आगे बढ़ाने के लिए|"

क्या गाँधी भी इस राक्षस को नहीं पहचान पाए, और उसे शक्ति देते चले गए? या गाँधी ने उस राक्षस को पहचान लिया था, पर उसके साथ हाथ मिला लिया? मेरा मन तड़प उठा—क्या आप उस राक्षस को पहचानते हैं? राक्षस कोई इंसान नहीं, कोई धर्म नहीं—राक्षस वो सोच है, जो अपना चेहरा बदलकर दूसरों का दमन करती है| क्या गाँधी भी उस सोच के वश में आ गए थे, जो मनुष्य का खून बहाना चाहती है?

इस सवाल ने मेरे मन को झकझोर दिया| अगर यह राक्षस सचमुच इतिहास में छिपा था, तो इसके निशान ढूँढने होंगे—न केवल गाँधी के शब्दों में, बल्कि उन चीखों में, जो मालाबार की धरती से उठी थीं—मैंने गूगल पर और खोज शुरू की।

—"मालाबार के मुसलमानों का उद्देश्य ब्रिटिश सरकार को उखाड़ फेंक इस्लाम का राज्य स्थापित करना था| तलवारें और खंजर जैसे हथियार चोरी-छिपे तैयार कर लिए गए थे| ब्रिटिश सत्ता पर हमले के लिए लोग इकट्ठा किए गए थे|

20 अगस्त को तिरुरंगडी में मोपलाओं और ब्रिटिश सेना के बीच भीषण मुठभेड़ हुई। सड़कें बंद कर दी गईं, टेलीफोन लाइनें काट दी गईं, और कई जगहों पर रेलवे पटरियाँ उखाड़ दी गईं। जैसे ही प्रशासन कमज़ोर पड़ा, मोपलाओं ने घोषणा कर दी कि खिलाफत राज्य स्थापित हो गया। अली मुसलियार को बादशाह घोषित किया गया। खिलाफत के झंडे फहराए गए, और एर्नाड व वालुवनाड को खिलाफत इलाका घोषित कर दिया गया। यहाँ तक ब्रिटिश सरकार के खिलाफ यह विद्रोह तो समझ में आता है।"

"लेकिन मालाबार के हिंदुओं के साथ मोपलाओं द्वारा किया गया व्यवहार चकित कर देने वाली बात थी। हिंदुओं को मोपलाओं के हाथों किसी डरावने सपने के सच होने जैसे अनुभव का सामना करना पड़ा। नरसंहार, जबरन धर्मांतरण, मंदिरों को अपवित्र करना, महिलाओं पर घिनौने अत्याचार—जैसे कि गर्भवती महिलाओं को काटकर मार डालना, लूटपाट, आगजनी, और विनाश—संक्षेप में, मोपलाओं द्वारा हिंदुओं पर खुले में क्रूर और बे-लगाम बर्बरता के साथ सभी कृत्य किए गए।" —डॉ. बी. आर. आंबेडकर: 'पाकिस्तान या भारत का विभाजन' से उद्धृत

—"मालाबार विद्रोह वास्तव में एक मज़हबी जंग है: वहाँ हरे झंडे लहराए जा रहे हैं, और हिंदुओं का जबरन धर्म-परिवर्तन किया जा रहा है। बड़े स्तर पर आगजनी और लूटपाट जारी है, और लगातार हत्याएँ की जा रही हैं। असहयोग आंदोलन के नाम पर कट्टरपंथी मार-काट कर रहे हैं, और वहाँ महाविनाश के चलते अकाल जैसे हालात हैं।"—[डेली टेलीग्राफ, 1921]

—"कुट्टीपुरम में, 200 मोपलाओं ने तलवारों और चाकुओं के साथ पुलिस स्टेशन पर हमला किया, और पाँच कांस्टेबलों को घायल कर दिया। कत्लेआम से पहले हिंदुओं को अपनी कब्रें खोदने के लिए मजबूर किया जा रहा है। पुलिस की मदद करने के कारण एक व्यक्ति को दो भागों में काट दिया गया, और नीलांबुर के पास दो पुलिसकर्मियों की हत्या कर दी गई। शरणार्थी सैन्य केंद्रों में आ रहे हैं, पर सेना के लिए भी कानून-व्यवस्था बनाए रखना मुश्किल हो रहा है। वे रिपोर्ट कर रहे हैं कि हिंदुओं का विनाश व्यवस्थित रूप से किया जा रहा है, लेकिन हिंदू महिलाओं और लड़कियों को अपने लिए ज़िंदा रखा जा रहा है।" [द वर्ल्ड (होबार्ट), 7 अक्टूबर, 1921]

—"मिस्टर गाँधी को मोपला की कौन-सी आत्मा अच्छी लगी है? एक अस्पताल में, दम घुटने से मरते हुए एक मोपला कैदी ने सर्जन से पूछा, क्या वह मरने वाला है? सर्जन ने जवाब दिया कि उसे डर है कि वह ठीक नहीं हो पाएगा। 'ठीक है, मुझे खुशी है कि मैंने चौदह काफिरों को मार डाला,' खुदा से डरने वाले उस मोपला ने कहा, जिनकी मिस्टर गाँधी बहुत प्रशंसा करते हैं कि वे 'उस चीज़ के लिए लड़ रहे हैं, जिसे वे धर्म मानते हैं, और उस तरीके से, जो वे धार्मिक समझते हैं।'"—एनी बेसेंट [न्यू इंडिया, 1921]

—"मैं नहीं जानता कि हमारे राजनेताओं ने गाँधी की खिलाफत आंदोलन वाली बात को क्यों स्वीकार किया| एक साधारण मुसलमान की सोच के साथ, उसने जो किया, वह होना ही था| नेता वास्तविकताओं का सीधा सामना करने के बजाय, उन्हें अपने मन के विचारों से सुलझाने की कोशिश में व्यस्त हैं।"—श्री अरबिंदो

—"एक बहुत ही महत्वपूर्ण कारण, जो हिंदू-मुस्लिम एकता को लगभग असंभव बनाता है, वह यह है कि मुसलमान अपनी देशभक्ति को किसी एक देश तक सीमित नहीं रख सकते| मैंने (मुसलमानों से) स्पष्ट रूप से पूछा था कि क्या किसी मुस्लिम शक्ति के भारत पर आक्रमण करने की स्थिति में, वे अपनी मातृभूमि की रक्षा के लिए हिन्दुओं के साथ कंधे से कंधा मिलाकर खड़े होंगे? मैं उनके उत्तर से संतुष्ट नहीं था| यहाँ तक कि श्री मोहम्मद अली (अली बंधुओं में से एक) जैसे व्यक्ति ने भी घोषणा की है कि किसी भी परिस्थिति में इस बात की अनुमति नहीं है| मुसलमान, चाहे उसका कोई भी देश हो, किसी भी मुसलमान के खिलाफ कभी नहीं खड़ा होगा|"—रबीन्द्रनाथ ठाकुर

—"सर, हमारे पास मोपला नरसंहार पर इतनी रिसर्च है कि अगर हम इस पर लिखने बैठ जाएँ, तो पचास हज़ार पेज से भी बड़ी किताब लिखी जा सकती है|"—सौरभ ने मुझसे कहा|

उसकी बात सुनते ही मुझे कश्मीर फाइल्स का वो सीन याद आ गया—जब पुष्करनाथ पंडित के बेटे को ड्रम के अंदर गोलियों से भून दिया गया, और पुष्करनाथ ने डॉक्टर को फोन किया:

—"मेरे बेटे को टेररिस्ट ने गोलियाँ मार दी हैं... तुम किसी तरह से एम्बुलेंस लेकर आ जाओ... मेरे बेटे को बचा लो|"

—"जहाँ गोली लगी है, वहाँ पट्टी बाँध दो।"

—"अरे, कहाँ-कहाँ पट्टी बाँधूँ? इतने तो घर में कपड़े भी नहीं हैं।"

क्या सच में, इतिहास में इतने हिन्दुओं को मारा जा चुका है कि अगर इस पर लिखने बैठें, तो दुनिया का सारा कागज़ कम पड़ जाएगा, और हिंदू की आत्मा पर इतने घाव हैं कि इन पर पट्टी बाँधने बैठें, तो दुनिया का सारा कपड़ा भी कम पड़ जाएगा?

फिर मुझे एक और बात याद आई। भारत के स्वतंत्रता संग्राम के बलिदानियों के स्मरण में भारत सरकार के संस्कृति मंत्रालय द्वारा जारी डिक्शनरी ऑफ मारटर्स: इंडियाज फ्रीडम स्ट्रगल (1857-1947) में 1857 के प्रथम स्वतंत्रता संग्राम से लेकर 1947 में भारत की स्वतंत्रता तक के लगभग 13,500 बलिदानियों के नाम शामिल किए गए हैं। पर क्या आप सोच सकते हैं कि इस पवित्र डिक्शनरी में उन मोपलाओं के नाम भी शामिल किए गए, जिन्होंने निर्दोष हिंदुओं की हत्याएँ कीं, हिंदू महिलाओं के साथ बलात्कार किए, जबरन हिंदुओं को इस्लाम में परिवर्तित किया, और मालाबार में सौ से अधिक मंदिरों को नष्ट कर दिया? अंग्रेज़ों ने इनमें से हज़ारों मोपलाओं को काला पानी की सज़ा दी, और अंडमान की जेलों में भेजा। पर भारत सरकार ने इन्हें शहीदों का दर्जा देकर इस डिक्शनरी में जगह दी।

हालाँकि मोपला नरसंहार के दो मास्टरमाइंड—वरियामकुनाथ हाजी और अली मुसलियार—का नाम 2019 के बाद हटाने की सिफारिश की गई, और भारतीय ऐतिहासिक अनुसंधान परिषद (ICHR) के 3 सदस्यीय पैनल की समीक्षा के अनुसार, 387 मोपलाओं के नाम इस डिक्शनरी से हटा दिए जाएँगे, क्योंकि उन्होंने भारत के स्वतंत्रता संग्राम में कोई योगदान नहीं दिया था।

यह जानकर मेरे मन में एक अजीब-सी राहत मिली, पर साथ ही सवाल उठा—क्या इतिहास की इन परतों को खोलने से सच वाकई सामने आएगा, या यह भी एक और परदा बनकर रह जाएगा? मैं इसी उधेड़बुन में खोया हुआ था—अपने विचारों को थामते हुए जैसे ही मैंने नज़र उठाई—सामने माँ-भारती बैठी थीं, उनकी आँखों में वही सदी का दर्द अब भी सिमटा हुआ था।

मैंने उनसे कहा,—"मुझे उसके आगे सुनना है, जो आप बताते-बताते रुक गईं।"

—"मैं क्या बता रही थी?"

—"आप बता रही थीं कि आपके बाबा आपको और आपकी माँ को महापात्राजी के घर पर छोड़कर चले गए।"

—"घर पर नहीं, उनकी मिल में... पर मैंने बाबा को अकेले नहीं छोड़ा| वो कहते रहे, 'मैं जज हूँ, मैं जज हूँ... मुझे कुछ नहीं होगा,' पर मैंने भी कह दिया, 'मैं आपको अकेले नहीं जाने दूँगी|'"

—"पर उस दिन क्या हो गया था?"—मैंने पूछा|

—"तुम्हें पता नहीं? पूरा शहर जल रहा था, हिंदू कट रहे थे... मैं और बाबा पंप पर पहुँचे| बाबा ने उससे टैंक फुल करने को कहा, पर पता है, उसने क्या जवाब दिया?"

—"क्या कहा उसने?"

—"उसने कहा, 'सरकारी ऑर्डर है कि 16 से 20 अगस्त तक केवल उसी को पेट्रोल मिलेगा, जिसके पास कूपन होगा| और आपको तो, जज साहब, कूपन भी नहीं मिलेगा... कूपन केवल मुस्लिम लीग वालों को मिल रहा है|'"

माँ-भारती आगे बताने लगीं—"'जज हूँ मैं, और तुम मुझे पेट्रोल देने से मना कर रहे हो?' बाबा ने उससे गुस्से में पूछा| तभी मैंने सामने से ग़ुलाम को आते देखा| मैंने बाबा को वहाँ से चलने को कहा, पर बाबा ने कहा, 'ग़ुलाम मुझे जानता है| वो अभी पेट्रोल दिलवा देगा|'"—उनकी आँखें बड़ी होती जा रही थीं, जैसे वो घटना फिर से उनकी आँखों के सामने जीवित हो उठी हो|

—"फिर क्या हुआ?"—मैंने साँस थामे पूछा|

—"'अरे ग़ुलाम, तुम?' बाबा ने उसे देखते ही कहा| 'तुम तो एम.एल.ए. थे न? याद है, मैंने तुम्हें जमानत दिलाई थी| पहचाना? मैं जस्टिस बनर्जी हूँ|'"

—"'पहचाना, जज साहब, अच्छे से पहचाना,' ग़ुलाम ने जवाब दिया| बाबा ने देखा कि ग़ुलाम के हाथ में तलवार है। 'तुम भूल रहे हो,' बाबा ने उसे टोका, 'तुम जमानत पर हो।' पर ग़ुलाम ने उस तलवार को सीधे बाबा के कंधे पर मारा| खून बहने लगा| फिर उसने बाबा को कॉलर से पकड़ा, नीचे गिराया, और अपने जूते से मारना शुरू कर दिया|"

—"'याद है, उस दिन कोर्ट में तुमने क्या कहा था? सेक्युलरिज़्म? तुमने कहा था कि पाकिस्तान इसे नहीं मानता—अब बताओ सबको, क्या होता है सेक्युलरिज़्म?'"

माँ-भारती की साँसें तेज़ हो गईं—"मैं भागते हुए ग़ुलाम के पास गई| अपने दोनों हाथ जोड़कर मैंने उससे कहा, 'हमें जाने दो,' पर उसने मेरे गाल पर कसकर चाँटा

मारा, मेरा दुपट्टा खींचकर नीचे फेंक दिया। फिर मेरे बाल पकड़े, मेरा मुँह बाबा की तरफ घुमाया, और बोला, 'बोलो, जज साहब, क्या होता है सेक्युलरिज़्म?'"

—"बाबा ने मेरी तरफ देखा, फिर आँखें नीचे करते हुए धीरे से कहा, 'जहाँ सब बराबर हों।'"

—"'गलत,' ग़ुलाम ने चिल्लाकर कहा। उसने मेरे बाल पकड़कर मुझे बाबा के पास घसीटा, फिर उनके मुँह पर ज़ोर से लात मारी। 'बराबर कैसे हो सकते हैं सब? क्या कोई काफ़िर कभी किसी मुस्लमान के बराबर हो सकता है?'"

भीड़ चिल्लाने लगी—"नहीं! नहीं! नहीं!"

माँ-भारती फूट-फूटकर रोने लगीं। उनकी सिसकियाँ पूरे कमरे में गूँज रही थीं, जैसे हर शब्द, हर याद उनके सीने को चीर रही हो; उसके आगे उनसे कुछ बोला नहीं जा रहा था—उनकी आवाज़ टूट चुकी थी, जैसे सदी भर का दर्द एक साथ बाहर आ गया हो। वहाँ खड़ा मेरा असिस्टेंट राजू भी अपने आँसुओं को नहीं रोक पाया; उसकी आँखों से टपकते हुए आँसू ज़मीन पर गिर रहे थे। मेरी आँखें भी नम हो गईं—नहीं, नम क्या, भीग चुकी थीं।

मैंने माँ-भारती को गले से लगा लिया। मुझे ऐसा लगा, मानो आज पूरा भारत ऐसी अनगिनत कहानियाँ सुनकर सिसक रहा हो—चाहे वो मालाबार के खून से सने खेतों की कहानियाँ हों, चाहे कश्मीर की जलती चिताओं की कहानियाँ हों, या कोलकाता की उजड़ी हुई गलियाँ—हर घाव, हर पुकार, हर आँसू जैसे मेरे सीने में उतर आया था। क्या यही है सेक्युलरिज़्म—जो हत्यारों को शहीद कहता है, और पीड़ितों की पुकार को दबा देता है? मैंने खुद से पूछा, पर जवाब में बस एक खामोशी थी—वही खामोशी, जो सौरभ की रिसर्च में दबी पड़ी है, जिसे माँ-भारती की सिसकियों में सुना जा सकता है—क्या ये होता है सेक्युलरिज़्म?

6

मेरा-तेरा-हमारा गेम बंगाल विभाजन—1905

बंगाल—वह धरती, जहाँ गंगा की लहरों में कविताओं का मधुर रस बहता था, जहाँ की हवाओं में रवींद्र संगीत के सुर सुनाई देते थे—वहाँ 16 अक्टूबर, 1905 के दिन एक काला सूरज उगा| उस सुबह, बंगाल के लोग शोक में डूब गए—उनकी एकता, उनकी अखंडता को लॉर्ड कर्जन की साजिश ने छलनी कर दिया था| गंगा के तट पर, जहाँ कभी उत्साह और उमंग की वर्षा होती थी, वहां अब टूटे दिलों का सन्नाटा पसरा था, और माँ की गोद से छिनी संतानों की चीखें उस निःशब्दता को लहूलुहान कर रही थीं| लोगों ने उपवास रखे और नंगे पांव धूल भरी सड़कों पर उतरे, "वंदे मातरम्" की हुंकार के साथ अपनी आत्मा को बुलंद किया| यह स्वदेशी की वह पहली चिंगारी थी, जो कुछ पलों के लिए हिंदू-मुस्लिम एकता को एक सूत्र में बांध लाई, पर ब्रिटिश सरकार ने पहले ही अपनी काली कलम से दोनों को आपस में लड़ाने का फरमान लिख रखा था|

उस दिन वातावरण में मायूसी छायी हुई थी जब अंग्रेज़ों ने बंगाल की छाती पर सत्ता का नक्शा खींचा—कोलकाता से ढाका तक, एक रेखा खींचकर हिंदुओं को पश्चिम (आज का पश्चिम-बंगाल) और मुसलमानों को पूर्व (आज का बांग्लादेश) की ओर धकेल दिया गया| यह सिर्फ ज़मीन का बंटवारा नहीं था—यह बंगाल की आत्मा को कुचलने की साजिश थी, जिसे कर्जन ने प्रशासन की झूठी ढाल के पीछे छिपाया| गंगा की गोद में जो फसलें लहलहाती थीं, वो अब दो हिस्सों में बँट गईं; हर बंगाली के सीने में एक सवाल दहक रहा था—क्या हमारी संस्कृति, हमारा गौरव इसी तरह रौंदा जाएगा? यह बंगालियों का घोर अपमान था, उनकी पहचान पर चोट, उनके वजूद पर प्रहार| उस दिन, उन्होंने एक-दूसरे की कलाई पर

राखी बांधी, दुनिया को चीखकर बताया—हमारा बंगाल कभी नहीं टूटेगा| यह प्रतिरोध बंगाली अस्मिता को झकझोरने वाली एक जागृति थी, जो आगे चलकर सांप्रदायिक नफरत की आग में भस्म होने लगी| क्या यह एकता की अंतिम चीत्कार थी, या बँटवारे की पहली चिंगारी? क्या यह एकता की आखिरी कोशिश थी, या बंगाल के टूटने का आरंभ?

1905 का बंगाल विभाजन सिर्फ जमीन का बँटवारा नहीं था—यह उस संपदा पर वार था, जो बंगाल को "सोने की चिड़िया" बनाता था—कोलकाता की गलियों से लेकर जूट के खेतों तक, बंगाल की आर्थिक धमक पूरे भारत में गूँजती थी| पर कर्जन ने इस नस को काट दिया—पूर्वी बंगाल को जूट का व्यापार सौंपकर, पश्चिम को उसकी चमक से वंचित सा कर दिया| क्या यह महज संयोग था? इससे ब्रिटिश हितों को फायदा हुआ, जबकि बंगाली व्यापारी दरिद्रता की कगार पर आ गए? यह आर्थिक एकता को तोड़ने की साजिश थी, ताकि बंगाल की ताकत हमेशा के लिए ध्वस्त हो जाए| क्या भारत की संपदा को लूटने का यह एक और बड़ा कदम नहीं था, गूँज?

जब कर्जन ने बंगाल को बाँटा, तो हिंदुओं ने तलवार नहीं उठाई—स्वदेशी की लौ को बुलंद किया जिसके कारण अंग्रेज़ों की नींद हराम हो गई| स्वदेशी आंदोलन सिर्फ विदेशी कपड़ों का बहिष्कार नहीं था—यह एक क्रांति थी, जिसके अगुआई की अरबिंदो घोष जैसे योद्धा ने—उनकी कलम और आवाज ने बंगालियों को एकत्रित किया—कोलकाता से लेकर गाँवों तक 'वंदे मातरम्' की आवाज़ को बुलंद किया|

15 अगस्त 1872 के दिन कोलकाता की मिट्टी पर अरबिंदो घोष का जन्म हुआ जो बाद में "श्री अरबिंदो" के नाम से प्रसिद्ध हुए| उनके पिता एक डॉक्टर थे और चाहते थे कि उनका बेटा बहुत पढ़े, इसलिए सात साल की छोटी उम्र में उन्हें इंग्लैंड भेज दिया गया पर उन्होंने अपने दिल से भारत को कभी मिटने नहीं दिया| 1893 में वे भारत लौटे —बंगाल की धरती पर कदम रखा, बड़ौदा में पढ़ाया, और अपनी कलम को शक्ति बनाकर ब्रिटिश राज पर वार किया| फिर 1906 में "बंदे भारत" का सूरज उगा—एक प्रेस, एक पुकार, स्वराज का वह पहला नारा जो कर्जन की साजिशों को चुनौती देता था—बंदे भारत नाम के इस नए अखबार में भारत की आज़ादी की बाते छपनी लगीं—हिन्दू मुस्लिम एकता की बातें की जाने लगीं| अँग्रेज़ घबरा गए—1908 में उन्हें जेल में डाल दिया गया—कहा गया कि वह एक देशद्रोही हैं| क्या श्री अरबिंदो जैसे लोगों के रहते बंगाल दोबारा बँट सकता था?

कोलकाता अधिवेशन में कांग्रेस ने इसे औपचारिक स्वर दिया—विदेशी माल जलाओ, स्वदेशी अपनाओ। रवींद्रनाथ की कविताओं ने वहाँ एक नई ऊर्जा पैदा कर दी, भद्रलोक सड़कों पर उतरे। क्या यह सिर्फ बहिष्कार था, या बंगाल की आत्मा को फिर से जगाने की पुकार? क्या यह आग सिर्फ हिंदुओं तक सीमित रही? नहीं, हालाँकि कुछ मुसलमानों ने भी साथ दिया पर कर्जन ने फिर एक गहरी चली—उसने मुस्लिम बस्तियों में अलगाव की हवा भरी, ताकि यह लौ एकजुट न रह सके।

1905 के बाद कर्जन की साजिश ने बंगाल में एक नया खेल शुरू किया—नवाब सलीमुल्लाह जैसे चेहरों को आगे लाकर मुस्लिम बस्तियों में अलगाव का बीज बोया गया। जहाँ स्वदेशी की लौ ने सबको एकजुट करने की कोशिश की, वहाँ अंग्रेज़ों ने ढाका को नया तख्त सौंपकर हिंदुओं को किनारे कर दिया। क्या यह वही चाल थी, जो बंगाल को दो दिलों में बाँटने वाली थी? यह बीज जल्द ही फूटा—1906 में मुस्लिम लीग ने जन्म लिया, और एकता की आखिरी उम्मीद धुंधली पड़ने लगी।

मैमनसिंह में 1906 की सांप्रदायिक आंधी ने पहला कहर बरपाया—हिंदुओं के घर लूटे गए, मंदिरों में रखी मूर्तियाँ खंडित की गईं, और गलियों में खून की धार बह निकली। यह स्वदेशी की एकता पर पहली तलवार थी—कर्जन की चाल रंग लाई, जब मुस्लिम भीड़ ने भाईचारे को चूर-चूर कर दिया। क्या यह वही आग थी, जो बंगाल की आत्मा को राख में बदल देना चाहती थी?—पर यह सिर्फ शुरुआत थी।

1906 में बंगाल की हवा जहरीली हो चली—मुस्लिम लीग के उदय ने नवाब सलीमुल्लाह जैसे नेताओं को अंग्रेज़ों की ढाल बना दिया, और स्वदेशी की एकता पर दूसरा प्रहार हुआ। जहाँ हिंदुओं ने 'वंदे मातरम्' को अपनी ढाल बनाया, वहाँ अधिकतर मुस्लिमों ने इसे काफिरों का नारा कहकर ठुकरा दिया—ढाका से लेकर गाँवों तक अलगाव की दीवारें खड़ी हो गईं। मैमनसिंह की हिंसा अब कोमिला और शेरपुर तक फैल गई—मंदिर जलाए गए, हिंदू दुकानदारों को लूटा गया, और भाईचारा खून-खराबे में बदल गया अंग्रेज़ हंस रहे थे—उनकी चाल ने हिंदू-मुस्लिम के बीच की आखिरी कड़ी को भी तोड़ दिया था।

अप्रैल 1906, मैमनसिंह के जमालपुर मेले में नौजवान हिंदुओं ने स्वदेशी आंदोलन के चलते मुस्लिम दुकानदारों से विदेशी नमक छोड़ने को कहा—जवाब

में चाकुओं की बौछार हो गई और मेले की रौनक खून में बदल गई। देखते-देखते यह आग शेरपुर तक फैल गई—हिंदू बस्तियों में लूटपाट मची, काली मंदिर की मूर्तियाँ तोड़ दी गईं, और मासूमों को मारा गया।

1905 के बाद पूर्वी बंगाल की हवा में कट्टरता का ज़हर घुल गया—मुस्लिम-बहुल इस धरती पर हिंदुओं के घरों को आग के हवाले कर दिया गया, उनके मंदिरों को अपवित्र किया गया, और धर्मांतरण की तलवार उनकी गर्दन पर लटकने लगी। मैमनसिंह की गलियों से उठी यह आग न सिर्फ़ लूटपाट तक सीमित रही—हिंदुओं को या तो इस्लाम कबूल करने को मजबूर किया गया, या उनकी सांसें हमेशा के लिए छीन ली गईं। उधर, पश्चिम बंगाल में, जहाँ हिंदू बहुमत में थे, एक नया विचार फैलाया गया—'भारत दो राष्ट्रों का घर है, और मुसलमानों को अपना हिस्सा छीनना ही होगा'। नवाब सलीमुल्लाह की शह पर अंग्रेज़ों ने इस बीज को बोया, और 1906 में मुस्लिम लीग ने इसे सींचना शुरू कर दिया। क्या यह वही चाल थी, जो बंगाल को दो आत्माओं में बाँटकर उसकी एकता को राख में बदल देना चाहती थी?

मैं बंगाल के जलने के बारे में सोच रहा था तभी सौरभ की खीज भरी आवाज़ मेरे कानों में पड़ी।

— "भारत से आखिर पाकिस्तान छीन ही तो लिया"—सौरभ ने खीजते हुए कहा।

— "हाँ भारत का विभाजन तो हुआ ही"—मैंने उसकी बात को अपनी स्वीकृति दी।

— "उसके बाद, पाकिस्तान में हिन्दुओं के ऊपर अत्याचार बढ़ा दिये गये और वहाँ धर्मान्तरण पर ज़ोर दिया जाने लगा और भारत में जो कि एक हिंदू बहुल क्षेत्र है, यहाँ इस विचार को प्रचारित कर दिया कि भारत के अंदर दो अलग-अलग राष्ट्र हैं और मुसलमानों को कभी न कभी अपने हिस्से का राष्ट्र, भारत से छीनना है। ये चल क्या रहा है सर?"—सौरभ ने अपने हाथ में रखी फ़ाइल को टेबल पर पटकते हुए कहा।

— "क्या तुम वो राक्षस वाली कहानी भूल गये जिसके पास दो रूप रखने का वरदान प्राप्त था? चलो आज तुम्हे मैं एक दूसरी कहानी सुनाता हूँ"—मैंने कहा।

—"यह कहानी पर्शिया के सूसा शहर से जुड़ी है। वहाँ रुस्तम नाम का एक व्यक्ति रहा करता था जिसके दो बेटे थे: सायरस और सईद... बड़ा बेटा सायरस

ज्ञान का साधक था और अपना अधिकतर समय प्राचीन ग्रंथों का अध्ययन करने और विद्वानों से ज्ञान प्राप्त करने में बिताया करता था जबकि छोटा बेटा सईद बहुत ही चालाक और धूर्त किस्म का इंसान था और अपनी हर ज़िद हमेशा चालाकी से पूरी करवाता था।"

—"जैसे-जैसे रुस्तम के दोनो बेटे बड़े होने लगे उनकी आदतों और रहन-सहन में काफी फर्क आने लगा। सायरस अपने ज्ञान और अपनी मेहनत से अपने परिवार के लिये धन, संपत्ति और वैभव इक्कठा करने में लगा रहा पर सईद न तो कुछ काम करता था और न ही परिवार के लिये उसका कोई योगदान होता था। वो ईर्ष्या और आक्रोश में जलता रहता था। एक दिन, सईद ने अपने पिता से परिवार की पूरी सम्पत्ति से अपने हिस्से की माँग कर डाली, 'मैं अब सायरस के साथ नहीं रह सकता।'"

—"रुस्तम यह बात अच्छी तरह से जानता था कि इस संपत्ति पर सईद का कोई अधिकार नहीं फिर भी पुत्र मोह में आकर उसने पूरी संपत्ति को दो बराबर हिस्सों में बाँट दिया और सईद को वह हिस्सा दे दिया जिसका वह हकदार नहीं था। रुस्तम ने सोचा ऐसा करने से भविष्य में परिवार में शांति बनी रहेगी।"

—"समय बीतता गया और कई वर्षों बाद सईद, भाईचारा और प्यार दिखाते हुए सायरस के पास वापस लौट आया। सायरस ने दयालु हृदय से उसका स्वागत किया; वो तो उसे अपना भाई मानता था। पर कुछ सालों बाद, सईद के असल इरादे फिर सामने आने लगे। एक दिन, वह रुस्तम के पास गया और बोला, 'चूंकि हम साथ रहते हैं, तो यह संपत्ति हमारी है इसलिये अब इसे बराबर-बराबर बाँटी जानी चाहिये' इस पर सायरस ने चौंकते हुए कहा, 'लेकिन तुमने तो अपना हिस्सा पहले ही ले लिया था?' सईद ने मुस्कुराते हुए कहा, 'हाँ, लेकिन वह मेरा हिस्सा है और अगर हम साथ रहते हैं, तो यह हमारी संपत्ति हुई, अब क्या मुझे हमारी साझा संपत्ति से अपना हक़ माँगने का अधिकार भी नहीं? यह कैसा अन्याय है?' उनके पिता रुस्तम ने एक बार फिर संपत्ति को दोनों भाइयों के बीच बराबर-बराबर बाँट दिया। रुस्तम ने सोचा ऐसा करने से भविष्य में परिवार में शांति बनी रहेगी।"

"यह खेल ऐसे ही चलता रहा और जब सायरस लगभग निर्धन हो गया तो बरसों से अपने दिल में पल रही नफरत के चलते सईद ने सायरस को तलवार से काटकर मार डाला।"—मैंने कथा को विराम दिया।

"यह बढ़िया है सर; यह मेरा है, यह तेरा है, जो मेरा है—बस मेरा है; पर जो तेरा है—वो तेरा नहीं, वो हमारा है; और जो हमारा है, उसमे भी मेरा है।"—सौरभ ने पूरी कहानी को दो लाइनों में कह डाला।

यह खेल लम्बे समय से खेला जा रहा है जिसे अब उजागर करने का वक्त आ गया —पहले नारा गूँजा, 'चीनों-अरब हमारा, हिन्दुस्तान हमारा,' पर शर्त जोड़ी गई—'हम हिंदुओं के साथ एक छत के नीचे नहीं रह सकते' नतीजा? 'मेरा हिस्सा दो,' और अफ़ग़ानिस्तान छीन लिया गया। फिर वही चाल—'अफ़ग़ानिस्तान मेरा है, पर बचा हिन्दुस्तान हमारा,' और कुछ सदी बाद फिर वही हुंकार—'हिन्दुस्तान हमारा,' पर 'हिंदुओं के साथ नहीं रह सकते, मेरा हिस्सा दो' इस बार पाकिस्तान चला गया। अब—'पाकिस्तान मेरा है, पर बचा हिन्दुस्तान हमारा।'

आज, 2025 में, टीवी की बहसों में कई मुस्लिम प्रवक्ता चिल्ला-चिल्ला कर कहते हैं, —'हिन्दुस्तान किसी के बाप की जागीर नहीं—हिन्दुस्तान हमारा है!' यह सच भारत में साकार हो रहा है—1905 की दरारें आज खाइयाँ बन गईं, और यह सवाल हवा में तैरता रहता है—इसे कब तक सुना जाएगा? सायरस का ज्ञान, जो एकता से जोड़ता था, कहाँ खो गया? सईद की चालाकी, जो नफरत से तोड़ती थी, हर बार जीत क्यों रही है?

1905 में बंगाल विभाजन को लागू करने से पहले, लॉर्ड कर्जन ने पूर्वी बंगाल के चटगाँव, ढाका और मैमनसिंह में मुस्लिम समुदाय से अपील की—नया प्रांत मुसलमानों की जनसंख्या की ताकत और उनकी बेहतर तहज़ीब के आधार पर बनेगा, जो पुराने मुस्लिम वाइसरायों और राजाओं के दिनों से उनकी एकता को फिर से स्थापित करेगा; इसके लिए प्रांत में मज़बूत आवाज़ें उठानी होंगी।

क्या यह वह क्षण था जब बंगाल की साझा संस्कृति पर पहली दरार पड़ी?

1905 के बंगाल विभाजन ने हिंदू-मुस्लिम एकता को एक ऐसा आघात पहुँचाया, जिसकी गूँज दशकों तक भारत में सुनाई दी जाएगी। लॉर्ड कर्जन ने बंगाल को विभाजित कर 'प्रांत की एकता को चकनाचूर करने और एकजुटता की भावना को समाप्त करने' का प्रयास किया, जिससे पूर्वी बंगाल में मुस्लिम शक्ति का विकास हुआ और हिंदू समुदाय की बढ़ती ताकत पर अंकुश लगा। इस विभाजन ने मुस्लिम बहुल क्षेत्रों में हिंदुओं के खिलाफ तनाव को बढ़ाया, जो स्वदेशी आंदोलन के बावजूद एकता को बनाए रखने में असफल रहा।

1905 का बंगाल विभाजन जहाँ हिंदुओं के लिए एक अपमान था, वहीं पूर्वी बंगाल के अधिकांश मुसलमानों ने इसे एक सुनहरा अवसर माना| अगर बैरिस्टर अब्दुल्ला रसूल जैसे मुट्ठी भर मुसलमानों को छोड़ दिया जाये तो पूर्वी बंगाल के अधिकांश मुसलमानों ने विभाजन का समर्थन किया; मुस्लिम बहुल प्रांत बनाने का उद्देश्य एक ऐसा पहलू है जिसे भारत के राष्ट्रीय बुद्धिजीवी इतिहासकारों ने सिरे से नजरअंदाज किया है| हिन्दुओं का दमन केवल ब्रिटिश चाल का परिणाम नहीं, बल्कि एक ऐसी विचारधारा का प्रतीक था जो आगे चलकर बंगाल को और भी गहरे में बाँट देगी|

1899 से 1905 तक भारत के वायसराय रहे लॉर्ड कर्जन ने अपने शासनकाल में ऐसे कुकर्म किये, जिनमें से तीन दुष्कृत्य हमारे दिलों से कभी मिटने नहीं चाहिए थे—बंगाल का विभाजन, संस्कृत शिक्षा का पतन, और 1899–1900 के वीभत्स अकाल के प्रति अनदेखी| पर हमें गलत-सलत इतिहास पढ़ाया गया, जिसने इन अत्याचारों को धुंधला कर दिया| अगर 1998 के स्वतंत्र भारत में ब्रिटिश-वफादार सर सैयद अहमद खान की शान में डाक टिकट जारी हो सकता है तो इस तरह के काले इतिहास को छिपाना कौन-सी बड़ी बात है? क्या यह हमारे अतीत की सच्चाई को दबाने की साज़िश नहीं?

कर्जन ने संस्कृत शिक्षा को सीधे खत्म तो नहीं किया, पर 1904 की 'यूनिवर्सिटी नीति' ने अंग्रेजी शिक्षा को प्राथमिकता देकर संस्कृत और परंपरागत पाठशालाओं को हाशिए की तरफ धकेल दिया| यह भारतीय शिक्षा की आधारशिला—संस्कृत—पर एक अप्रत्यक्ष हमला था, जिसका दीर्घकालिक प्रभाव हमारी सांस्कृतिक और बौद्धिक विरासत पर पड़ा| शिक्षा में अंग्रेजीकरण ने हमारी जड़ों को कमजोर किया| क्या यह हमारी प्राचीन ज्ञान-परंपरा को नष्ट करने का सुनियोजित प्रयास नहीं था?

1899–1900 का अकाल, जो पश्चिमी और मध्य भारत (लगभग 12.33 लाख वर्ग किलोमीटर) में फैला, और 5 करोड़ 90 लाख लोगों को प्रभावित किया| भूख से तड़पते हुए लाखों लोग मर गए—अनुमान 10 से 45 लाख तक हैं| कर्जन, जनवरी 1899 में वायसराय बने, पर शुरुआत में कर्ज़न ने इसकी गंभीरता को कम आँका, राहत में देरी की, और जो मदद भेजी, वह नाकाफी थी (फेमाईन कमीशन रिपोर्ट, 1901)| बाद में नीतियाँ सुधारीं, पर तब तक नुकसान हो चुका था| यह भारत के इतिहास का एक काला अध्याय है, जो ब्रिटिश शासन की क्रूरता

को दर्शाता है| क्या यह इतिहास में भारत के लोगों पर किये गए अत्याचारों का सबसे दर्दनाक सबूत नहीं?

लॉर्ड कर्जन ने 1905 के बंगाल विभाजन को लागू करने के लिए मुस्लिम समर्थन को बढ़ावा दिया, जिसके लिए उन्होंने सांप्रदायिक सोच का सहारा लिया—एक ऐसी सोच जिसे सर सैयद अहमद खान ने अपनी शिक्षाओं से प्रभावित किया था, हालाँकि उनकी मृत्यु 1898 में हो चुकी थी इसलिए उन्हें 1905 के बंगाल विभाजन से नहीं जोड़ा जा सकता| 1817 में जन्मे खान ने 1875 में मुहम्मदन एंग्लो-ओरिएंटल कॉलेज (बाद में अलीगढ़ मुस्लिम विश्वविद्यालय) की नींव रखी, और 1857 के विद्रोह में ब्रिटिश वफादारी दिखाकर मुस्लिम बुद्धिजीवियों में अपनी बड़ी पहचान बनाई|

17 अक्टूबर 1998 को भारत सरकार ने सर सैयद अहमद खान के सम्मान में एक स्मारक डाक टिकट जारी किया, जो उनकी शिक्षा, सामाजिक सुधार और मुस्लिम सशक्तिकरण में भूमिका को रेखांकित करता है| अलीगढ़ मुस्लिम विश्वविद्यालय के 'बाब-ए-सय्यद' द्वार पर उनका नाम अंकित है, और देश भर में कई सड़कें, कॉलेज, और भवन उनके नाम पर हैं| 1888 की उनकी मेरठ स्पीच—"हिंदू और मुस्लिम एक राष्ट्र नहीं बन सकते"—कर्जन की सांप्रदायिक चाल के लिए एक वैचारिक आधार बनी| क्या यह सम्मान उनकी एकता-विरोधी विचारधारा को नज़रअंदाज़ करके सिर्फ उनकी शैक्षिक उपलब्धियों को ही याद करने की गलती नहीं है?

नवाब सर ख्वाजा सलीमुल्लाह बहादुर (1871–1915) ने 1905 के बंगाल विभाजन का पुरजोर समर्थन किया, जिसे उन्होंने पूर्वी बंगाल और असम विधान परिषद (1906–1907) व बंगाल विधान परिषद (1913–1915) में मजबूती से आगे बढ़ाया| ऑल इंडिया मुस्लिम लीग के संस्थापक अध्यक्ष के रूप में, जिसका गठन 1906 में ढाका में हुआ, उन्होंने मुस्लिम हितों की वकालत की और ढाका विश्वविद्यालय और अहसानुल्लाह स्कूल ऑफ इंजीनियरिंग की नींव रखी जिसे आज बांग्लादेश यूनिवर्सिटी ऑफ़ इंजीनियरिंग एंड टेक्नोलॉजी (BUET) के नाम से जाना जाता है| ब्रिटिश सरकार के साथ उनकी साँठ-गाँठ ने बंगाल में सांप्रदायिक तनाव को हवा दी|

सलीमुल्लाह ने हिंसा को नहीं भड़काया—पर उनके ब्रिटिश समर्थन ने कर्जन की नीति को बल दिया, जिसने बंगाल की एकता को तोड़ा| क्या यह भारत को

बाँटने की उस साज़िश का हिस्सा नहीं था, जिसमें स्थानीय सहयोगी ब्रिटिश हित साधते थे? उनकी यह भूमिका आज भी विवादास्पद है—मुस्लिम उत्थान के नाम पर क्या यह अपने देश के साथ गद्दारी नहीं थी?

ब्रिटिश संवाददाता एच.डब्ल्यू. नेविंसन, जिन्होंने 1907–08 में भारत का दौरा किया, ने अपनी पुस्तक द न्यू स्पिरिट इन इंडिया (1908) में बंगाल विभाजन के बाद की भयावहता को उजागर किया| वे लिखते हैं, "धर्म के नाम पर हर टकराव में अँग्रेज़ अधिकारी मुसलमानों का पक्ष लेते थे| हिंदुओं को सरकारी नौकरियों से हटाया गया, उनके स्कूलों का संरक्षण छीना गया| 1907 के मैमनसिंह दंगों में पुलिस ने हिंदू घरों में तोड़फोड़ की, जो ब्रिटिश नीति का हिस्सा था" क्या यह हिंदुओं को कुचलने की सुनियोजित साज़िश नहीं थी, जो कर्जन की चाल को और गहरा करती थी? "सैकड़ों जानें गयीं, मंदिर अपवित्र किये गए, मूर्तियाँ तोड़ी गयीं, दुकानें जलाकर राख कर दीं गयीं, और हिंदू विधवाओं को उनके घरों से खींच लिया गया| हिंदू कस्बे वीरान हो गए—बचे लोग 'पक्के' घरों में छिप गए, महिलाएँ टैंकों में रातें काटती रहीं| 'सामूहिक-बलात्कार' जैसे अपराध बढ़े; और मेरे लौटने तक यह कहर थमा नहीं था|"

एक गाँव में एक विशाल बरगद का पेड़ था, जिसकी शाखाएँ दूर-दूर तक फैली थीं| पीड़ी-दर-पीड़ी, गाँव-वाले उसकी छाँव में एक साथ बैठकर हँसते-रोते थे| कई वर्षों के उपरांत उनकी एक पीड़ी ऐसी आई जो एक अलग विचारधारा को मानने लगी| वहाँ बैठकों में बहस होने लगी| एक दिन एक चालाक लकड़हारे ने कहा— "अगर इस पेड़ का एक मोटा तना काटकर हम किसी दूसरी जगह पे लगा दें तो हम रोज़-रोज़ की बहस से बच सकते हैं—दो वृक्ष हो जायेंगे तो हम अलग-अलग बैठ सकेंगे जिससे बे-वजह की लड़ाई नहीं होगी| इसमें से काटकर अलग से लगाया पेड़ जल्दी फैलेगा|"

उसकी सोच को बहुत सहराया गया, हालाँकि गाँव के समझदार लोग मना करते रहे पर उस विशाल बरगद से एक मोटा तना काट दिया गया—पर पेड़ कमज़ोर हो गया| अब हर कभी उसकी शाखाएँ टूटने लगीं— कभी हवा से—कभी आंधी से तो कभी तूफ़ान से| फिर भी, पेड़ का अस्तित्व बना रहा क्योंकि मिट्टी में उसकी जड़ें गहरी थीं| सालों बाद, एक बच्चे ने पूछा, "यह पेड़ टूटा, पर मरा क्यों नहीं?" एक वृद्ध ने जवाब दिया,—"क्योंकि इसकी आत्मा अभी जिंदा है"

क्या बंगाल में यह नहीं हुआ?—1905 से 1946 तक टूटता रहा और आज भी उसे तोड़े जाने के प्रयास किये जा रहें हैं| आज उसकी जड़ें, हमें चीख-चीख के पुकार रहीं हैं|

जिस गंगा की लहरों में कभी कविताओं के मधुर स्वर गुनगुनाते थे, जिसकी हवा में रवींद्र संगीत गूँजा करता था, उसे कर्जन की साज़िश और सलीमुल्लाह की साँठ-गाँठ ने राख में मिला दिया| हिंदुओं की पुकार अनसुनी रह गई और एकता की अंतिम साँस ने दम तोड़ दिया| पर यह कहानी यहाँ रुक नहीं जाती—यह बंगाल के लहूलुहान पन्नों में आगे बढ़ती है, जहाँ हर दंगा उस टूटे दिल की चीख बनकर निकला—आइए, उन में से कुछ चीखों को सुनते हैं जो 1905 से 1946 तक बंगाल की मिट्टी में समाई रहीं|

कोलकाता दंगे (1918)

1918 में, 9 से 11 सितंबर तक कोलकाता में तीन दिन तक भीषण दंगे भड़के| मुस्लिम भीड़ ने चतुराई से मारवाड़ी व्यापारियों—शहर के धनी हिंदुओं—को निशाना बनाया| सड़कों पर, खासकर हैरिसन रोड पर, कुछ को चाकुओं से काटा गया, कुछ को और भी क्रूरता से मारा गया| ट्राम और टैक्सियाँ रोककर भीड़ "मारवाड़ी साला" चिल्लाती हुई शिकार ढूँढती; पकड़े गए लोगों का माल—नकदी, गहने—लूटा जाता, और अक्सर जान ले ली जाती| बराबाजार और बोबाजार में मारवाड़ी घरों पर दिनदहाड़े हमले हुए, कीमती सामान छीना गया, और 50 से अधिक दुकानें तबाह हो गईं| यहाँ तक कि महिलाओं-बच्चों तक को नहीं बख्शा गया| यह महज दंगा नहीं, एक समुदाय को कुचलने की साज़िश थी—1905 के विभाजन से उपजे तनाव का परिणाम| क्या यह ब्रिटिश नीति का फल नहीं था, जो हिंदुओं को कमजोर कर भारत को तोड़ना चाहती थी?

कोलकाता दंगे (1926)

अप्रैल 1926 में कोलकाता में एक आर्य समाज का जुलूस 2 अप्रैल को चितरंजन एवेन्यू पर मस्जिद के सामने से गुजरा, जहाँ भजन-कीर्तन की आवाज़ें नमाज के समय मुसलमानों को भड़का गईं, और दंगे भड़क उठे| यह आग अप्रैल से जुलाई

तक सुलगती रही—2-6 अप्रैल, 22-26 अप्रैल, और मई से 25 जुलाई तक—जिसमें आधिकारिक तौर पर 67 मरे, 391 घायल हुए, पर अनुमान 100+ मौतें और 1,500 घायलों का है| क्या यह महज भूल थी, या 1905 से जलती आग का हिस्सा? शुरुआती दिनों में 11 मंदिर और गुरुद्वारे अपवित्र किए गए, मूर्तियाँ तोड़ी गईं, पवित्र स्थल लूटे गए| हिंदू दुकानों-घरों पर हमले हुए, मारवाड़ी व्यापारियों की संपत्ति जली—यह हिंसा हिंदू आस्था पर हमला थी, जो ब्रिटिश नीति की छाया में फली|

ढाका दंगे (1930)

9 जून 1930 की रात, ढाका में करीब 1,000 मुसलमानों की भीड़ ने झूठा दावा फैलाया कि हिंदुओं ने उनके घर जलाने की कोशिश की, और अगली रात, 10 जून को बदला लिया| उपद्रवियों ने हिंदू व्यापारी श्याम चंद बसाक के गोदाम में आग लगाकर उनकी संपत्ति राख कर दी, जो ढाका से गाँवों तक फैल गई | नावों से आये मुसलमानों ने दिनदहाड़े लूटपाट मचाई, बंगाली हिंदू व्यापारियों—शहर की आर्थिक रीढ़—को निशाना बनाया| हिंदू जूट के खेतों में छिप गए| रुहितपुर में हिंसा चरम पर थी—200 हिंदू घर तबाह कर दिए गए; मुस्लिम पुरुष, महिलाएँ, और 10-12 साल के बच्चे तक लूट में शामिल थे| दरवाजे, छत की चादरें, बर्तन—सब कुछ लूटा गया|

चटगांव दंगे (1931)

31 अगस्त 1931 को चटगांव में दंगे भड़क उठे, जहाँ ब्रिटिश प्रशासन ने मुस्लिम सांप्रदायिक तत्वों के साथ मिलकर हिंदुओं को निशाना बनाया| 30 अगस्त को एक हिंदू क्रांतिकारी ने मुस्लिम पुलिस इंस्पेक्टर अहसानुल्लाह की हत्या की, जिसके बाद 31 अगस्त को उसके अंतिम संस्कार के दौरान हजारों मुसलमानों की भीड़—जिसे पुलिस ने समर्थन दिया—हिंदुओं पर टूट पड़ी| कुछ अनुमानों में भीड़ की संख्या 50,000 तक बताई गई| पुलिस या तो चुप रही या हमलावरों की मदद करती रही, जैसा कि जांच रिपोर्टों और गवाहियों से साबित है| अमृता बाज़ार पत्रिका (3 सितंबर 1931) के अनुसार, मुस्लिम पुरुष, महिलाएँ, और बच्चे हिंदू घरों को लूटते रहे; दुकानें, मंदिर, और घर तबाह कर दिए गए—हिंदू भागते रहे

पर उनके लिए कोई सुरक्षित स्थान ही न बचा| यह 1905 से उभरी नफरत का एक और अध्याय था|

ढाका दंगे (1941)

14 मार्च 1941 को ढाका में 'होली दंगे' भड़क उठे, जब शंखरी बाज़ार में हिंदुओं के होली उत्सव के भजन मस्जिद तक सुनाई दे गए, जिससे मुसलमान भड़क गए| यह छोटी घटना 29 अप्रैल तक हिंसक आग बन गई, जो मई तक छिटपुट रूप से सुलगती रही| यह हिंसा केरानीगंज जैसे ग्रामीण इलाकों तक फैली—2,734 घटनाएँ हुईं, 3,000 लोग (ज्यादातर हिंदू) बेघर हो गए, 109 मारे गए, और 3,770 गिरफ्तार किए गए| घर जले, दुकानें लूटी गईं, हिंदू फिर जूट खेतों में भागने लगे| मुस्लिम लीग के बढ़ते प्रभाव और प्रेस ने आग भड़काई| मार्च 1941 में स्टार ऑफ इंडिया ने छपा: "चूहों (हिंदुओं) को पता चलेगा कि शेर (मुसलमान) सोया था, मरा नहीं| दुश्मन को उसकी जमीन पर हराएँगे—बंगाल किसका है, यह बता देंगे"

'सर, एक गेम खेलते हैं!'—सौरभ ने शरारती भरी मुस्कान के साथ कहा|

'कौन-सा गेम?'—मैंने पूछा|

'मेरा-तेरा-हमारा गेम!' उसने जोश में आकर जवाब दिया और मुझे अखबार का एक बड़ा-सा पन्ना थमा दिया| फिर, एक अनोखे अंदाज में उसे दो बराबर हिस्सों में फाड़ डाला- एक टुकड़ा अपने हाथ में लेते हुए बोला, 'ये मेरा है!' और दूसरा मेरे हाथ में पकड़ाते हुए कहा, 'और ये आपका!' इसके बाद वो अपने टुकड़े को छाती से लगाते हुए बोला, 'जो मेरा है, वो बस मेरा है—कोई सवाल नहीं!' और उसे अपनी टेबल पर जाकर तामझाम से रख आया| फिर मुड़ा और मेरी ओर देखते हुए बोला, 'लेकिन जो आपका है, वो सिर्फ आपका थोड़े ही है—वो हमारा है! और जो हमारा है, उसमें मेरा हिस्सा तो बनता ही है, है न?'

—कहते-कहते उसने मेरे वाले हिस्से को छीन लिया, फिर से उसके दो हिस्से कर डाले, और अपने 'हिस्से' का टुकड़ा लेकर टेबल पर जा पटका| ये नाटक उसने बार-बार दोहराया—हर बार मेरे हिस्से को आधा करता गया, और हर बार उसकी टेबल पर कागज का ढेर बढ़ता गया| ऑफिस में सब हँस रहे थे—थोड़ी देर बाद मेरे हाथ में बस कागज़ का एक छोटा सा टुकड़ा रह गया| सौरभ ने उसकी ओर तिरछी नजर डाली और एक जोरदार फूँक मारी—वो टुकड़ा हवा में लहराता हुआ कहीं गायब हो गया|

मेरा मन खुद से यह सवाल करने लगा—क्या 'मेरा-तेरा-हमारा' वाला खेल कभी भारतवासियों को समझ आएगा? या फिर हम यूं ही अपने हिस्से को फूँकों में उड़ाते रहेंगे, और एक दिन ऐसा आएगा जब हमारे पास कुछ बचेगा ही नहीं।

7

'अमर कब आयेगा?' सीधी कार्रवाई

कोलकाता पहुँचकर मैं सीधे माँ-भारती के पास गया, उनके पैर छुए, और पास रखी कुर्सी पर बैठ गया| वो खिड़की के बाहर टकटकी लगाए देख रही थीं, पत्थर-सा चेहरा, मानो धुंधली सड़कों में कोई खोया सच ढूंढ रही हों| आप उनके सामने चाहे कितना भी बोलो, कुछ भी पूछो, पर जब तक उनका मन नहीं करता, तब तक वो कुछ बोलतीं नहीं—उस दिन भी वही सन्नाटा था|

—"किसका रास्ता देख रही हो, माँ?"—मैंने उनकी चुप्पी तोड़ने की कोशिश की|

—"अमर का… देखना, वो अभी आएगा,"—उनकी आवाज़ में एक उम्मीद थी| मैं नहीं जानता था अमर कौन है, पर बात बढ़ाने की आस में, मैंने कहा, "हाँ, ज़रूर आएगा, माँ| पर जब तक वो आ नहीं जाता, क्यों न आप मुझे उस दिन की बात बतातीं?"

—"किस दिन की?"—उन्होंने बिना देखे पूछा|

—"अरे, जब आप बाबा के साथ कार में पेट्रोल भरवाने गई थीं, और वहाँ ग़ुलाम आ गया—बाबा से सेक्युलरिस्म का मतलब पूछने लगा,"—मैं अभी बोल ही रहा था कि वो अचानक मुड़ीं और मुझे घूर-घूर के देखने मैं चुप हो गया| after लगीं | कुछ पल सन्नाटा छाया रहा| फिर खिड़की की ओर देखते हुए बोलीं,—"मैं भागते हुए ग़ुलाम के पास गई| अपने दोनों हाथ जोड़कर मैंने उससे कहा, 'हमें जाने दो,' पर उसने मेरे गाल पर कसकर चाँटा मारा, मेरा दुपट्टा खींचकर नीचे फेंक दिया| फिर मेरे बाल पकड़े, मेरा मुँह बाबा की तरफ घुमाया और बोला, 'बोलो, जज साहब, क्या होता है सेक्युलरिज़्म?'"

—"बाबा ने मेरी तरफ देखा, फिर आँखें नीचे करते हुए धीरे से कहा, 'जहाँ सब बराबर हों'|"

—"'गलत,'—ग़ुलाम ने चिल्लाकर कहा| उसने मेरे बाल पकड़कर मुझे बाबा के पास घसीटा, फिर उनके मुँह पर ज़ोर से लात मारी| 'बराबर कैसे हो सकते हैं सब? क्या कोई काफ़िर कभी किसी मुसलमान के बराबर हो सकता है?'"

भीड़ चिल्लाने लगी—"नहीं! नहीं! नहीं!"

ग़ुलाम ने फिर बाबा के चेहरे पर लात मारी; उनके मुँह से खून बहने लगा, फिर उसने बाबा से कहा, "अब बताओ जज साहब, क्या होता है जस्टिस?"

—"'भारती को जाने दो, ग़ुलाम,'"—बाबा ने कहा|

—"आज तुम भारती को छोड़ने की बात करते हो?"—ग़ुलाम हँसा| "जब तुम अपनी आँखों से भारती को इस हाल में देख रहे हो, जब मैं तुम्हारी भारती को चोटी पकड़कर तुम्हारे ही भारत में, एक जज के सामने, चौराहे पर घुमा रहा हूँ, और तुम कुछ नहीं कर पा रहे—जानते हो क्यों?"

बाबा सर झुकाए चुपचाप नीचे देखते रहे| ग़ुलाम आगे बोलने लगा...

—"क्योंकि जब हम खुले में इस दिन की तैयारी कर रहे थे, तब तुम जैसे लोग सेक्युलरिस्म-सेक्युलरिस्म की रट लगा रहे थे,"—उसने फिर बाबा के मुँह पर लात मारी और कहा, "अब ये बताओ जज साहब, क्या होता है जस्टिस?"

—"'जहाँ हर आदमी को जीने का हक़ हो!'"

ग़ुलाम ज़ोर-ज़ोर से हँसने लगा और बोला, "गलत," उसने मेरे बाबा को और मारा; बाबा के मुँह से इतना खून निकल रहा था कि उनकी शर्ट लाल हो गयी थी, "काफिर को जीने का कोई हक़ नहीं... क्या इस काफिर को जीने का हक़ है?"

भीड़ चिल्लाने लगी, "नहीं! नहीं! नहीं!"

माँ-भारती यह बताते-बताते, फूट-फूट कर रोने लगीं... उठीं और अपने कमरे में चली गयीं और दरवाज़ा बंद कर लिया| एक धीमी चटकन के साथ फिर से सन्नाटा छा गया|

मेरा मन यह जानने को उत्सुक था कि आखिर उस 'कैबिनेट मिशन योजना' में ऐसा क्या था जिसे पहले कांग्रेस और मुस्लिम लीग दोनों ने स्वीकार कर लिया था, पर बाद में मतभेदों के कारण यह योजना विफल हो गई| 1946 में प्रस्तावित इस योजना में भारत को एकजुट रखने की कोशिश की गई थी, जिसमें प्रांतों को

तीन समूहों में बाँटा गया था—हिंदू-बहुल क्षेत्र, मुस्लिम-बहुल उत्तर-पश्चिम (आज का पाकिस्तान), और मुस्लिम-बहुल पूर्व (आज का बांग्लादेश)

मुस्लिम बहुल क्षेत्र में केंद्र को केवल रक्षा, विदेशी मामले और संचार का अधिकार दिया गया था, बाकी सभी शक्तियाँ प्रांतीय सरकारों को दी गयीं| मुस्लिम लीग शुरू में इस योजना से सहमत थी, क्योंकि यह मुस्लिम-बहुल क्षेत्रों को कुछ हद तक स्वतंत्रता देती थी|

लेकिन नेहरू की 10 जुलाई 1946 की प्रेस कॉन्फ्रेंस में की गई टिप्पणी ने जिन्नाह को संदेह में डाल दिया| इसके बाद मुस्लिम लीग ने कैबिनेट मिशन योजना को खारिज कर दिया और संविधान सभा का बहिष्कार किया और 'सीधी कार्रवाई' की घोषणा कर डाली, जिससे हिंसा भड़क उठी| कुछ लोगों का मानना है कि यह अंग्रेजों की 'फूट डालो और राज करो' की नीति का हिस्सा था, पर यह योजना वास्तव में भारत को बाँटने से रोकने का एक प्रयास था, जो अंततः असफल रही|

ग्रेट कोलकाता किलिंग्स की शुरुआत 16 अगस्त, 1946 को हुई, जब मुस्लिम लीग ने डायरेक्ट एक्शन डे की घोषणा की, जो कैबिनेट मिशन प्लान की असफलता के बाद पाकिस्तान की माँग को लेकर थी| कैबिनेट मिशन प्लान की नाकामी ने जिन्ना को सीधी कार्रवाई की ओर मोड़ा, जिसका सबसे भयानक परिणाम कोलकाता में देखा गया|

जिन्नाह के कैबिनेट मिशन योजना को अस्वीकार करने के बाद, मुस्लिम लीग ने अपने लक्ष्य—पाकिस्तान एक अलग राष्ट्र—को हासिल करने के लिए निर्णायक कदम उठाने का फैसला किया| 29 जुलाई 1946 को, मुस्लिम लीग की काउंसिल ने बॉम्बे में एक बैठक आयोजित की, जिसमें जिन्नाह ने "सीधी कार्रवाई"—"डायरेक्ट एक्शन डे"—"आख़िरत का दिन"—"क़यामत का दिन" की घोषणा की, जिसकी शुरुआत 16 अगस्त 1946 से की जानी थी|

यह कदम कांग्रेस और ब्रिटिश सरकार पर दबाव बनाने के लिए उठाया गया था, ताकि मुस्लिम लीग की माँगों को स्वीकार किया जाए| जिन्नाह ने अपने भाषण में कहा था, "हम अब संवैधानिक तरीकों से नहीं बंधे; अब समय आ गया है कि हम अपने अधिकारों के लिए सीधे संघर्ष करें|"

"मुहम्मद अली जिन्ना ने कहा, 'हमें या तो विभाजित भारत चाहिए या खंडित भारत,' जिसने बंगाल में सांप्रदायिक आग भड़का दी|"—मुहम्मद अली जिन्ना

कोलकाता के एक प्रभावशाली मुस्लिम समाचार पत्र, द स्टार ऑफ इंडिया में 16 अगस्त 1946 के लिए मुस्लिम लीग द्वारा घोषित "डायरेक्ट एक्शन डे" का विस्तृत कार्यक्रम प्रकाशित किया गया था| उस लेख में पूर्ण हड़ताल और विरोध प्रदर्शन का आह्वान किया गया था, जिसे मुस्लिम लीग ने अपने अलग मुस्लिम राष्ट्र की माँग को तेज करने के लिए शुरू किया था| अखबार में छपे इस कार्यक्रम के अनुसार, जुलूस कोलकाता में हावड़ा, हुगली, मेटियाब्रुज़ और 24 परगना के कई हिस्सों से शुरू होने थे, जो अंततः ऑक्टरलोनी स्मारक (जिसे अब शहीद मीनार के नाम से जाना जाता है) पर मिलते| वहाँ हुसैन शहीद सुहरावर्दी की अध्यक्षता में एक विशाल रैली आयोजित की गई थी| मुस्लिम लीग ने अपनी शाखाओं को निर्देश दिया था कि वे योजना को लागू करने के लिए मस्जिदों में कार्यकर्ताओं को संगठित करें, और कुछ स्थानों पर जुमे की नमाज के बाद 'ख़ास दुआ' भी आयोजित की गई थी|

—"16 अगस्त का आह्वान एक राजनीतिक हड़ताल के रूप में शुरू हुआ, पर यह जल्द ही धार्मिक हिंसा की चपेट में आ गया|"—द स्टेट्समैन

—"लीग ने ब्रिटिश सरकार पर दबाव बनाने के लिए यह कदम उठाया, लेकिन कोलकाता में यह अनियंत्रित तबाही का कारण बना|"—लॉर्ड वावेल, वायसराय डायरीज़

11-14 फरवरी 1946 के दंगों के बाद कोलकाता में पहले से ही सांप्रदायिक तनाव बना हुआ था| इन दंगों ने हिंदू और मुस्लिम समुदायों के बीच अविश्वास की खाई को और चौड़ा कर दिया था, जिसकी जड़ें बंगाल के पिछले सांप्रदायिक संघर्षों में देखी जा सकती थीं| उसके ऊपर, समाचार पत्रों की भड़काऊ और पक्षपातपूर्ण रिपोर्टिंग ने मुसलमानों की सांप्रदायिक भावनाओं को भड़काने में आग में घी डालने का काम किया|

कुछ समाचार पत्रों ने मुस्लिम लीग के पक्ष में खुलकर लिखा, जबकि अन्य ने कांग्रेस के समर्थन में तथ्यों को तोड़-मरोड़ कर पेश किया, जिससे दोनों समुदायों में गुस्सा और आक्रोश बढ़ता गया| इस तनावपूर्ण माहौल में, बंगाल के मुख्यमंत्री हुसैन शहीद सुहरावर्दी की नीतियों और बयानों ने भी स्थिति को और जटिल बना दिया, क्योंकि उनके प्रशासन पर मुस्लिम हितों को प्राथमिकता देने का आरोप

लगाया गया। इस तरह, 'सीधी कार्रवाई' से पहले ही कोलकाता एक ज्वालामुखी के दरवाज़े पर खड़ा था, जो फटने के लिए तैयार था।

—"लीग की बातें उग्र होती जा रही थीं, मुसलमानों से टकराव के लिए तैयार रहने को कहा जा रहा था,"।

भारत में सदियों से रह रहे मुसलमान अपने लिए एक अलग राष्ट्र की माँग और अधिक मजबूती से उठाने लगे। यह माँग अब केवल भावनात्मक नहीं रही, बल्कि एक संगठित राजनीतिक आंदोलन का रूप ले चुकी थी, जिसे मुस्लिम लीग ने जिन्नाह के नेतृत्व में नई ऊँचाइयों तक पहुँचाया था। अलग राष्ट्र की लड़ाई में वे और अधिक शक्तिशाली हो गए, क्योंकि अब जिन्नाह जैसे बड़े नेता भी उनके साथ जुड़ गए, जिनकी लोकप्रियता और रणनीतिक कुशलता ने इस आंदोलन को अभूतपूर्व बल दिया।

जब शीर्ष नेतृत्व में स्वार्थ हो और देश की परिस्थितियों को निजी लाभ-हानि के तराजू पर तोलकर फैसले लिए जाएँ, तो भारत के विभाजन से किसी को क्या फर्क पड़ता है? ऐसे में चंद स्वार्थी नेताओं ने राष्ट्रवादी नेताओं की आवाज को आसानी से दबा दिया, जिससे देश की एकता पर प्रश्नचिह्न लग गया। इस दौर में, जहाँ एक ओर जिन्नाह ने मुस्लिम एकता का नारा बुलंद किया, वहीं कांग्रेस के भीतर भी मतभेद उभरने लगे, जो विभाजन की ओर बढ़ते कदमों को और तेज कर रहे थे।

इससे पहले, मुहम्मद अली ज़िन्नाह ने 16 अगस्त का दिन 'सीधी कार्रवाई' का दिन घोषित किया था; मुस्लिम लीग ने पूरे देश के मुसलमानों से "सभी व्यवसाय बंद करने" का आह्वान किया था। इस हमले का उद्देश्य, ब्रिटिश सरकार के सामने यह साबित करना था कि हिंदू और मुस्लिम एक साथ, एक जगह मिलकर नहीं रह सकते—मुस्लिम लीग मज़हब के आधार पर देश को तोड़ने की अपनी माँग को मज़बूती देना चाहती थी, ताकि पाकिस्तान के निर्माण का रास्ता साफ हो सके।

बंगाल के मुस्लिम लीग नेता हुसैन शहीद सुहरावर्दी, जो उस समय प्रांत के मुख्यमंत्री थे, ने इस आह्वान को लागू करने में महत्वपूर्ण भूमिका निभाई। उन्होंने कोलकाता में व्यापक स्तर पर तैयारियाँ शुरू करवायीं, जिसमें रैलियाँ और हड़तालें शामिल थीं, जिससे तनाव और हिंसा का माहौल बन गया। इस कारण न केवल राजनीतिक माहौल गरमा गया, बल्कि ऐसा होने से बंगाल में

सांप्रदायिक विभाजन को और गहरा कर दिया, जो आने वाले दिनों में भयंकर परिणामों का कारण बना|

उस रात मुझे नींद नहीं आ रही थी—पिछले कई दिनों से मैं यह समझने की कोशिश कर रहा था कि 16 अगस्त 1946 को आखिर हुआ क्या था—खासकर उसमें सुहरावर्दी की क्या भूमिका रही थी| मेरे लिए यह समझ पाना मुश्किल हो रहा था कि एक मुख्यमंत्री—भला ऐसा कैसे कर सकता है? सोफे पर बैठे हुए मैंने अपनी आँखे बंद कर लीं और गहरी सोच में डूब गया— ऐसा लगा दूर कहीं से मेरे कानों में आवाज़ें आ रहीं हैं|

—"चाहे कुछ भी हो जाए पर 48 घंटे तक पुलिस कोई एक्शन नहीं लेगी—मुझे लगता आप मेरी बात ठीक तरह से समझ गए होंगे"

—"जनाब मुजीबुर रेहमान साहब आ गए"

—"क्या खबर मुजीबुर? कितने लोग आए हैं?"

—"कम से कम एक लाख"

—"बाकी सब बंदोबस्त हो गया?"

—"जी-जनाब, मुसलिम लीग नेशनल गार्ड्स के वालंटियर्स पूरी तरह से तैयार हैं"

—"गुड वर्क मुजीबुर! याद रखना एक दिन ये मुसलिम गार्ड आज़ाद पाकिस्तान की सेना बनेगी और मुसलिमों को दुश्मनों से बचाएगी आज—उनका भी बहुत बड़ा इम्तिहान है"

—"चलिए जनाब और देर नहीं करनी चाहिए—वक्त आ गया है कि अब आप अपनी बुलंद आवाज़ से इन नौजवानों के खून में गर्मी भर दें— ये वो कर दिखाएं जिससे हुकूमत काँप उठे"

—"लड़ के लेंगे"

—"पाकिस्तान" "पाकिस्तान—पाकिस्तान"

—"छीन के लेंगे"

—"पाकिस्तान" "पाकिस्तान—पाकिस्तान"

—"बंगाल"

—"हमारा है"

—"कोलकाता"

—"हमारा है"

—"गाँधी नेहरू की कोंग्रेस कहती है हम माइनॉरिटी हैं—तो हिन्दू कोंग्रेस भी कान खोल के सुन ले हम माइनॉरिटी नहीं हैं—हम हिंदुस्तान की सेकंड लार्जेस्ट मेजोरिटी हैं—हम अपने आप में एक मुल्क हैं—और उस मुल्क का नाम है—"

—"पाकिस्तान" "पाकिस्तान—पाकिस्तान"

—"मैं हुसैन शहीद सुहरावर्दी आपसे आज इस पाक दिन पे ये वादा करने आया हूँ कि पाकिस्तान बनेगा और बनेगा तो कोलकाता के साथ—इंडिया इस मुग़ालते में न रहे कि यह जंग मुट्ठी भर माइनॉरिटी के साथ लड़ी जा रही है—उसे अब ये बता दो कि ये मुसलामानों की ज़िन्दगी की जंग है— ये जंग-ए-रसूल है"

—"ऑल इंडिया मुसलिम लीग के सदर—कायद-ए-आज़म—'जिन्नाह' ने कहा है कि अब हम कॉन्स्टिटूशनल तरीके को अलविदा कहते हैं—अब या तो डिवाइडेड इंडिया होगा या डिस्ट्रॉयड इंडिया"

—"हिन्दुस्तान—मुर्दाबाद" "हिन्दुस्तान—मुर्दाबाद"

—"हज़रात, यह रमज़ान का पाक़ महीना है—रमज़ान में ही क़ुरआन नाज़िल हुआ था—जिहाद की इजाज़त अल्लाह ने दी थी —आज 16 अगस्त को रमज़ान का अठारवां दिन है—यही वो दिन है जब बद्र का जिहाद शुरू हुआ था—बद्र कि वो अज़ीम जंग—सिर्फ 313 मुसलमानों ने—बुतपरस्त काफिरों की फ़ौज को हराया था—इसिलए आज 16 अगस्त के इस पाक़ दिन को मैं आख़िरत का दिन—यौम अल-क़ियामा मक़बूल करता हूँ"

—"हिन्दुस्तान—मुर्दाबाद" "हिन्दुस्तान—मुर्दाबाद"

—"और मैंने पुलिस से कह दिया है—दो दिन तक वो आपके ऊपर कोई एक्शन नहीं लेगी—अपनी-अपनी तलवारें उठा लो—और काफिरों से कह दो—या तो शराफत से कोलकाता देदो—या देखो—कैसे पूरी ज़मीन और आसमान—तुम्हारे खून से लाल होगी"

—"लड़ के लेंगे"

—"पाकिस्तान" "पाकिस्तान—पाकिस्तान"

—"छीन के लेंगे"

—"पाकिस्तान" "पाकिस्तान—पाकिस्तान"

—"हुसैन शहीद सुहरावर्दी की दंगों में भूमिका विवादास्पद रही, कई लोगों ने उन पर हिंसा को बढ़ावा देने का आरोप लगाया।"—श्यामा प्रसाद मुखर्जी

—"कहा जाता है कि सुहरावर्दी ने भीड़ को उकसाया, यह कहकर कि 'हथियारबंद मुस्लिमों पर कार्रवाई नहीं होगी।'"—बी.आर. अंबेडकर

—"मुस्लिम समर्थकों ने कहा कि सुहरावर्दी ने हिंसा रोकने की कोशिश की, पर उनकी सरकार की नाकामी स्पष्ट थी।"—मौलाना अबुल कलाम आज़ाद

—"ब्रिटिश रिपोर्टों में सुहरावर्दी को 'गुंडों का सरदार' कहा गया, जो उनकी भूमिका पर सवाल उठाती हैं।"—जॉन टायसन, बंगाल गवर्नर रिपोर्ट

—"सेना की देरी से तैनाती ने इस धारणा को मज़बूत किया की कि सुहरावर्दी ने जानबूझकर संकट को बढ़ने दिया।"—लॉर्ड माउंटबेटन

16 अगस्त 1946 के दिन कोलकाता की सड़कें खून से सनी थीं, लाशें बिखरी पड़ी थीं, और ऊपर गिद्ध मँडरा रहे थे। 16 अगस्त की सुबह से ही कोलकाता में परेशान करने वाली खबरें आने लगी थीं। सुबह 10 बजे से पहले लालबाजार स्थित पुलिस मुख्यालय में रिपोर्ट दर्ज की गई कि पूरे शहर में उत्तेजना का माहौल है। दुकानों को जबरन बंद करवाने, मारपीट, चाकूबाजी और ईंट-पत्थर फेंकने की शिकायतें लगातार मिल रही थीं। अधिकतर घटनाएँ शहर के उत्तर-मध्य भागों—जैसे राजाबाजार, केलाबागान, कॉलेज स्ट्रीट, हैरिसन रोड, कोलूटोला और बुर्राबाजार—से सामने आ रही थीं, जहाँ हिंदुओं पर हमले की खबरें थीं।

—"संगठित गुंडों ने विरोधी समुदायों को निशाना बनाया, जिससे यह हिंसा पहले के दंगों से कहीं अधिक भयावह हो गई।"—बंगाल पुलिस रिपोर्ट

जैसा कि तय था, मुस्लिम लीग की सभा दोपहर को ऑक्टरलोनी स्मारक पर शुरू हुई, जिसमें मुख्य वक्ता ख्वाजा नजीमुद्दीन और मुख्यमंत्री हुसैन शहीद सुहरावर्दी थे। सभा में उपस्थित भीड़ की संख्या का अनुमान अलग-अलग स्रोतों से लगाया गया: आधिकारिक रिपोर्ट के अनुसार 30,000, कोलकाता पुलिस के अनुसार 50,000, और 'स्टार ऑफ इंडिया' के अनुसार लगभग 100,000। भीड़ में कई लोग लोहे की सलाखें, लाठियों और अन्य हथियारों से लैस थे।

इस रैली को उस समय बंगाल की सबसे बड़ी मुस्लिम सभाओं में से एक माना गया। सभा से निकले लोगों ने हिंसक रूप धारण कर लिया, और कोलकाता के कई इलाकों में हिंदुओं और मुस्लिमों के बीच टकराव शुरू हो गया, जिसमें संपत्ति को नुकसान पहुँचा और कई लोग मारे गए। हिंसा दोनों समुदायों के बीच फैल गई, जिसने शहर को अराजकता में डुबो दिया।

16 अगस्त की शाम तक कोलकाता की सड़कें हिंसा की चपेट में आ चुकी थीं, और यह अराजकता अगले दिन भी जारी रही। 17 अगस्त को मेटियाब्रुज़ के लिचु बागान क्षेत्र से भी हिंसा की खबरें सामने आईं, जहाँ केसोरम कॉटन मिल्स स्थित थी। इस क्षेत्र में कई उड़िया हिंदू श्रमिक मिल परिसर में रहते थे, और वहाँ उन पर हमले की रिपोर्टें दर्ज की गईं, जिसके परिणामस्वरूप जानमाल का नुकसान हुआ। हालाँकि, मृतकों की सटीक संख्या अज्ञात है। इस हिंसा के बाद, स्थानीय स्तर पर शिकायतें दर्ज की गईं, और उड़ीसा के नेताओं ने प्रभावित मजदूरों की स्थिति की जाँच की माँग उठाई। यह घटना कोलकाता दंगों का हिस्सा थी, जिसमें दोनों समुदायों के बीच टकराव ने शहर को तबाही की ओर धकेल दिया।

—"चार दिनों तक सड़कों पर लाशें पड़ी रहीं, और क्रूरता की ऐसी मिसालें देखी गईं जो अभूतपूर्व थीं।"—अमृता बाजार पत्रिका

अगली सुबह, 18 अगस्त को कोलकाता में स्थिति और बिगड़ गई, जब हिंदुओं और सिखों ने आत्मरक्षा के लिए हथियार उठाए और हिंसा में शामिल हो गए। यह टकराव लगभग एक सप्ताह तक जारी रहा, जिसमें शहर के विभिन्न हिस्सों से हिंदुओं और मुस्लिमों के बीच झड़पों की खबरें आती रहीं। अंततः, 21 अगस्त को ब्रिटिश सरकार ने दंगों को रोकने के लिए सेना तैनात की, जिसके बाद हिंसा पर नियंत्रण पाने की कोशिश शुरू हुई। 22 अगस्त से स्थिति धीरे-धीरे नियंत्रण में आने लगी, हालाँकि कुछ क्षेत्रों में तनाव बना रहा। इस बीच, हिंसा कोलकाता से बाहर बंगाल के अन्य हिस्सों तक फैल गई, जहाँ हिंदुओं और मुस्लिमों दोनों पर इसका असर पड़ा।

कोलकाता हत्याकांड अपनी क्रूरता के लिए जाना गया, जिसमें नागरिकों, विशेष रूप से सबसे कमजोर वर्गों पर हिंसक हमलों ने दंगों को अभूतपूर्व भयावहता प्रदान की, जिसने बंगाल में साम्प्रदायिक संबंधों को पूरी तरह बदल दिया। —यास्मीन खान, द ग्रेट पार्टीशन

—"यह हिंसा अराजकता नहीं, बल्कि एक सुनियोजित नरसंहार थी, जिसने समाज को झकझोर दिया।"—फ्रांसिस टकर, द पैटर्न ऑफ वॉर

इससे क्या फर्क पड़ता है अगर कोलकाता या अन्य शहरों में कुछ हज़ार लोगों को बेरहमी से काट डाला जाए? इससे क्या फर्क पड़ता है अगर हज़ारों महिलाओं का बलात्कार हो जाए, उनकी इज़्ज़त लूट ली जाए? इससे क्या फर्क पड़ता है अगर मासूम बच्चों को निर्ममता से मारकर सड़कों पर फेंक दिया जाए? और क्या

फर्क पड़ता है अगर लाखों लोग बेघर हो जाएँ, उनकी संपत्तियाँ छीन ली जाएँ, उनके मंदिर तोड़े जाएँ, उनकी पवित्र मूर्तियों को खंडित कर धूल में मिला दिया जाए? आखिर फर्क किसे पड़ता है इस सबसे? हमें वो मिलना चाहिए जो हम चाहते हैं—वो सपना जो बरसों से हमारे दिल में पल रहा है, अब तरीका चाहे जो भी हो, खून से सना हो या आंसुओं से तर!

हिन्दुओं का पलटवार:

मेरे मन में एक प्रश्न उठ रहा था: 16 अगस्त के बाद शुरू हुई हिंसा के जवाब में हिंदुओं को संगठित करने में किसकी भूमिका थी?

मैं सोच रहा था कि आखिर 16 अगस्त की त्रासदी के बाद, जब कोलकाता नफरत की लपटों में झुलस रहा था, तब हिंदुओं को बचाने के लिए कौन सामने आया? शहर की सड़कें खून से भरी थीं, जब मुस्लिम लीग के सशस्त्र दस्ते, जिन्नाह के इशारे और मुस्लिम माफिया के साथ, निहत्थे हिंदुओं पर टूट पड़े| कोलकाता पुलिस मूकदर्शक बनी रही, कोई सहायता नहीं की| बिखरे, दुखी और पराजित हिंदू, अपने टूटे घरों के मलबे में दबे बैठे थे| उस घोर अंधेरे में, किसके आह्वान ने उनके टूटे मन को फिर से जोड़ा और आतंक के खिलाफ खड़े होने का साहस दिया? वह कौन था, जो उस हिंसा की आग से उनका रक्षक बनकर निकला?

जब चारों ओर सन्नाटा छाया था, तब 16 अगस्त 1946 की चीखों का जवाब देने के लिए एक आम इंसान उठ खड़ा हुआ—गोपाल चंद्र मुखोपाध्याय, जिन्हें लोग गोपाल पाठा के नाम से पुकारते थे| 1913 में जन्मे, वे 2005 तक जीवित रहे| उनका जीवन उत्तर कोलकाता के मलंगालेन से जुड़ा था, जहाँ वे बकरे का मांस बेचा करते थे| इसी पेशे से उन्हें "पाठा" नाम मिला, क्योंकि बंगाली में "पाठा" बकरे को कहा जाता है| अपनी मजबूत कद-काठी और अटूट निष्ठा के लिए मशहूर पाठा, अपने मिलनसार स्वभाव के लिए भी उतने ही प्रिय थे| अपने निर्भीक साहस के दम पर, उन्होंने हिंदुओं को एकजुट कर आतंक के खिलाफ खड़े होने की ताकत दी और एक सच्चे नेता के रूप में उभरे|

जब कोलकाता की सड़कें खून से लाल हो गईं, जब हर गली में निराशा का दर्द सुनाई दे रहा था, तब गोपाल पाठा हिंदुओं के लिए उम्मीद बनकर उभरे| उन्होंने हिंसा को केवल देखा नहीं, बल्कि उसका जवाब देने का दृढ़ संकल्प लिया| 16 अगस्त की भयंकर हिंसा के बाद, जब शहर छोटे-छोटे टुकड़ों में बिखर

गया था, गोपाल पाठा ने उन टुकड़ों को जोड़ने की हिम्मत दिखाई, जिसे वे अपना कर्तव्य मानते थे|

हिंसा के जवाब में, गोपाल पाठा ने हिंदुओं की रक्षा के लिए "भारत जातीय बाहिनी" नामक एक समूह बनाया| इस संगठन का उद्देश्य स्थानीय लोगों, खासकर मजदूरों और छोटे व्यापारियों को एकजुट करना था, जो अपनी बिरादरी को हिंसा से बचाना चाहते थे| पुलिस और प्रशासन की विफलता के बारे में सभी जान गए थे| कई हिंदुओं को लगता था कि कि उस व्यवस्था ने उन्हें धोखा दिया जिसका काम उनकी रक्षा करना था-जैसे हिन्दुओं को मरने के लिए छोड़ दिया गया| ऐसे में, गोपाल पाठा ने हिन्दुओं की आत्मरक्षा को प्राथमिकता दी और अपने समर्थकों को संगठित किया|

1946 के भयावह कोलकाता नरसंहार में हिंदुओं की सुरक्षा की जरूरत से प्रेरित, भारत जातीय बाहिनी सामूहिक एकता का प्रतीक बन गई| इस 500–800 सदस्यों वाले समूह में बंगाली, उड़िया, बिहारी और पंजाबी समुदायों के पहलवान, मजदूर और छोटे व्यापारी शामिल थे| ये मुस्लिम लीग के डायरेक्ट एक्शन डे से भड़की हिंसा का जवाब देने के लिए चाकू, तलवार, खंजर और कुछ बंदूकों का इस्तेमाल करते थे| मारवाड़ी व्यापारियों के आर्थिक सहयोग और हिंदू लोहारों द्वारा बनाए हथियारों की मदद से, बाहिनी ने हिंदू बस्तियों की रक्षा की|

हिंदुओं के लिए गोपाल पाठा केवल एक नेता नहीं थे; वे प्रतिरोध का प्रतीक थे—एक ऐसा व्यक्ति जो बड़े-बड़े दावे नहीं करता था, बल्कि तुरंत और आवश्यक कदम उठाता था| उनके प्रतिरोध की कहानियाँ शहर में चारों ओर फैल गईं| जिन लोगों ने अपने प्रियजनों का मरते हुए देखा, उनके दिलों में गोपाल पाठा एक आदर्श बन गए और और कई उनके साथ खड़े हो गए| लेकिन उनके दुश्मनों, खासकर मुस्लिम लीग के वो नेता, जिन्होंने हिंसा को हवा दी थी, गोपाल पाठा को "खूंखार इंसान" की तरह देखने लगे—एक ऐसा वयक्ति जो तब लड़ा और डटकर लड़ा जब झुक जाना ही एकमात्र रास्ता छोड़ा गया था|

कुछ नेता और मीडिया ने गोपाल पाठा के दृष्टिकोण को साम्प्रदायिक खाई को और गहरा करने वाला बताया पर ये आवाजें तब चुप रहीं, जब हिन्दू मारे जा रहे थे| पुलिस की निष्क्रियता के बीच हताशा से उपजी उनकी यह आक्रामकता, कुछ मुस्लिम नेताओं के मन में भय पैदा करने लगी| गोपाल पाठा ने अस्तित्व और आत्मरक्षा के लिए लड़ाई लड़ी|

भगवद गीता में धर्म के पतन के ऊपर कौन सा कर्तव्य बताया गया है?

यदा यदा हि धर्मस्य ग्लानिर्भवति भारत |
अभ्युत्थानमधर्मस्य तदात्मानं सृजाम्यहम् ||

हे भारत, जब-जब धर्म का पतन होता है और अधर्म का उदय, तब-तब मैं धर्म की स्थापना के लिए अवतार लेता हूँ|

गोपाल पाठा का हिंसा का जवाब क्रूरता नहीं—यह धर्म का प्रतीक था—जब निहत्थे लोगों पर हमले हो रहे थे और सब चुपचाप तमाशा देख रहे थे, तब गोपाल पाठा ने खड़े होने का साहस दिखाया, जो सच्ची वीरता का परिचय था| जैसे भगवान श्रीकृष्ण ने कुरुक्षेत्र के युद्ध को धर्म की स्थापना के लिए न्यायसंगत बताया, वैसे ही गोपाल पाठा का जवाब प्रतिकार की भावना से नहीं, बल्कि रक्षा के पवित्र कर्तव्य से प्रेरित था|

1947 में, महात्मा गाँधी कोलकाता पहुँचे ताकि अगस्त 1946 के भयावह कोलकाता नरसंहार के बाद हिंदुओं और मुसलमानों के बीच साम्प्रदायिक तनाव को शांत कर सकें| शहर अभी तक खून के धब्बों से मुक्त नहीं हुआ था, उसके घाव तब भी ताजा थे| गाँधी का लक्ष्य शांति स्थापित करना था, मगर उनका आगमन नरसंहार के करीब एक साल बाद हुआ—कुछ लोग कहते थे कि गाँधी बहुत देर से आए| जब हिंदुओं का कत्ल हो रहा था, तब वो कहाँ थे? उस वक्त वो चुप क्यों रहे?

एकता के प्रति अपनी निष्ठा जताने के लिए, गाँधी ने बेलेघाटा में एक मुस्लिम की जर्जर हवेली—हैदरी मंजिल—में रहने का निर्णय लिया| यह एक मजदूर वर्ग का, दंगा-प्रभावित इलाका था| यह जानबूझकर चुना गया स्थान उनके साहस और साम्प्रदायिक विभाजन का डटकर सामना करने की निष्पक्षता को दर्शाता है| हैदरी मंजिल से गांधी ने शांति की मुहिम शुरू की, रोजाना प्रार्थना सभाएं आयोजित होने लगीं, जिनमें दोनों समुदायों के हजारों लोग जुटने लगे| उनकी अहिंसा की पुकार ने गहरा असर किया, और धीरे-धीरे तनाव कम होने लगा| विशेष रूप से, बंगाल के मुख्यमंत्री हुसैन शहीद सुहरावर्दी, जिन्हें 1946 के दंगों का जिम्मेदार माना जाता था, गाँधी के साथ हैदरी मंजिल की सभाओं में शामिल हुए|

जब गाँधी बेलेघाटा से शांति का उपदेश दे रहे थे, तब गोपाल पाठा के नेतृत्व में भारत जातीय बाहिनी हिंदू बस्तियों की रक्षा में डटी रही| आम हिंदुओं के लिए, पाठा वह रक्षक थे जो संकट के समय उनके साथ खड़े हुए, जब कोई और आगे नहीं आया|

गाँधी और गोपाल पाठा की मुलाकात एक गहन वैचारिक टकराव का पल था| गाँधी, जो अपनी पूरी जिंदगी अहिंसा के सिद्धांत पर डटे रहे, मानते थे कि हथियार त्यागना ही शांति का एकमात्र रास्ता है| उन्होंने गोपाल पाठा से, एक नहीं बल्कि दो बार, हथियार छोड़ने की अपील की, यह कहते हुए कि हिंसा केवल हिंसा को जन्म देती है और सच्ची सुलह अहिंसा से ही संभव है| मगर गोपाल पाठा उनकी बात मानने को तैयार नहीं थे|

"मैं एक कील का समर्पण भी नहीं करूँगा अगर वह हिंदुओं की रक्षा के काम आती है," पाठा ने तीखे स्वर में जवाब दिया, उनकी आवाज में हिंदू समुदाय के साथ, विश्वासघात का दर्द साफ झलक रहा था| उनके लिए, गाँधी का आदर्शवाद उस सच्चाई से कोसों दूर था, जिसमें अगस्त 1946 के घोर अंधेरे में हिंदुओं को अपनी जान बचाने के लिए अकेले जूझना पड़ा था|

हथियार छोड़ने से उनका इनकार महज व्यक्तिगत हठ नहीं था; यह उन हिंदुओं की सामूहिक भावना का प्रतीक था, जिन्होंने पाठा को अपना रक्षक स्वीकार कर लिया था| पाठा ने अपने शब्दों में उस भाव को बयां किया, जो कई हिंदू गाँधी के नैतिक आग्रह पर सवाल उठाते हुए महसूस करते थे: "जब हमें काटा जा रहा था, तब बापू कहाँ थे? अब वो हमसे हथियार डालने की बात कहते हैं!"

इस मुलाकात के बाद, गाँधी ने अपना सबसे प्रभावशाली हथियार अपनाया—उपवास| सितंबर 1947 में, उन्होंने दोनों समुदायों से हिंसा बंद करने और नेताओं से शांति के लिए ठोस कदम उठाने की गुहार लगाते हुए आमरण अनशन शुरू किया| इस उपवास के आगे सभी नेताओं को झुकना पड़ा और अंततः कोलकाता में हिंसा अस्थायी रूप से रुक गई, जब दोनों समुदायों के नेता सामने आए और शांति की शपथ ली|

मगर गोपाल पाठा अपने रुख पर अडिग रहे, और उनकी भारत जातीय बाहिनी हिंदू प्रतिरोध का प्रतीक के रूप में काम करती रही| गाँधी के शांतिपूर्ण आदर्शों और पाठा के हिंदू समुदाय की रक्षा के जमीनी सच के बीच टकराव उभरा| कुछ स्रोतों के अनुसार, पाठा ने गाँधी से कहा कि वे उस व्यक्ति के सामने हथियार नहीं

डालेंगे, जो "शुरुआती नरसंहार के वक्त कहीं नजर नहीं आया।" इससे गाँधीवादी सिद्धांतों और वास्तविकता के बीच की खाई पर सवाल उठे।

पाठा का विश्वास था कि अपने समुदाय की रक्षा करना उनका प्रथम कर्तव्य है—एक ऐसा धर्म, जिसे वे किसी भी कीमत पर नहीं छोड़ सकते थे, चाहे इसके लिए उन्हें कितनी ही निंदा सहनी पड़े। गाँधी जहाँ नैतिक आदर्शों के बल पर शांति की राह तलाशते थे, वहीं पाठा भय उत्पन्न कर प्रतिरोध के जरिए अपने लोगों का अस्तित्व बनाए रखना चाहते थे। दोनों के रास्ते गहरे विश्वास से प्रेरित थे, पर एक दूसरे से विपरीत—एक अहिंसा की नींव पर खड़ा था, तो दूसरा आत्मरक्षा के संकल्प पर।

पर यह सवाल खड़ा होता है कि जब जीवन ही युद्ध का रणक्षेत्र बन जाए, तो डटकर मुकाबला करना सही है या समर्पण कर देना? गोपाल पाठा ने प्रतिरोध का रास्ता चुना, क्योंकि उन्होंने निहत्थे हिंदुओं को तड़पते और मरते देखा था, जिन्हें अपनी रक्षा के लिए अकेला छोड़ दिया गया था। अपने समुदाय के लिए, वे केवल एक नेता नहीं थे, बल्कि साम्प्रदायिक हिंसा के खिलाफ लड़ने का एक प्रज्वलित प्रतीक थे।

मेरा मन माँ-भारती के पास जाने को बेचैन था, क्योंकि मैं उनकी अधूरी बात जानना चाहता था। ऐसा नहीं कि मैं उनके पुराने ज़ख्मों को कुरेदकर उन्हें और दुख देना चाहता था, बल्कि इसलिए कि मैं देख रहा था—बरसों से माँ-भारती अपने सीने में एक बोझ लिए बैठी हैं। अगस्त 1946 का वो दिन, जिसने उन्हें तोड़ दिया था, 78 साल बाद भी उनके दिल से नहीं निकला। मैं समझ सकता था कि वो उस सदमे की कैद में हैं। इसीलिए मैं चाहता था कि उनके अंदर दबा वो दर्द, वो गुबार, किसी तरह बाहर निकल आए, ताकि वो इस पीड़ा से आजाद हो सकें।

—"माँ, आप वो बात कभी पूरी क्यों नहीं करतीं?"—मैंने धीरे से पूछा।

—"कौन-सी बात?"—उनकी आवाज़ में हल्की-सी ठंडक थी।

—"वही, जो आप भूलती रहती हैं—16 अगस्त 1946 का वो दिन, जब आप बाबा के साथ गाड़ी में पेट्रोल भरवाने गयी थीं। वहाँ ग़ुलाम आया और बाबा से जस्टिस का मतलब पूछने लगा,"—मैंने याद दिलाते हुए कहा।

कुछ देर तक माँ-भारती खामोश रहीं, उनकी आँखें दूर कुछ देखती रहीं, मानो उस दिन की धुंध में खो गयी हों। फिर उनकी साँसें तेज हुईं, वो बेचैन-सी होने लगीं। मैं उनके पास गया, उनका हाथ अपने हाथों में थामा और कहा, —"बताओ माँ,

उस दिन क्या हुआ था? मैं आपके अंदर भारत-माँ का स्वरूप देखता हूँ। आप हैं, तभी मैं हूँ। मुझे जानना है, मेरी माँ-भारती के साथ उस दिन क्या बीता?"

—"वो मेरे बाबा को बेरहमी से मारता रहा,"—माँ-भारती ने धीरे से कहा। "मेरे बाबा जज थे—तुम्हें पता है न?"

—"फिर क्या हुआ?"—मैंने पूछा, उनकी ओर झुकते हुए।

—"मेरे बाबा बैठ नहीं पा रहे थे। बार-बार गिर पड़ते। जैसे ही उठने की कोशिश करते, ग़ुलाम फिर उनके पास जाता और जूते से मारता। सोचो, कितना दर्द सहा होगा उन्होंने। पर ग़ुलाम रुका नहीं—उसने फिर मारा।"

—"याद है, जज साहब, कोर्ट में तुम कहते थे कि राष्ट्रवाद सबसे बड़ा है?"—ग़ुलाम ने उन्हें मारते हुए कहा। "बताओ अब सबको, क्या होता है राष्ट्रवाद? कौन होता है नेशनलिस्ट?"

—"जो अपने देश के लिए जान दे दे,"—बाबा ने जवाब दिया।

"हाँ, ये तुमने ठीक कहा—जो देश के लिए अपनी जान दे दे,"—ग़ुलाम ने कहा—"तो साबित करो कि तुम नेशनलिस्ट हो!"—उसने बाबा की कॉलर पकड़ी, उन्हें ज़ोर से उठाया और भीड़ की ओर धक्का दे दिया। पूरी भीड़ बाबा पर टूट पड़ी। उसके बाद मेरी आँखों के आगे अंधेरा छा गया—मुझे कुछ याद नहीं...

—"जब होश आया, मैंने देखा—बाबा मेरे सामने मरे पड़े थे। तभी अमर ने मेरा हाथ खींचते हुए भागने को बोला, 'रो बाद में लेना, अगर ज़िंदा बचोगी तभी रो सकोगी न,' अमर ने मुझसे कहा।"

—"पर बाबा?"

—"'मैं बदला लूँगा तुम्हारे बाबा का, पर अभी यहाँ से चलो,'"

—"तुम ग़ुलाम को मारोगे?"

—"'हाँ, मारूँगा मैं ग़ुलाम को; जान से मार दूँगा, पर अब चलो,'"—बोलते-बोलते माँ-भारती अचानक चुप हो गयीं। उनकी नज़र खिड़की के बाहर टिक गयी। कुछ देर तक सन्नाटा छाया रहा, फिर वो मेरी ओर मुड़ीं और कहने लगीं, "पर अमर आया क्यों नहीं अभी तक? बताओ न, क्यों नहीं आता अमर? कब से यहाँ बैठे मैं उसका इंतज़ार कर रही हूँ? वो जब आएगा, ... मैं उससे कहूँगी, 'ग़ुलाम को मार दो।' मुझे बताओ न, कब आएगा अमर... अमर कब आएगा?"—माँ-भारती ने मेरे कंधे पर अपना सिर रख दिया और देर तक बस एक ही बात कहती रहीं, "अमर कब आएगा?"

8

राजेंद्र लाल रॉय चौधरी और उनका रॉशोगोल्ला नोआखाली नरसंहार; 1946

मैं वहाँ माँ-भारती का हाथ थामे चुपचाप बैठा हुआ था, और पास बैठी गौरी उनकी आँखों को देख रही थी| उनकी आँखों में अब भी वही सवाल था—"अमर कब आएगा?"|

——"एक बात पूछूँ मैं आपसे?"—गौरी ने मुझसे कहा|

——"ज़रूर पूछिये, सवाल करना ही तो आपका काम है"—मैंने कहा|

——गौरी बोली, "जहाँ-जहाँ 100% इस्लाम है, वहाँ 0% वामपंथ—ईरान, सऊदी देख लीजिए—जहाँ 100% वामपंथ है, वहाँ 0% इस्लाम—चीन, क्यूबा—पर यहाँ? बंगाल में CPI(M) ने 34 साल राज किया, मुस्लिम वोट लिया, पर नोआखाली के दंगों को 'सांप्रदायिकता' कहकर दबा दिया| वामपंथ मायनॉरिटी के नाम पर अपनी क्रांति चाहता है, और मायनॉरिटी में सिर्फ मुस्लिम्स को मानता है—जैन, पारसी क्यों नहीं? क्योंकि उसे एक न एक दिन बगावत करवाना है, और इसके लिए वो मुस्लिम्स को यूज़ करता है|"|

——"पर वो तानाशाह देश हैं, यहाँ लोकतंत्र है"—मैंने कहा|

——"Exactly—पर जहाँ-जहाँ लोकतंत्र है, वहाँ दोनों में दोस्ती; यह कैसी दोस्ती भाई? कम्युनिस्ट लोग हिन्दुओं की भीड़ से नफरत है और इस्लाम, उनके बुतों से—दोनों का दुश्मन एक, तो दोस्ती पक्की| ये लोग केवल इतना चाहते हैं, कि इंडिया में किसी तरह बगावत हो जाये, और इसके लिए वो मुस्लिम्स को यूज़ करते आये हैं; यूज़ कर रहें हैं, और अगर हमारी सरकार अभी भी नहीं जागी, तो

आगे भी यूज़ करते रहेंगे, और हम ऐसे ही टूटते रहेंगे"—गौरी ने धीरे-धीरे अपनी बात को समझाते हुए कहा|

——"आपकी बात तो अपनी जगह बिलकुल सही है, अगर देखा जाये तो बंगाल को इस तरह की बर्बादी तक पहुँचाने में कम्युनिस्टों का बहुत बड़ा हाथ है"—मैंने कहा|

——"अपराधी दोनों हैं, मारने वाला और मरवाने वाला, पर इनमें शातिर कौन है? वो जो सड़क पर निहत्ते लोगों की गर्दनें उड़ा रहा है, या वो?—जो फाइव स्टार होटल में बैठकर आराम से किताबें लिखते हुए अपनी वाइन और सिगार का लुत्फ़ उठा रहा है?"—गौरी जैसे यह सवाल मुझसे नहीं, बल्कि सरकार से पूछ रही थीं|

गौरी की बातें मेरे मन में सुई की तरह चुभ रही थीं—क्या कम्युनिस्ट और इस्लाम की ये दोस्ती सचमुच बंगाल को राख में बदल रही थी?

भारत में हज़ारों हिंदू दरगाहों पर जाते हैं|—वो नहीं जानते मुस्लिम हिन्दुओं के बारे में क्या सोचते हैं—बिना कुछ जाने वो वहाँ फूल चढ़ाते हैं—चादर चढ़ाते हैं—पैसा दान करते हैं—प्रार्थना करते हैं—अपनी श्रद्धा दिखाते हैं| अजमेर शरीफ एक मशहूर दरगाह है—बहराइच में भी ग़ाज़ी मियाँ की दरगाह है—ऐसी ही एक सूफी दरगाह थी श्यामपुर, नोआखाली में, जिसे दियारा-शरीफ की सूफी दरगाह के नाम से जाना जाता था|

"ग़ाज़ी"—वो होता है जो काफिर की जान लेता है—मुसलमान हिन्दुओं को काफिर मानते हैं| श्यामपुर की दियारा-शरीफ दरगाह पर हिंदू भी जाते थे—इसकी देखरेख का ज़िम्मा सदियों से हुसैनी परिवार के पास था, जिन्हें वहाँ के खादिम कहा जाता था—अर्थात् वहाँ आने वाले चढ़ावे का हक़दार—इस सूफी-पीर परिवार के सबसे प्रभावशाली सदस्यों में से एक था ग़ुलाम सरवर हुसैनी, जो एक मुस्लिम नेता भी था|

10 अक्टूबर 1946 के दिन नोआखाली में नरसंहार की शुरुआत हुई—यह मुस्लिम लीग की "सीधी कार्रवाई" की दूसरी लहर थी, जो कोलकाता के खूनखराबे से निकली अभी पूरी तरह से ठंडी भी नहीं हुई थी—पूर्वी बंगाल के इस ज़िले में हिंदुओं पर हमले की शुरुआत ग़ुलाम सरवर हुसैनी ने करवाई—वह मुस्लिम-लीग का एक नेता और पीर था, जिसने मस्जिदों से नफरत भरे पैगामों का ऐलान करवाया| रामगंज, बेगमगंज, और संदेशखली के गाँवों में हिंदुओं के घर लूट लिए गए—मंदिर तोड़े दिए गए| ये सिर्फ दंगा नहीं था—ये एक साज़िश थी,

हिंदुओं को उनकी ज़मीन से उखाड़ने की—उनकी आस्था को कुचलने की। नोआखाली में हिंसा एक संगठित हमले की तरह थी—हिंदुओं को खत्म करने की साज़िश।

राजेंद्र लाल रॉय चौधरी एक साहसी हिंदू नेता थे, जो नोआखली बार एसोसिएशन और नोआखली जिला हिंदू महासभा के अध्यक्ष भी थे। वे अपने पराक्रम के लिए जाने जाते थे; बढ़ते तनाव और हिंसा के बावजूद उन्होंने अपने परिवार सहित अपना घर छोड़ने से मना कर दिया।

नोआखाली में हिंदुओं का प्रतिरोध सीमित था। राजेंद्र लाल रॉय चौधरी जैसे कुछ लोगों ने तो राइफल उठाई, पर ज्यादातर हिन्दू लाचार थे। संगठित नहीं थे—तैयार नहीं थे। राहत भी देर से आई, भारत सेवाश्रम संघ जैसे समूह बाद में सक्रिय हुए—ये निष्क्रियता 'सोए हुए शेरों' की कहानी पर सवाल उठाती है—आखिर हिंदू, जागे क्यों नहीं? नोआखाली हिंसा के सामने उनकी चुप्पी ने तबाही को और गहरा किया।

ये हमले सुनियोजित थे। महीनों पहले से हथियार जमा किए गए—तलवारें, बरछे, और लाठियाँ। ग़ुलाम सरवर ने मुस्लिम लीग के कार्यकर्ताओं को संगठित किया, और 10 अक्टूबर को ईद के बाद हिंसा का तांडव शुरू हो गया। हिंदुओं के गाँव जलाए गए, उनकी संपत्ति लूटी गयी।

"ग़ुलाम सरवर ने नफरत की आग भड़कायी, और मुस्लिम भीड़ ने हिंदुओं को बेरहमी से काट डाला"—जी. डी. खोसला, द स्टर्न रेकनिंग।

"ये सिर्फ दंगा नहीं था, बल्कि हिंदुओं का सफाया करने की कोशिश थी"—यास्मीन खान, द ग्रेट पार्टीशन।

हिंसा की ये आग तेजी से फैलती चली गयी—10 अक्टूबर से शुरू होकर, ये नरसंहार नवंबर तक चला, नोआखाली व टिप्पेरा के गाँव के गाँव तबाह होते चले गए—हिंदुओं पर हमले इतने भयावह थे कि इसकी कल्पना करना भी मुश्किल है—5,000 से 10,000 तक मारे गए, हज़ारों घायल हुए, और 50,000 से अधिक बेघर हो गए। खाली घरों को आग के हवाले कर दिया गया, मंदिरों को खंडहर बना दिया गया, और महिलाओं को अगवा कर लिया गया।

हमलावरों ने हिंदुओं को दो विकल्प दिए—"इस्लाम कबूल करो, या मर जाओ!"—जो मना करते, उनकी गर्दनें उड़ा दी जातीं—रिपोर्ट्स कहती हैं कि 20,000 से अधिक हिंदुओं को जबरन इस्लाम कबूल करवाया गया—उन्हें गोमांस खाने पर मजबूर किया गया—कलमा पढ़वाया गया।

"हिंदुओं से कहा गया, 'इस्लाम कबूल करो, या मर जाओ'—जो नहीं माने, उन्हें काट डाला गया"—जी. डी. खोसला, द स्टर्न रेकनिंग|

"महिलाओं को अगवा कर उनकी जबरन शादी करवायी गयी, और बच्चों तक को नहीं बख्शा गया"—यास्मीन खान, द ग्रेट पार्टीशन|

हिंदू महिलाओं पर अत्याचार की हदें पार हो गयीं—2,000 से अधिक महिलाओं को अगवा किया गया, उनकी इज़्ज़त लूटी गयी, और कई हिन्दू महिलाओं की मुस्लिम हमलावरों से शादी करवा दी गई—बच्चों को उनकी माँओं के सामने काट डाला गया||

——"हिंदुओं का नरसंहार एक सुनियोजित सफाया था"—दिनेश चंद्र सिन्हा, अशोक दासगुप्ता, 1946: द ग्रेट कैलकटा किल्लिंग्स एंड नोआखली जेनोसाइड

नोआखाली की हिंसा बेकाबू हो गयी, क्योंकि ब्रिटिश प्रशासन ने इसे रोकने के लिए कुछ नहीं किया| नोआखाली के हिंदुओं की चीखें शुरू से ही सरकार तक पहुँच रही थीं, पर गवर्नर फ्रेडरिक बरोज ने कोई ठोस कदम नहीं उठाया—पुलिस मूकदर्शक बनी रही, और सैन्य टुकड़ियाँ भेजने में देरी हुई—रिपोर्ट्स बताती हैं कि हिंसा की खबरें आने के बावजूद, ब्रिटिश अधिकारियों ने इसे "स्थानीय मसला" कहकर टाल दिया|

"ब्रिटिश पुलिस और प्रशासन मूकदर्शक बने रहे, जिसने हिंसा को और बढ़ावा दिया"—एच. वी. हॉडसन, द ग्रेट डिवाइड

"हिंदुओं की गुहार के बावजूद, सैन्य हस्तक्षेप में देरी ने नरसंहार को बेकाबू कर दिया"—यास्मीन खान, द ग्रेट पार्टीशन

ये निष्क्रियता कोई नयी बात नहीं थी—ब्रिटिश नीति "फूट डालो और राज करो" का हिस्सा थी, और नोआखाली में इसे साफ देखा गया| जब हिंदू गाँव जल रहे थे, तब भी प्रशासन ने हस्तक्षेप नहीं किया, जिससे हिंसा और फैल गयी| 10 अक्टूबर से लेकर कई दिनों तक, कोई मदद नहीं पहुँची, और हिंदुओं को अकेले ही इस तांडव का सामना करना पड़ा|

दंगों के पहले और दंगों से अनजान, नोआखाली का हिंदू समुदाय अपने खिलाफ होने वाले नरसंहार से बेखबर, "कोजागरी-पूर्णिमा" की तैयारी में जुटा हुआ था| कोजागरी-पूर्णिमा, एक पारंपरिक बंगाली त्योहार, बंगाली महीने "अश्विन" की पूर्णिमा को मनाया जाता है—जो आमतौर पर सितंबर या अक्टूबर में पड़ता है|

इस दिन, बंगाली महिलाएँ देवी लक्ष्मी की पूजा करती हैं, प्रार्थना करती हैं, और भजन-कीर्तन करती हैं| किसानों के लिए भी ये दिन शुभ माना जाता है, क्योंकि ये फसल के मौसम की शुरुआत का प्रतीक है| पश्चिम बंगाल, बांग्लादेश, और भारत के उन सभी हिस्सों में, जहाँ बंगाली लोग रहते हैं, ये त्योहार बड़े उत्साह और उमंग के साथ मनाया जाता है|

मुझे गौरी ने बताया कि माँ-भारती रॉय चौधरी को अच्छी तरह से जानतीं थीं| वो उनके पिता के बहुत अच्छे मित्र थे, और दोनों परिवारों के संबंध इतने गहरे थे कि वो लोग तीज-त्योहार, सब मिलजुल कर मनाते थे| हम माँ-भारती से नोआखाली के दंगों में रॉय चौधरी के सच को जानने की कोशिश करने लगे| मैंने रॉय चौधरी के बारे में किताबों में बहुत कुछ पढ़ रखा था|

मैंने माँ-भारती से पूछा——"क्या आप राजेंद्र लाल रॉय चौधरी को जानती हैं?"|

"कौन राजेंद्र लाल?"

——मैंने सुरंजन दास की किताब से उन्हें ये पढ़कर सुनाया—"ग़ुलाम सरवर के भड़काने के कारण हिंदू नेताओं पर हमले हुए, जिनमें नोआखली हिंदू महासभा के एक प्रमुख व्यक्ति राजेंद्र लाल रॉय चौधरी भी शामिल थे"|

——गौरी ने कहा, "आपने मुझे एक बार रॉय चौधरी के बारे में बताया था" वह गौरी की ओर देखने लगीं—जैसे किसी गहरी सोच में डूब गईं, फिर मेरी तरफ मुड़ीं और कहने लगीं"—|

——"तुम रॉय साब की बात कर रहे हो—मैं उन्हें यही बुलाती थी"|

——"क्या हुआ था उनके साथ?"—मैंने पूछा|

"उन दिनों उनकी बाड़ी (हवेली) में भारत-सेवाश्रम के एक साधु, स्वामी त्रयम्बकानंद रहने आये थे; वे नोआखाली की हिंदू बाड़ी में शीतला-पूजा की परंपरा को फिर से शुरू करने का प्रयास कर रहे थे| तभी वहाँ एक अफवाह फैला दी गयी कि आने वाले हिंदू उत्सव पर स्वामी बकरों की जगह मुसलमानों की बलि देंगे| ग़ुलाम ने साधु और चौधरी अंकल का सिर काटने की धमकी दी|"

"उस दिन उनके घर, मैं कोजागरी-पूर्णिमा की पूजा में गयी, तब उन्होंने मुझे स्वामीजी से मिलवाया——'भारती, मिलो ये स्वामी त्र्यंबकनन्दाजी हैं-खास ये पूजा कराने आये हैं'—उन्होंने मुझे स्वामीजी से मिलवाते हुए कहा—मैंने झुककर स्वामीजी के पैर छुए-फिर—वो आगे बताने लगे——'स्वामी जी, ये हमारी

धरम-पत्नी; ये मेरा बड़ा बेटा, बहू और दोनों पोते—शॉन्जॉय और ऑजॉय हैं' रॉय साब ने ऑजॉय की तरफ जो उनकी बहू की गोदी में था; देखते हुए कहा, 'ऑजॉय हमारा रॉशोगोल्ला है' फिर उन्होंने आगे कहा, "और ये मेरी दोनों लक्ष्मियाँ... कोई अच्छे लड़के नज़र में हों तो बताईयेगा—ये हमारा बाकी परिवार है भाइयों के बहनों के बच्चे, उनके बच्चे—अब तो गिनते भी नहीं हैं, कितने हैं?—उन्होंने अपने परिवार के अन्य सदस्यों की ओर देखते हुए कहा।"

——'अब आपको अपने घर को, एक जिला घोषित कर देना चाहिये' मैंने हँसते हुए कहा तभी, बाहर ज़ोर का धमाका हुआ और गोली चलने की आवाज़ आई"—उस भयानक रात का यह किस्सा, माँ-भारती खुद मुझे सुना रहीं थीं जो खुद उस रात वहाँ मौजूद थीं।

10 अक्टूबर 1946 के दिन, नोआखाली में मगरिब की नमाज़ के बाद, ग़ुलाम सरवर और उसके वफादार साथी कासिम की अगुवाई में दो गुट बनाये गये। एक था "मियार-फौज", जिसे ग़ुलाम सरवर लेकर आगे बढ़ा, और दूसरा "कासिम-ईर-फौज", जो कासिम के साथ गया। जैसे-जैसे ये फौजें आगे बढ़ीं, नोआखली के और मुसलमान इनमें जुड़ते चले गये।

——"ताकि हिंदू भाग न सकें, सड़कें खोद दी गयीं; नदियों और नहरों में नावें अड़ा दीं गयीं, और जिन इलाकों से भागने की थोड़ी भी संभावना थी, वहाँ हथियारबंद मुसलमान पहरा दे रहे थे।"—वी. पी. मेनन, ट्रांसफर ऑफ़ पॉवर।

हमले की शुरुआत रामगंज थाना क्षेत्र से की गयी और हिंदू बहुल क्षेत्रों के बाज़ार में हिन्दुओं की दुकानों को लूट लिया गया। जब दंगायियों को हिन्दुओं की लूट का प्रलोभन मिला तो इसमें और मुसलमान जुड़ गये। फिर मियार-फौज और कासिम-ईर-फौज के उपद्रवी, हिन्दुओं के घरों में घुसने लगे और हिन्दुओं के साथ हत्याओं और बलात्कार का वही पुराना खेल शुरू कर दिया। स्वतंत्रता सेनानी लालमोहन सेन को भी मार दिया गया; सेन तो एक कम्युनिस्ट (वामपंथी) थे पर कट्टरपंथियों के क्रोध के सामने उनकी यह पहचान भी उन्हें बचा नहीं सकी।

असंख्य हिन्दुओं के ऊपर सीधे पेट्रोल डालकर आग लगा दी गयी।

"नोआखाली के करपारा, गोपेर बाग, शायस्ता नगर, नंदीग्राम और नोआखोला में रहने वाले प्रतिष्ठित हिंदू परिवारों का; उनके आश्रितों, कर्मचारियों और नौकरों का नरसंहार किया गया"—बिनोय भूसन घोष; टू नेशन थ्योरी एंड बंगाली

कृष्णमोहन राय नोआखाली के माणिक्यनगर के एक जाने-माने शख्स थे। लक्ष्मी पूजा के दिन, जब दंगे भड़क उठे, उन्होंने हिंदुओं की रक्षा के लिए कुछ दिनों तक डटकर मुकाबला किया। मगर मुस्लिम लीग के दंगाइयों ने उनकी हिम्मत को परास्त कर दिया और आखिरकार उनकी हत्या कर दी।

चितरंजन दत्त चौधरी शाइस्तानगर के जमींदार थे। 1946 में अपनी माँ के कहने पर वो कोलकाता का सुरक्षित ठिकाना छोड़कर नोआखाली लौट आए—अपने खानदानी मंदिर को बचाने के लिए। मगर 10 अक्टूबर को उनकी उम्मीद टूट गयी। घर की छत से राइफल लेकर उन्होंने मुस्लिम लीग के चरमपंथियों से लोहा लिया, पर भारी हथियारों से लैस कट्टरपंथियों ने उन्हें और उनके परिवार को नहीं बख्शा—सबको मार डाला।

'प्रमाणिक सूत्रों से पता चला है कि मुसलमानों ने एक जगह 400 और दूसरी जगह 300 हिंदू महिलाओं के साथ सामूहिक बलात्कार किया। मुस्लिम भीड़ के लिए ये हिंदू महिलाओं को अपमानित करने का सुनियोजित तरीका था—हिंदू समुदाय के सम्मान को मिट्टी में मिलाने की कोशिश, जो उनकी गरिमा और मर्यादा को चोट पहुँचाती थी।'

नोआखाली के लगभग सभी हिंदू मंदिरों को ढाह दिया गया। देवी-देवताओं की मूर्तियाँ तोड़कर हिंदू पूजा-स्थलों का अपमान किया गया—ये सब हिंदुओं पर हमले की एक सोची-समझी रणनीति थी। मुस्लिम भीड़ ने किसी भी मंदिर को बख्शा नहीं। कई मंदिरों को बाद में मस्जिदों में बदल दिया गया, जिससे उनका इरादा साफ झलकता था—हिंदुओं को जबरन मुसलमान बनाना।

"सबसे बुरी स्थिति महिलाओं को भुगतना पड़ी। उनमें से कई महिलाओं को, अपनी आँखों के सामने अपने पतियों की हत्या होते हुए देखना पड़ा; फिर उनका जबरन धर्म परिवर्तन किया गया; उनके पतियों के हत्यारों से ही उनकी शादी करवा दी गयी: उन्हें एक चलती-फिरती लाश बना दिया गया; दु:ख से परे, निराशा से अनजान, उनके चेहरे भाव-विहीन हो गये थे; जैसे उन महिलाओं ने सोचने और अनुभूत करने की शक्ति को खो दिया हो। यह इंसानियत पर काला धब्बा है; गोमांस खाना और इस्लाम के प्रति निष्ठा की घोषणा हजारों लोगों पर उनके जीवन की कीमत के बदले में थोपी गयी है"
- मिस मुरियल लेइस्टर, सदस्य: नोआखली राहत समिति नवम्बर 1946 (वी वी नागरकर)

"आज 13वें दिन भी, नोआखाली जिले के रामगंज, लक्ष्मीपुर, रायपुर, बेगमगंज और सेनबाग थानों के 90,000 हिंदू आबादी वाले इलाकों को; लगभग 120 गांवों को और टिपेड़ा (कोमिला) जिले के चांदपुर और फरीदगंज थाने में आसपास के 70,000 ग्रामीणों को उपद्रवियों ने घेर रखा है| इन इलाकों में फंसे लोग, मौत को अपने सामने खड़ा देख रहे हैं; इन्हे तुरंत मदद की आवश्यकता है| इन्हे आवश्यक भोजन और आपूर्ति भिजवाने का एकमात्र साधन, सेना की मदद है| यदि हम उन तक शीघ्र खाना पहुंचा पाये तो हम उनकी जान बचा सकते हैं| इनमें से अधिकांश पिछले कई दिनों से भूखे हैं|" - अमृता बाजार पत्रिका: 23/10/46

हर रिपोर्ट हिंदुओं पर हुए अत्याचारों का वीभत्स विवरण देती है; न केवल उनका नरसंहार किया गया और भूखा रखा गया, बल्कि उन्हें सबसे क्रूर, अमानवीय तरीकों से इस्लाम में आने के लिए मजबूर किया गया|

"लगभग 200 वर्ग मील के क्षेत्र में दंगाई भीड़ से घिरे निवासियों का नरसंहार किया जा रहा है, उनके घर जलाये जा रहे हैं, उनकी महिलाओं को जबरन उठाकर ले जाया जा रहा है और हजारों लोगों को जबरन धर्म परिवर्तन का शिकार बनाया जा रहा है| हजारों उपद्रवियों ने गांवों पर हमला किया, उन्हें (हिंदुओं को) अपने ही मवेशियों को मारकर खाने के लिए मजबूर किया| प्रभावित गांवों में सभी पूजा स्थलों को अपवित्र कर दिया गया| नोआखाली के जिला मजिस्ट्रेट और पुलिस अधीक्षक ने इसे रोकने के लिए एक कदम तक नहीं उठाया|" – द स्टेट्समैन

"द्वितीय विश्व युद्ध के अनुभवों ने मुझे बहुत सहनशील बना दिया था; लेकिन युद्ध भी इतना बर्बर नहीं होता| यह पागलपन है जिसे भयावह आकार दे दिया गया" – वी पी मेनन: द ट्रांसफर ऑफ़ पॉवर

"हिंदू महिलाओं को सबसे बुरे अत्याचारों का सामना करना पड़ा| जिन महिलाओं के पतियों की हत्या उनकी आंखों के सामने कर दी गयी, उनके साथ बलात्कार किया गया और उन्हें कलमा पढ़ने के लिए मजबूर किया गया; उनकी शादी उन्हीं बलात्कारियों के साथ करा दी गयी| हर उम्र की महिलाओं का अपमान किया गया| गाँधीजी ने महिलाओं को बलात्कार से बचने के लिए "जहर की गोलियाँ" खा लेने की सलाह दी" - वी पी मेनन: ट्रांसफर ऑफ पावर

11 अक्टूबर 1946 के दिन ग़ुलाम सरवर होसैनी की मियार-फौज ने राजेंद्र लाल रॉय चौधरी के घर पर हमला बोल दिया जो नोआखली बार एसोसिएशन और नोआखली जिला हिंदू महासभा के अध्यक्ष थे| उस समय हिंदू सेवाश्रम संघ

के स्वामी त्र्यंबकनन्दाजी भी वहाँ मौजूद थे; जहां एक ओर, रॉय चौधरी अपनी राइफल लेकर भीड़ का मुक़ाबला करने में जुट गये, स्वामी त्र्यंबकनन्द अपना खड्ग लेकर प्रवेश द्वार पर खड़े हो गये|

11 अक्टूबर 1946 को जब ग़ुलाम सरवर होसैनी के आदमी घर के अंदर न घुस सके, तो उन्होंने नारियल के पेड़ों का सहारा लिया और छत तक पहुँच गए| रॉय चौधरी के घर की महिलाएँ अपने ही घर में छिप गयीं| बाहर गोलियों की आवाज़ थम नहीं रही थी| बुज़ुर्ग पूजा-घर में प्रार्थना कर रहे थे कि तभी बाहर से बिजली काट दी गई—फिर दंगाइयों ने घर में आग लगा दी|

——"शॉन्जॉय अपनी बड़ी बहन के पीछे रोता हुआ भाग रहा था|"|

——रॉय चौधरी की बहू हाथ में लोहे की सलाख लिए ऑजॉय को बचाने के लिए खड़ी थीं| तभी ग़ुलाम पीछे से आया, उसने उन्हें धक्का दिया और उनकी गर्दन पकड़ ली|

——"बोल, कहाँ है रॉय चौधरी, नहीं तो मैं इसे अभी यहीं पर मार दूंगा"|

——"मैं यहाँ हूँ ग़ुलाम; अगर लड़ना था तो एक बार बोला तो होता... ये क्या कायरों की तरह धोखे से घर में घुसता है?"—रॉय चौधरी सामने आये|

——"हमारे यहाँ ऐसा ही होता है चौधरी—अब तू ख़त्म! अब सिर्फ अल्लाह की इबादत की जायेगी—बोल 'अल्ला हू अकबर'"—सभी तरफ से ग़ुलाम के आदमियों ने पूरे परिवार को घेर लिया था—सभी महिलाओं और घर के अन्य सदस्यों को ढूँढ-ढूँढ कर बाहर निकाल लिया गया था—ग़ुलाम ने रॉय चौधरी की बड़ी बेटी की गर्दन पकड़ी और उसे अपने बायें हाथ पर खड़े लोगों की तरफ धकेल दिया और बोला,—"ये तुम्हारी हुई"—फिर उसने रॉय चौधरी की छोटी बेटी को पकड़ा और अपने दायें और धकेलता हुआ बोला,—"और ये तुम्हारी"|

दो दिन पहले रॉय चौधरी ने स्वामी त्रयम्बकानंद को अपने पूरे परिवार से मिलवाया था और आज 12 अक्टूबर 1946 के दिन रॉय चौधरी की धरम-पत्नी; उनका बड़ा बेटा, बहू और दोनों पोते - शॉन्जॉय और ऑजॉय—"उनका रॉशोगोल्ला"—और उनका पूरा कुटुंब भारत की अपनी धरती पर रॉय चौधरी के अपने घर पर, काट कर मार दिया गया|

जानते हैं उनका कुसूर क्या था?

"वो हिंदू थे"

काफिर की दोनों बेटियों को नहीं मारा—उन्हें वो अपने साथ ले गए।

राजेंद्र लाल रॉय चौधरी का सिर काटकर चांदी की थाली में सजाया गया और ग़ुलाम सरवर को भेंट कर दिया गया। इसके बाद ग़ुलाम सरवर ने अपने दो सबसे वफादार साथियों को हुक्म दिया कि वे रॉय चौधरी की दोनों बेटियों को इनाम के तौर पर अपने साथ ले जायें।

6 नवंबर 1946 को गाँधी नोआखाली पहुँचे। सात महीने तक वे गाँव-गाँव घूमे, शांति की अपील की—हिंदुओं से कहा, "घर मत छोड़ो," मुसलमानों से, "हिंसा बंद करो" नंगे पाँव, भूखे, वे जलते गाँवों में चले, पर सफलता कम मिली। महिलाओं को बलात्कार से बचने के लिए जहर लेने की सलाह दी। कुछ ने सुना, पर नफरत की आग फिर भड़की। उनकी कोशिश "बुर्जुआ शांति" कहकर खारिज की गई। ये संघर्ष बंगाल को जोड़ न सका, पर चुप्पी तोड़ने की कोशिश थी।

नोआखाली में हिंदू जमींदारों और व्यापारियों की संपत्ति लूट गयी। हिंसा ने उनकी आर्थिक सत्ता छीन ली, इलाके का संरचना बदल दी गई। मुस्लिम लीग को ज़मीनें मिलीं—"मेरा-तेरा" का खेल पूरा हुआ। हिंदू समुदाय टूट गया, उनकी सामाजिक हैसियत खत्म हो गयी। ये सिर्फ नरसंहार नहीं, बल्कि बंगाल की पहचान का पतन था। इस बदलाव ने बँटवारे की नींव मज़बूत की, जिसका असर आज भी दिखता है।

नोआखाली में सारे मुसलमान हमलावर नहीं थे। कुछ ने हिंदुओं को छिपाया भी, अपनी जान भी जोखिम में डाली। मगर ज्यादातर लालच के कारण हिंसा में शामिल हुए—ग़ुलाम सरवर जैसे नेताओं ने उन्हें भड़काया—ये दिखता है कि नफरत सबकी अपनी नहीं थी—ये सच इतिहास में कम लिखा गया, पर इसे समझना ज़रूरी है।

हिंसा के बाद बचे लोगों की आवाज़ राहत कर्मियों तक देर से पहुँची। उनके घरों को जलाया जाना, औरतों के अपहरण, बच्चों की हत्या—दर्दनाक किताबें भर बनकर रह गईं। राहत कार्य धीमे थे—भोजन और कपड़े बाद में आए—कुछ मुसलमानों ने भी मदद की, लेकिन ज्यादातर डरे रहे। ये गवाहियाँ इतिहास में दबकर रह गईं। ये आवाज़ें नोआखाली की अनसुनी कहानियाँ हैं, जो आज भी इंसाफ़ की माँग करती हैं।

जब तक नोआखाली की हिंसा थमी तब तक 1 लाख से ज़्यादा हिंदू भाग चुके थे| गाँव के गाँव खाली हो गए, बंगाल की जड़ें उखड़ गयीं| ज़मीनें छीन ली गईं, संपत्ति लूट ली गई—ये नरसंहार बँटवारे की आग को भड़काने वाला साबित हुआ| जो बचे, वे डर में जीते रहे| हिंदुओं का ये पलायन पूर्वी बंगाल की सत्ता को बदल गया| ये सिर्फ घरों को खाली कराने वाला नुकसान नहीं, बल्कि एक संस्कृति का अंत करना था| इतिहास के इस दर्द की तड़प आज भी महसूस की जाती है|

कम्युनिस्टों ने बँटवारे का तो विरोध किया, पर इस हिंसा को "बुर्जुआ झगड़ा" कहकर किनारे कर दिया—उनकी नज़र में ये हिंदू-मुस्लिम टकराव नहीं, बल्कि मज़दूरों की एकता के खिलाफ एक साज़िश थी—लेकिन जब हज़ारों लोग, हिंदू और मुस्लिम दोनों, मारे जा रहे थे—CPI ने सड़कों पर कोई बड़ा कदम नहीं उठाया—उनकी प्राथमिकता अंग्रेज़ों और कांग्रेस के खिलाफ लड़ाई थी, और वो कोलकाता की फैक्ट्रियों में मज़दूरों को संगठित करने में लगे रहे|

कम्युनिस्टों ने बयान जारी किए कि "ये साम्राज्यवाद की चाल है," पर हिंसा रोकने के लिए कोई ठोस कदम नहीं उठाया|

कम्युनिस्टों ने इसे साम्राज्यवादी नीति का परिणाम कहा," CPI का मानना था कि ये धार्मिक उन्माद उनकी क्रांति से ध्यान हटाने की चाल है|

जब नवंबर में गाँधी नोआखाली पहुँचे और गाँव-गाँव जाकर शांति की अपील की, तब कम्युनिस्टों ने उनकी कोशिश को "बुर्जुआ शांति" कहकर खारिज किया| उनकी नज़र में असली दुश्मन अंग्रेज़ और पूँजीवादी थे, न कि वो धार्मिक जो बंगाल को जला रहा था—क्या उनकी क्रांति की बात सिर्फ किताबों तक सीमित थी, या सचमुच वो इस तबाही से फायदा उठाना चाहते थे?

मैं नहीं जानता क रॉय चौधरी की मासूम बेटयों के साथ फरि आगे क्या हुआ?

- मैं नहीं जानता क क्या उन्होंने अपने प्राण बचाने के लए, अपने जीवन से कुछ समझौते कए?
- मैं नहीं जानता क क्या अपने असतत्वि को बचाए रखने के लए उन्होंने इस्लाम कबूल कया?
- मैं यह भी नहीं जानता क उनके आगे के जीवन में क्या हुआ? क्या उनकी औलादें हुई या नहीं? हाँ, पर मैं इतना अवश्य जानता हूँ क आज के जो मुसलमान, हदिुओं से इतनी नफरत करते हैं; वो खुद अपना इतहास नहीं

जानते| उनके पूर्वजों की कहानियाँ भी ऐसी ही कुछ रही होंगी और वो केवल मजबूरी में बने मुसलमानों के वंशज हैं|

- वे कसिी अरबी शेख के पूर्वज नहीं—और अगर वे ऐसा मानते हैं क उनके खून में अरबयिों का खून है तो फरि उनका भारत पर क्या अधकिार?
- आज के जो मुसलमान, हदिुओं से नफरत करते हैं; उनके रीत-रिवाजों से चढ़ते हैं, तो केवल इसलएि क उनके अंदर—शायद अचेतन में—अपने पूर्वजों की यातनाओं की खीज भरी हुई है|
- आज के जो मुसलमान, हदिुओं के पूरत घृणा रखते हैं, तो यह केवल उनकी अपनी कुंठा है; इतहिास में उनके ऊपर हुए अत्याचारों की कुंठा है|

——"कम्युनिस्टों ने इस देश के लिए बहुत कुछ किया भी है- जैसे कि इला मित्रा ने?"—मैंने गौरी से कहा|

——"मानती हूँ कि इला मित्रा ने बहुत कुछ किया, पर सॉरी मैं उन्हें कम्युनिस्ट नहीं मानती"—गौरी ने जवाब दिया|

——"ये क्या बात हुई?- वो जीवन भर खुद को कम्युनिस्ट मानती रहीं और तुम कहती हो वो कम्युनिस्ट नहीं"—मैंने जवाब में कहा|

——"अब तुम कहोगी भगत सिंह भी कम्युनिस्ट नहीं थे"—मैंने तंज कसा|

——"नहीं थे"—गौरी ने बड़े विश्वास के साथ कहा|

मैं जब भी किसी से तर्क या बुद्धि की बात करता हूँ, उम्र को तराज़ू में नहीं तौलता| नए विचार हमेशा सुनने को तैयार रहता हूँ|

——"वो कैसे?"—मैंने गौरी से पूछा|

——"आप मानते हैं कि भगत सिंह 14-15 साल की उम्र तक गाँधीवादी थे?"—गौरी ने मुझ से पूछा|

——"हाँ, पर जब गाँधी ने 1922 में असहयोग-आंदोलन वापस लिया था तो इससे भगत सिंह आहत हुए और गाँधीवाद से अलग हो गये"—मैंने गौरी की बात का समर्थन करते हुए कहा|

——"मान लीजिये, 'अगर' किसी कारणवश भगत सिंह की मृत्यु 15 वर्ष की आयु में हो जाती, तो आज वो क्या गाँधीवादी नहीं कहलाते? भगत सिंह हों या इला... दरअसल ये दोनों ही न्यायप्रिय थे और वामपंथ ऐसे लोगों का शोषण करना बहुत अच्छी तरह से जानता है"—गौरी ने अपने विचार रखे|

——"तो क्या वामपंथ न्यायप्रिय नहीं?"—मैंने सीधे पूछ डाला|

——गौरी ने पलटकर कहा, "वामपंथ बस न्याय की बातें करता है| 'न्याय', 'समानता'—ये शब्द उनके लिए हथियार हैं, अपने फायदे के लिए इस्तेमाल करते हैं| देता कुछ नहीं| अगर देता, तो जहाँ-जहाँ वामपंथी सरकारें हैं—चीन, क्यूबा, सोवियत—वहाँ पूरा न्याय, पूरी समानता दिखती| दिखती है क्या? उल्टा ही दिखता है| अन्याय, असमानता, अराजकता, तानाशाही—वहाँ सब वामपंथ की देन है| नोआखाली में भी यही हुआ—बातें हुईं, पर कुछ किया नहीं|"|

मैं ये बात जानता था, पर इसे गौरी के मुँह से सुनना चाहता था| मैंने खुद इस सोच को उजागर किया था—कश्मीर फाइल्स में वो सीन लिखते वक्त| प्रोफेसर मेनन, कृष्णा पंडित से कहती हैं, 'कश्मीर के स्टूडेंट्स की प्रॉब्लम का सॉल्यूशन बनो|' कृष्णा बोलता है, 'मैम, मेरे पास कोई सॉल्यूशन नहीं|' और मेनन जवाब देती हैं, 'तुम्हें सॉल्यूशन देना ही नहीं है| बस होप दो कि तुम्हारे पास सॉल्यूशन है|' ठीक यही करता है वामपंथ| हर उस इंसान के पास पहुँच जाता है जो सरकार से लड़ रहा हो—होप की झूठी चमक दिखाता है| सवाल भगत सिंह या इला जैसे सच्चे लोगों के इरादों पर नहीं| सवाल उस वामपंथी सोच पर है, जो इन जैसे अच्छे लोगों के पीछे छिपकर अपना एजेंडा चलाती है| नोआखाली जलता रहा, और वो होप बेचते रहे—किया कुछ नहीं|"|

दशकों से वामपंथ भारत में यही खेल खेलता आया है| पहले समाज में ऐसे लोगों को ढूंढता है—जो न्याय के लिए लड़ते हों, प्रभाव रखते हों| फिर उन्हें ये अपने नाम से जोड़ लेता है| भगत सिंह, इला मित्रा—ये पवित्र लोग थे, इंसाफ के लिए लड़े| वामपंथ ने इन्हें न्यायप्रिय समाज का सपना दिखाया| ये अक्सर युवाओं को चुनता है| कॉलेज में मेरे साथ भी यही हुआ—एक प्रोफेसर ने मुझे लेफ्ट की ओर खींचने की बहुत कोशिश की|

लेखक, फिल्मकार, सेलिब्रिटी, खिलाड़ी—कोई भी, जिसके पीछे भीड़ हो, आज के ज़माने में 'फॉलोअर्स' कहा जाता है—ये इन्हें खोजता है| फिर शुरू होता है खेल| फिर इन्हे वामपंथी अपनी अच्छी-अच्छी कहानियाँ सुनाते हैं, अच्छे-अच्छे सपने दिखाते हैं और फिर धीरे-धीरे, आराम-आराम से इन्हे वामपंथ अपनी ओर खींच लेता है| जो पैसे से खरीदे जा सकते हैं, उन्हें पैसा देकर खरीदा लिया जाता है; जो अवार्ड लेकर बिक सकते हैं, वामपंथ का इको सिस्टम उन्हें अवार्ड

दिलवा देता है। और नतीजा? नोआखाली की तरह सब कहानी बनकर रह जाता है—काम कुछ नहीं होता।"।

भगत सिंह पहले गाँधीवादी थे, पर जिस दिन उन्हें गाँधीवाद की हकीकत समझ आई, उन्होंने उसे छोड़ दिया। मेरा मानना है कि अगर वो कुछ दिन और जीते, तो उनकी असाधारण बुद्धि वामपंथ को भी जान जाती। फिर जैसे आज उन्हें गाँधी का आलोचक कहा जाता है, वैसे ही वामपंथ का आलोचक कहा जाता। नोआखाली की चीखें उन्हें भी सुनाई देतीं—और वो सरकार को कभी माफ न करते।

9

"मुझे बन्दूक चाहिये" भारत विभाजन -1947

कोलकाता में उस दिन तेज़ ठंड थी, लाइट चली गयी थी| मोमबत्ती की रोशनी में हम तीनों बैठे थे—मैं, गौरी और माँ-भारती| उनकी आँखें खिड़की पर टिकी थीं—"अमर कब आएगा?"

—"मैंने पूछा,—'माँ, ये अमर कौन था?''"|

—"अमर मेरा..." वो रुकीं, फिर बोलीं, "मेरा साथी है—था नहीं, और तुम देखना, वो ज़रूर आएगा| 27 साल का—लंबा, ताकतवर, आँखों में आग| कोलकाता में उसकी प्रेस' थी—'आज़ादी की लड़ाई स्याही से लड़ी जाती थी,' वो कहता था—'लॉजिक से समझाओ, ताकत से लड़ो|' जब मेरे बाबा को ग़ुलाम सरवर ने मार डाला, अमर ने ही तो बचाया मुझे—'भाग, भारती! रो बाद में लेना'—सोचो, अमर मुझे नहीं बचाता तो ग़ुलाम मेरा क्या हश्र करता? तब से मैं अमर के साथ उसकी प्रेस में काम करने लगी थी| उस दिन—15 अगस्त 1947—वो मुझे ज़बरन क्लॉक टॉवर पर चढ़ाकर ले जा रहा था|"|

—"मुझे क्यों ले जा रहे हो ऊपर? मुझे ऊंचाई से डर लगता है"—मैंने अमर से कहा|

—"आज किसी बात का डर नहीं| यहाँ से देख, भारती, इतनी ऊपर से—सब ने तेरी बात सुन ली| लगता है अब सब ठीक हो जायेगा—अब मार-काट बंद होगी"—अमर ने मुझे नीचे का दृश्य दिखाया, जहाँ तिरंगा लहरा रहा था और 'वन्दे मातरम्' का गीत बज रहा था|

—"इतने दिनों बाद कुछ अच्छा देखा—कुछ शांत। लोगों को इतनी मामूली सी बात क्यों नहीं समझ आती कि एक-दूसरे को मारने से कुछ हासिल नहीं होता?"—मैंने अमर से पूछा।

—"बिना वॉर के कभी शांति नहीं आती। फिर वो चाहे रामायण हो या महाभारत—धर्म के लिए लड़ना ही पड़ता है"—अमर ने कुछ सोचते हुए कहा।

—"अब तो सब ठीक हो जायेगा न?"—मैंने अमर से पूछा।

—"जानती है, स्वामी विवेकानन्द ने क्या कहा था? 'यदि मुझे केवल 100 समर्पित भारतीय मिल जायें, तो मैं पूरे भारत का भाग्य बदल दूँगा,' लेकिन उन्हें अपने जीवनकाल में ऐसे 100 लोग भी न मिल सके। केवल कुछ ही लोग विवेकानन्द के साथ खड़े हुए, और मैं उनमें से एक हूँ"।

—"और मैं एक"—मैंने कहा।

तभी नीचे ज़ोर से धमाके की आवाज़ आयी—वही पुरानी नफरत की चिंगारी, जो अभी बुझी नहीं थी—वहाँ अफरा-तफरी मच गयी।

जिन्नाह ने इस बात को बखूबी समझ लिया था कि मुसलमानों की भावनाओं को उकसाकर भारत के कुछ हिस्सों में आसानी से दंगे भड़काए जा सकते हैं और देश को टुकड़ों में बाँटा जा सकता है। 1940 में लाहौर सम्मेलन में, मुहम्मद अली जिन्नाह ने मुसलमानों के लिए एक अलग राष्ट्र की माँग रखी—हालाँकि उस वक्त "पाकिस्तान" का नाम स्पष्ट नहीं था, मगर उनकी इस मज़हबी सोच को कि "भारत में मुसलमान हिन्दुओं के साथ एक छत के नीचे नहीं रह सकते," बड़ा समर्थन मिला। कई मुस्लिम नेता कांग्रेस छोड़कर मुस्लिम लीग में शामिल हो गए, और जिन्नाह की रणनीति रंग लाने लगी। फिर 20 फरवरी 1947 को ब्रिटिश प्रधानमंत्री क्लेमेंट एटली ने ऐलान किया कि अंग्रेज़ 30 जून 1948 तक भारत छोड़ देंगे—सत्ता हस्तांतरण की समय सीमा तय हो चुकी थी। मगर जब कैबिनेट मिशन ने पाकिस्तान के विचार को नकार दिया, तो जिन्नाह ने संविधान सभा का बहिष्कार कर दिया, और "सीधी कार्रवाई" का रास्ता चुना—एक ऐसा कदम जिसने कोलकाता से लेकर नोआखली तक खून की नदियाँ बहा दीं। क्या ये वही आजादी थी, जिसके लिए लाखों लोगों ने अपनी जान दी थी, या एक सौदा, जिसने भारत को पहले ही तोड़ डाला?

पचहत्तर साल पहले, गाँधी के नेतृत्व में भारतीय राष्ट्रीय कांग्रेस ने भारत को दो भागों में बाँटने की सहमति दी: भारत और पाकिस्तान। आम लोगों को इसका कारण, राजनीतिक असहमति, जिन्नाह की ज़िद, या नेहरू-जिन्नाह के बीच टकराव बताया गया—प्रधानमंत्री कौन बनेगा, इस पर विवाद को भी एक वजह कहा गया। पर इसका असल कारण यह था कि 'भारत में मुसलमान हिन्दुओं के साथ एक छत के नीचे नहीं रह सकते,' जिसे जिन्नाह ने बंगाल में साबित कर दिया था। गाँधी सहित सभी बड़े नेताओं ने इस आधार पर विभाजन को स्वीकार किया, मगर इस सच्चाई को जनता से छिपाया गया।

कई इतिहासकार दावा करते हैं कि गाँधी भारत के विभाजन के खिलाफ थे, पर सच तो ये है कि उन्होंने न सिर्फ इसका समर्थन किया, बल्कि साथ भी दिया—और फिर सारा दोष हिंदू और सिख समुदाय पर मढ़ दिया। उनका कहना था, "कांग्रेस ने खुद कभी इसकी माँग नहीं की; लेकिन कांग्रेस जनता की नब्ज़ को समझ सकती है। उन्हें एहसास हुआ कि खालसा और हिंदुओं ने भी यही चाहा था"।—अगर गाँधी सचमुच इसके खिलाफ थे, तो उन्होंने इसे रोकने के लिए अपनी सारी ताकत क्यों नहीं लगाई?

3 जून 1947 को माउंटबेटन योजना पर सहमति के दौरान, जवाहरलाल नेहरू और सरदार वल्लभभाई पटेल ने भारतीय राष्ट्रीय कांग्रेस की ओर से प्रमुख भूमिका निभाई। पटेल ने विभाजन को एक व्यावहारिक समाधान के रूप में देखा और माउंटबेटन के साथ मिलकर सत्ता हस्तांतरण की प्रक्रिया को आगे बढ़ाया। "15 अगस्त 1947 तक, पटेल ने गृह मंत्रालय संभाल लिया था और इस संकट से निपटने के लिए आपातकालीन समितियाँ गठित कीं, जिन्होंने दिल्ली में 5 लाख से अधिक लोगों के पुनर्वास की व्यवस्था की"। "हालाँकि, दोनों ने माना कि ब्रिटिश समय सीमा के दबाव के कारण पूर्ण जनसंख्या स्थानांतरण संभव नहीं था, जिसके परिणामस्वरूप दोनों देशों में अल्पसंख्यक हिंसा के शिकार बने रहे"। नेहरू और पटेल ने जो निर्णय लिए उसके बाद विभाजन को टाला नहीं जा सकता था।

नोआखली की आग अभी ठंडी भी नहीं हुई थी कि हिंसा की लपटें बिहार तक जा पहुँचीं। "1946 के अंत तक ये साफ हो गया था कि भारत का बँटवारा अब केवल कागज़ों की बात नहीं रह गई थी—यह खून और आँसुओं से लिखा जा रहा था"। बंगाल के बाद बिहार में हिंदुओं ने जवाबी हमले शुरू कर दिए जिसमें हज़ारों मुसलमान मारे गए। यह सिलसिला रुकने का नाम नहीं ले रहा था; 1947

आते-आते यह आग पंजाब और दिल्ली तक फैल गई| क्या यह वही भारत था जिसके लिए स्वराज की लड़ाई लड़ी गई थी, या यह एक नया इतिहास था जो नफरत की नींव पर खड़ा हो रहा था?

जिन्नाह की चाल और गाँधी की चुप्पी ने मिलकर वो रास्ता बना दिया, जिस पर चलकर भारत टूट गया| ये बँटवारा शांति से नहीं हुआ—लाखों लोग मारे गए, अनगिनत बेघर हो गए| "कैबिनेट मिशन ने दोनों पक्षों को एक साथ लाने की कोशिश की, पर जब वो नाकाम रहा, तो ब्रिटिश प्रशासन ने हिंसा को रोकने के लिए कोई ठोस कदम नहीं उठाया"—नतीजा? बंगाल से बिहार, पंजाब से दिल्ली तक, नफरत की आग फैलती चली गई—हिंदू, मुसलमान, सिख, सब इसके शिकार बने|

कैबिनेट मिशन की नाकामी के बाद ब्रिटिश प्रशासन ने हिंसा को रोकने के लिए कोई ठोस कदम नहीं उठाया, जिससे पंजाब और बंगाल में नरसंहार का दौर शुरू हो गया|

अगस्त 1947 तक पंजाब में सिखों, हिंदुओं और मुसलमानों के बीच खूनी संघर्ष ने लाखों लोगों को उजाड़ दिया—ट्रेनें लाशों से भरी आती थीं|

—"दिल्ली में भी यह आग फैल गई, जहाँ शरणार्थी शिविरों में भूख और बीमारी ने और मौतों को न्योता दिया|"

15 अगस्त 1947 के बाद, भारत और पाकिस्तान के बीच सीमा निर्धारण के लिए रैडक्लिफ आयोग ने काम शुरू किया, जिसने पंजाब और बंगाल को दो हिस्सों में बाँट दिया| "17 अगस्त 1947 को रैडक्लिफ लाइन की घोषणा हुई, जिसके तहत पंजाब के 14 जिलों में से 6 भारत को और 8 पाकिस्तान को मिले, जबकि बंगाल के 18 जिलों में से 11 भारत और 7 पाकिस्तान के हिस्से आए"| इस विभाजन के कारण पंजाब में 55 लाख और बंगाल में 30 लाख लोग प्रभावित हुए जिनमें से अधिकांश लोगों को अपने घर छोड़ने पड़े| "अक्टूबर 1947 तक, पश्चिमी पंजाब से 40 लाख हिंदू और सिख भारत की ओर चले गए, जबकि पूर्वी पंजाब से 50 लाख मुसलमान पाकिस्तान गए"| दिल्ली में शरणार्थियों की तादाद के कारण शहर की जनसंख्या 9 लाख से बढ़कर 14 लाख हो गई, जिसके लिए सरकार ने 1,000 एकड़ जमीन पर नए शिविर बनवाए| "सितंबर 1947 में, भारत सरकार ने 2 लाख टन अनाज और 50,000 तंबू आपातकालीन राहत के लिए भेजे, लेकिन यह जरूरत के हिसाब से बहुत कम था"| इस अव्यवस्था के बीच, दोनों देशों में सांप्रदायिक हिंसा में लाखों लोग मारे गए|

—यह आग सिर्फ कोलकाता तक सीमित नहीं रही थी—यह पूरे भारत की सच्चाई बन चुकी थी| पंजाब में रेलगाड़ियाँ शवों से भरी हुई आती थीं, दिल्ली की सड़कों पर शरणार्थी भूख और सर्दी से तड़प रहे थे, और बंगाल पहले से ही हिंसा की चपेट में था| स्वतंत्रता के बाद भी यह हिंसक तांडव रुका नहीं—लाखों लोग, जो अपने घर छोड़कर भागे, उन्हें न भारत में शरण मिली, न ही पाकिस्तान में| जिन्नाह का सपना पूरा हुआ, लेकिन उसकी कीमत मासूमों ने चुकाई—हिंदू, मुसलमान, सिख, इन सभी के खून से दोनों देशों की सीमाएँ रंग गईं| यह कैसी आजादी थी, जिसने अपने ही लोगों को आपस में लड़वाया?

1947 का यह विभाजन इतिहास की सबसे बड़ी घटना बन गया, जिसमें लोगों को जबरन अपने घर छोड़ने पड़े| लगभग 1 करोड़ 40 लाख लोग भारत और पाकिस्तान की नई सीमाओं के पार विस्थापित हुए| "आधिकारिक रिकॉर्ड के अनुसार, लगभग 72 लाख हिंदू और सिख पश्चिमी पाकिस्तान से भारत आए, जबकि 75 लाख मुसलमान भारत से पाकिस्तान गए, मुख्य रूप से अगस्त से दिसंबर 1947 के बीच"| अकेले दिल्ली, पंजाब और सिंध में 5 लाख से अधिक शरणार्थी पहुँचे, जिसके कारण किंग्सवे और पुराना किला जैसे अस्थायी शिविर स्थापित किए गए, जहाँ स्वच्छता और भोजन की भारी कमी थी| "ब्रिटिश प्रशासन ने, जो इस सत्ता हस्तांतरण की देखरेख कर रहा था, हिंसा और विस्थापन के इस विशाल पैमाने को नियंत्रित करने के लिए केवल 50,000 सैनिक तैनात किए, जो पूरी तरह अपर्याप्त थे"| सरकारी अनुमानों ने बाद में पुष्टि की कि दोनों पक्षों ने अरबों रुपये की संपत्ति छोड़ी, जिसका कोई व्यवस्थित मुआवजा नहीं दिया गया|

15 अगस्त 1947 के बाद, भारत और पाकिस्तान में प्रशासनिक व्यवस्था बुरी तरह प्रभावित हुई| "पंजाब में पुलिस बल का बड़ा हिस्सा, जो दोनों समुदायों से आता था, या तो हिंसा में शामिल हो गया या ड्यूटी छोड़कर भाग गया, जिससे कानून-व्यवस्था लगभग समाप्त हो गई"| रेलवे और डाक सेवाएँ भी लगभग ठप हो गईं, क्योंकि उनके कर्मचारी अपना घर छोड़कर सीमा पार चले गए| "सितंबर 1947 में, भारत सरकार ने अनुमान लगाया कि व्यापार 70% तक कम हो गया, और करोड़ों रुपये की फसलें खेतों में सड़ गईं क्योंकि उन्हें ले जाने के लिए परिवहन-संसाधन ही उपलब्ध नहीं थे"| "मुद्रा विभाजन पर असहमति के कारण, अक्टूबर 1947 तक दोनों देशों में नकदी की कमी बनी रही, जिसने राहत कार्यों

को और जटिल बना दिया|" "इस दौरान, सरकारी खजाने से 55 करोड़ रुपये पाकिस्तान को देने का फैसला किया गया|" प्रशासनिक और आर्थिक संकट ने दोनों देशों को विभाजन के बाद के कई महीनों तक अस्थिर रखा|

15 अगस्त 1947 के बाद, बंगाल में सांप्रदायिक हिंसा नोआखली और कोलकाता से आगे बढ़कर पूर्वी पाकिस्तान तक फैल गई| "रैडक्लिफ लाइन ने बंगाल को विभाजित किया; अगस्त से दिसंबर 1947 तक ढाका और चटगाँव जैसे क्षेत्रों में हिंदुओं पर हमले बढ़ गए"| "सितंबर 1947 में, पूर्वी पाकिस्तान में मुस्लिम समूह ने हिंदू गाँवों पर हमले किए"|

विभाजन के बाद पंजाब में भी हिंसा शुरू हो गई| अगस्त 1947 में, पश्चिमी-पंजाब में मुसलमानों ने हिंदुओं और सिखों पर हमले करना शुरू कर दिया जिसके जवाब में, पूर्वी पंजाब में सिख जत्थों ने मुस्लिम गाँवों पर संगठित हमले किए, जिनमें हथियारों और तलवारों का इस्तेमाल किया गया| सितंबर 1947 के आते-आते पूर्वी पंजाब के इन हमलों में हज़ारों मुसलमान मारे गए और लाखों पश्चिम की ओर चले गए| अमृतसर और जालंधर में सिख नेताओं ने जत्थों को हथियारों के भंडार दिए और कई मामलों में पुलिस ने भी कोई हस्तक्षेप नहीं किया| पश्चिमी पंजाब में, मुस्लिम समुदायों ने भी इसी तरह की हिंसा की, जिसमें 40 लाख हिंदू और सिख भारत की ओर आ गए| पंजाब में हिंसा ने एक विकराल रूप धारण कर लिया था जिसमे दोनों तरफ के लोग भारी संख्या में मारे गए|

विभाजन के बाद जो खूनखराबा हुआ, उसने भारत और पाकिस्तान दोनों को एक ऐसी कीमत चुकाने पर मजबूर किया, जिसकी भरपाई आज तक नहीं हो सकी| अगस्त 1947 के बाद पंजाब में हिंसा ने न केवल लाखों लोगों को बेघर किया, बल्कि शरणार्थी ट्रेनों को लाशों से भर दिया, जहाँ परिवार के परिवार मारे गए| ब्रिटिश प्रशासन और भारतीय नेताओं की नाकामी ने इस तबाही को रोकने के बजाय और बढ़ावा दिया, क्योंकि न तो पूरी तरह से जनसंख्या स्थानांतरण हुआ, न ही अल्पसंख्यकों की सुरक्षा सुनिश्चित की गई| जिन्नाह का दावा—मुसलमान और हिन्दू साथ नहीं रह सकते—आधा-अधूरा लागू हो सका, जिसके परिणामस्वरूप दोनों ओर हिन्दुओं और मुसलमानों का नरसंहार हुआ|

पूर्वी पंजाब में हिंदुओं और सिखों ने पश्चिम में हो रहे नरसंहार का जवाब दिया—मुस्लिम गाँवों को आग लगाई, हज़ारों को भगा दिया गया—न शांति

मिली, न ठिकाना| यह कोई योजना का हिस्सा नहीं, बल्कि नफरत और अराजकता का नतीजा था|

विभाजन के बाद जो चुप्पी छाई, वह हिंसा से कम डरावनी नहीं थी| 1947 के बाद दिल्ली और पंजाब में शरणार्थी शिविरों में लाखों लोग भूख और बीमारी से मरे, पर इस त्रासदी को इतिहास में केवल आँकड़ों तक सीमित कर दिया गया| स्वतंत्रता के बाद कांग्रेस ने सांप्रदायिक सवालों को दबाकर एकता की झूठी तस्वीर पेश की| 1990 में कश्मीरी हिन्दुओं का नरसंहार उसी अनदेखी का परिणाम था, जहाँ विभाजन के घावों को भरने की बजाय भुला दिया गया|

स्वतंत्रता-आंदोलन के दौरान गाँधी ने एक ऐसे यंत्र का भरपूर उपयोग किया जो उनके लिये बहुत शक्तिशाली साबित हुआ, जिसका नाम था 'उपवास - भूख हड़ताल' जिसके आगे सभी को झुकना पड़ता था| 1932 में, पूना पैक्ट के लिए उनके उपवास ने बाबासाहेब अम्बेडकर को अलग निर्वाचन के बजाय आरक्षित सीटों पर सहमत होने के लिए मजबूर किया| हिंदू-मुस्लिम एकता के लिए उन्होंने 1924 और 1946 में भी उपवास किए; जनवरी 1948 में, वे फिर से इसी उद्देश्य के लिए दिल्ली में उपवास पर बैठे|

गाँधी ने जनवरी 1948 में उपवास के दौरान कई माँगें रखीं—पुरानी दिल्ली में मुसलमानों को स्वतंत्र रूप से आने-जाने की सुविधा मिले, पाकिस्तान से आने वाले मुसलमानों को गैर-मुसलमानों की आपत्ति का सामना न करना पड़े, मुसलमान ट्रेनों में सुरक्षित यात्रा कर सकें, उनका आर्थिक बहिष्कार न हो, और हिंदू शरणार्थियों को मुस्लिम बस्तियों में उनकी सहमति के बिना न बसाया जाए|

9 सितंबर 1947 को दिल्ली पहुँचकर, गाँधी ने हिंदुओं से मुसलमानों को समान नागरिक मानने और पाकिस्तान जाकर वहाँ हिंदुओं व सिखों की सुरक्षा के लिए प्रयास करने की बात कही, हालाँकि वे पाकिस्तान कभी गए नहीं| नवंबर 1947 में एक कांग्रेस सभा में, गाँधी ने कहा कि भारत केवल हिंदुओं का नहीं और पाकिस्तान केवल मुसलमानों का नहीं है|

पर विभाजन तो धर्म के आधार पर ही हुआ था|

13 जनवरी 1948 को, दिल्ली में मुस्लिम सुरक्षा और भारत द्वारा पाकिस्तान को 55 करोड़ रुपये न देने के विरोध में गाँधी ने एक बार फिर से उपवास शुरू किया| 18 जनवरी 1948 को, सभी धर्मों के नेताओं ने डॉ. राजेंद्र प्रसाद के साथ

मिलकर दिल्ली में मुस्लिम सुरक्षा का आश्वासन दिया, जिसके बाद गाँधी ने अपना अनशन समाप्त किया। गाँधी ने इसे अपने प्रमुख उपवासों में से एक माना।

यह दावा कि 'भारत में मुसलमान हिन्दुओं के साथ एक छत के नीचे नहीं रह सकते' सिरे से खारिज कर दिया जाना चाहिए था। यदि हमारे राजनेताओं ने इसे स्वीकार न किया होता, तो पाकिस्तान का विचार ही जन्म न लेता। मगर जब इसे सर्वसहमति से मान लिया गया, तो मैं इतिहास से कुछ सवाल पूछना चाहता हूँ:

'भारत में मुसलमान, हिन्दुओं के साथ मिलकर एक छत के नीचे नहीं रह सकते'—जब यह स्वीकार कर लिया गया था तो बँटवारे के समय सभी मुसलमानों को पाकिस्तान क्यों नहीं भेजा गया और वहाँ के सभी हिन्दुओं को भारत क्यों नहीं लाया गया? यह सवाल इसलिए उठता है, क्योंकि इसी आधार पर भारत का विभाजन हुआ।

अगर भारत में मुसलमान हिन्दुओं के साथ नहीं रह सकते, तो क्या पाकिस्तान में रह सकते थे? यदि हाँ, तो बँटवारा क्यों हुआ; यदि नहीं, तो वहाँ के हिन्दुओं को मरने के लिए क्यों छोड़ दिया गया?

अगर इस पर तब ध्यान दिया गया होता, तो क्या आज पाकिस्तान और बांग्लादेश में हिन्दुओं की दुर्दशा होती? यदि जिन्नाह ने पाकिस्तान में हिन्दुओं की सुरक्षा का वचन दिया था, तो उनसे यह क्यों नहीं पूछा गया कि जब हिंदू वहाँ मुसलमानों के साथ रह सकते हैं, तो अलग राष्ट्र की माँग क्यों? बँटवारा तो इसी आधार पर हुआ था कि दोनों साथ नहीं रह सकते।

जिन्नाह के इस तर्क के आधार पर कि भारत में मुसलमान, हिन्दुओं के साथ मिलकर एक छत के नीचे नहीं रह सकते, मुसलमानों के रहने के लिये पाकिस्तान दिया गया और सेक्युलर राष्ट्र के तर्क के आधार पर शेष भारत में मुसलमानों को रहने की पूर्ण स्वतंत्रता दी गयी। तब क्या मुसलमानों से यह पूछा गया था कि क्या वो सेक्युलरिस्म के सिद्धांतों को स्वीकार करते हैं?

यदि मुसलमान सचमुच सेक्युलर होते और हिन्दुओं के साथ भारत में रहने को तैयार होते, तो क्या 1990 का कश्मीर या 2024 का पश्चिम बंगाल संभव होता?

सवाल यहाँ हिन्दू या मुसलमान का है ही नहीं—सवाल है तो बस मानवता का है और मैं हर उस इंसान के प्रति संवेदनाएं रखता हूँ जो इन कपटी लोगों के हाथों ठगा गया है। मैं अच्छे से जानता हूँ कि एक आम इंसान बहुत भोला होता है। लोकतंत्र में इस भोले-भाले इंसान के पास केवल एक ताकत होती है—वोट की।

यहाँ से एक खेल शुरू होता है—मज़हब का सहारा, जाति का सहारा, मंदिर-मस्जिद का सहारा—और इसमें ठगा जाता है ये आम इंसान| मुसलमान इसमें कुछ ज़्यादा ही ठगे गए—क्योंकि वो ज़्यादा जल्दी इनके बहकावे में आ जाते हैं—उन का वोट केवल मज़हब को इस्तेमाल करके छीना जाता है| मैं भारत की लड़ाई लड़ रहा हूँ—उस भारत की, जहाँ गंगा के तट पर फिर से जीवन का उल्लास बहे, जहाँ किसी और माँ-भारती को अमर का इंतज़ार न करना पड़े| ये लड़ाई सत्य की है, इंसानियत की है—और इसे लड़ने के लिए मुझे हर उस इंसान को जगाना होगा, जो अभी तक सोया हुआ है|

विभाजन के इस अंधेरे में न कोई जीता, न हारा—लाखों जिंदगियाँ रास्तों पर बिखरी पड़ीं थीं, और कई वो सवाल जो आज भी अनसुलझे से पड़े हैं|

विभाजन के दौरान और उसके बाद अंतरराष्ट्रीय समुदाय की प्रतिक्रिया पर्याप्त नहीं रही| संयुक्त राष्ट्र ने भारत और पाकिस्तान के बीच हिंसा और विस्थापन पर कोई औपचारिक चर्चा शुरू नहीं की, और अगस्त 1947 से दिसंबर 1947 तक इस संकट पर कोई प्रस्ताव पारित नहीं किया गया| ब्रिटिश सरकार इस सत्ता हस्तांतरण की देखरेख कर रही थी पर 15 अगस्त 1947 के बाद उन्होंने अपनी जिम्मेदारियों से एक तरह से मुँह मोड़ लिया और केवल 50,000 सैनिकों को छोड़कर अपने अधिकांश बलों को वापस बुला लिया| अमेरिका और सोवियत संघ उस समय उभरती महाशक्तियों के रूप में देखे जाते थे पर उन्होंने भी इस मामले में हस्तक्षेप से परहेज किया| कॉमनवेल्थ देशों ने सितंबर 1947 में एक अनौपचारिक बैठक की, लेकिन कोई ठोस सहायता या मध्यस्थता की पेशकश नहीं की गई|

लाइट अभी भी नहीं आयी थी| हम तीनों—मैं, गौरी और माँ-भारती—लगभग दो घंटों से मोमबत्ती की हल्की रोशनी में बैठे हुए भारत के इतिहास की बातें कर रहे थे| गौरी चुपचाप कोने में बैठी सुन रही थी, जबकि मैं माँ-भारती से 15 अगस्त 1947 के उस दिन की कहानी आगे सुनने को उत्सुक था|

—"उसके बाद क्या हुआ, जब क्लॉक टॉवर के नीचे धमाका हुआ था?"—मैंने माँ-भारती से पूछा|

—"हम जल्दी-जल्दी क्लॉक टॉवर से नीचे उतरे और वहाँ पहुँचकर देखा कि धमाका बन्दे-भारत प्रेस में हुआ था—लोग अपने घरों की ओर भाग रहे थे और

क्लॉक टॉवर के चारों तरफ से अल्लाह हू अकबर के नारे गूँज रहे थे—कुछ ही पलों में हमें भीड़ ने चारों ओर से घेर लिया—अमर ने मेरे हाथ में अपना कृपाण दिया और मुझ से कहा,—'ज़्यादा सोचना मत, बस चला देना' इसके बाद अमर मेरे और ग़ुलाम के बीच में खड़ा हो गया—'कौन है तू, जो मेरे रास्ते में खड़ा है?' ग़ुलाम ने अमर से पूछा, अमर ने डरे बिना जवाब दिया, 'मैं हूँ भारत का बेटा, जो जब तक जिएगा इसे टूटने नहीं देगा'—ग़ुलाम हँसा और बोला, 'चल, पहले तुझे मारता हूँ, फिर भारत को तोड़ूंगा'—ग़ुलाम भीड़ की तरह मुड़ा और बोला—'तो भारत के इस बेटे के साथ क्या सुलूक किया जाए—मार दिया जाए—या छोड़ दिया जाए'—भीड़ चिलाने लगी—'मार दिया जाए—मार दिया जाए—मार दिया जाए'—अमर से जितना हो सका, वो उतना लड़ा पर आखिरी में अमर को चार-पांच लोगों ने एक साथ मिलकर नीचे गिरा दिया—मुझे पकड़कर ग़ुलाम के पास ले गए—किसी ने पीछे से मेरा कुरता फाड़ दिया"।

—"'कैसी हो, आयशा जहाँ?—ऐसे क्या घूर रही हो?'"—ग़ुलाम मेरे पास आया।

—"'भारती हूँ मैं—कुछ भी कर लो—भारती रहूंगी!'"।

—"'भारती बनर्जी—जस्टिस बनर्जी की बेटी जिसे मैंने पेट्रोल पम्प पे मारा था—अब बताओ इसके साथ क्या करना चाहिये?—डरो मत मैं तुम्हे जज साब की तरह नहीं मारूंगा—क्या इसे आयशा जहाँ बनाया जाये?'"।

"ग़ुलाम मेरे अंदर वही डर पैदा करने की कोशिश कर रहा था"।

"मेरा खून उबल रहा था"।

"मैंने अपने हाथों में पकड़ी हुई कृपाण को और ज़ोर से पकड़ लिया"।

"अमर मुझ से कह रहा था"।

—"'मार दे—काट दे गला!'"।

—"'भारती—छोड़ मत राक्षस को'"।

—"'जो बोले सो निहाल—सत श्री अकाल!'"।

—अचानक माँ-भारती चुप हो गयीं और मुझसे कहने लगीं,—"मुझे बन्दूक चाहिये"।

—"बन्दूक?—बन्दूक का क्या करेंगी आप?"—मैंने पूछा।

—"मुझे बहुत डर लग रहा है—देखना ग़ुलाम फिर आ जायेगा अभी—मुझे डर लगता है—ग़ुलाम एक नहीं है—ग़ुलाम अब एक नहीं है—बहुत सारे ग़ुलाम

हैं—मुझे उन सबसे डर लगता है—पुलिस के पास मत जाना वहाँ भी ग़ुलाम है—तुम तो आर्मी में थे—तुम्हे नहीं पता? ये जो सारे नेता भाषण देते हैं, वो ग़ुलाम के लोग हैं—कलेक्टर—वकील—जज—सब ग़ुलाम के दोस्त हैं"—माँ-भारती अपने अतीत में पहुँच गयीं थीं और मुझको अमर समझ रही थीं|

—"नहीं! ऐसा कुछ नहीं है"—मैंने कहा|

—"तुम्हे क्या हो गया है अमर?—कैसी बात कर रहे हो?—तुम्हे पता नहीं, ग़ुलाम खेल, खेल रहा है—उसके खेल में सिर्फ चेहरे बदलते हैं—खेल वो ही रहता है, कब कौन ग़ुलाम बन जाये, भारती को उठा ले जाये—यही तो खेल है—तुम औरत नहीं हो न—एक औरत ही जानती है कितना डर लगता है उसे ग़ुलाम से—अमर मुझे एक बन्दूक चाहिये—प्लीज़ मुझे एक बन्दूक ला दो"—वो काँप रही थीं—एक छोटे बच्चे की तरह फूट-फूट कर रो रही थीं—सिसकियाँ भरते हुए वो आगे कहने लगीं|

—"मुझे बहुत डर लगता है—बहुत बूढ़ी हो गयी हूँ—तुम्हारी भारती ने बहुत कुछ सहा है—कितना मारा सबने मुझे, कितना—पर मैं मरी नहीं—तुमने कहा था ज़िंदा रहना—मैं ज़िंदा रही—मेरा नाम बदल दिया पर मैं फिर भी भारती रही—मरी नहीं—अब बहुत बूढ़ी हो गयी हूँ—किसी को मेरी ज़रुरत नहीं—तुम भी तो छोड़ के चले गये थे अमर—तुम्हे भी मेरी ज़रुरत नहीं—अब वो सारे ग़ुलाम आएंगे और मुझे मार डालेंगे—मुझे एक बन्दूक चाहिये—मैंने कभी कुछ गलत नहीं किया बस एक गलती हो गयी, उस दिन मुझे ग़ुलाम को मार डालना चाहिये था—मुझसे गलती हो गयी—मैंने उस दिन ग़ुलाम को नहीं मारा—तुम ग़ुलाम को मार डालो नहीं तो वो मुझे मार डालेगा, तुम्हे भी मार डालेगा, सब को मार डालेगा—अमर—तुम उसे मारोगे न? मुझे प्रॉमिस करो अमर—प्लीज़ अमर मुझे बन्दूक ला दो"|

माँ-भारती की यह पीड़ा देख मैं भी सिसकियाँ ले रहा था; मैंने अपने आँसू पोंछे और अपनी माँ-भारती को अपने गले से लगा लिया और उन्हें यह वचन दिया,—"मैं प्रॉमिस करता हूँ अपनी माँ से—अपनी माँ-भारती से कि मैं तब तक चैन से नहीं बैठूंगा जब तक मैं सारे ग़ुलामों को नहीं मिटा देता"|

माँ-भारती मेरे सिर पर अपना आशीर्वाद भरा हुआ हाथ फेर रही थीं और कह रही थीं, "मुझे बन्दूक चाहिये"|

10

नरसंहारों की कहानियाँ भारत का अर्थ क्या है?

कलशिरा नरसंहार 1949 (आज का बांग्लादेश)

20 दिसंबर 1949 को, खुलना जिले के कलशिरा गाँव में, चार पुलिस कांस्टेबलों ने "कम्युनिस्टों" की तलाश में जोयदेव ब्रह्मा के घर पर छापा मारा| जब उन्हें वहाँ कोई संदिग्ध नहीं मिला, उन्होंने ब्रह्मा की पत्नी के साथ बलात्कार का प्रयास किया, ब्रह्मा और उसके साथियों ने जवाबी हमला किया, जिसमें एक कांस्टेबल मारा गया| अगले दिन, पुलिस ने अंसारों और स्थानीय मुसलमानों के साथ मिलकर कलशिरा और आसपास के हिंदू गाँवों पर हमला बोल दिया| कई हिंदुओं की हत्या कर दी गई, जबरन धर्म परिवर्तन करवाया गया, और उनके घरों व मंदिरों को नष्ट कर दिया गया| एक महीने के भीतर, लगभग 30,000 हिंदू, खुलना छोड़कर भारत चले गए|

बंगाल नरसंहार: 1950

विभाजन के कुछ महीनों बाद, ढाका में जन्माष्टमी जुलूस पर हमला हुआ| इससे पहले, 1948 में, धामराई में जगन्नाथ रथ यात्रा और जन्माष्टमी के आयोजनों पर रोक लगाई गई थी| ढाका में दुर्गा पूजा के विरोध में पूरे शहर में पोस्टर लगाए गए| विजयादशमी के दिन, सैकड़ों हिंदू घरों में आग लगा दी गई, जिससे लगभग 750 परिवार बेघर हो गए| प्रेस ट्रस्ट ऑफ इंडिया के संवाददाता संतोष चटर्जी को 25 नवंबर 1949 को बिना किसी आरोप के गिरफ्तार कर लिया गया, और एक महीने तक जेल में रखा गया| हिंदू महिलाओं के साथ बलात्कार किया गया, और उन्हें अपने घर छोड़ने के लिए मजबूर किया गया|

पूर्वी पाकिस्तान में गैर-मुसलमानों के ऊपर अगस्त 1949 में शुरू हुआ उत्पीड़न तीन महीनों तक चला; मुसलमानों ने पुलिस और अंसारों के साथ हाथ मिलाकर सिलहट जिले के बेनीबाजार, बरलेखा, और बारिसल जिले के गाँवों पर धावा बोला। घरों को लूटकर आग के हवाले कर दिया गया, और पुलिसकर्मियों ने हिंदू महिलाओं के साथ बलात्कार किया। इस दौरान, मुस्लिम भीड़ ने राजशाही डिवीजन में पुथिया राजबारी पैलेस पर हमला किया, और उसके खजाने को लूट लिया।

नाचोले नरसंहार 1950

नचोले पुलिस स्टेशन के इलाके (पहले पाकिस्तान, अब बांग्लादेश) में पहले अधिकतर गैर-मुस्लिम रहा करते थे—यहाँ के भुइंदा और कैबर्तस गाँवों में संथाल और बंगाली हिंदुओं की बस्तियाँ थीं। विभाजन के बाद, पाकिस्तान में तेभागा आंदोलन को कुचल दिया गया—किसानों का वह विद्रोह जो फसल का हक माँगता था—पर नचोले में यह चिंगारी दबी साँसों में सुलगती रही। इला मित्रा, एक जुझारू कम्युनिस्ट नेत्री थीं, जिन्होंने नचोले में तेभागा आंदोलन की लौ को जलाए रखा। 5 जनवरी 1950 को, चांदीपुर गाँव में एक किसान की गिरफ्तारी ने इस आग को भड़का दिया। गुस्साई भीड़ सड़कों पर उतर आई—मुठभेड़ में पाँच सिपाहियों की जान चली गई। इस हादसे ने सरकार को बदले की राह पर धकेल दिया।

दो दिन बाद, 7 जनवरी 1950 को, पाकिस्तान सरकार ने इस बगावत को रौंदने के लिए 2,000 लोगों की भारी टुकड़ी—पुलिस, अंसार, और सैन्य बल—को नचोले भेजा। चांदीपुर की ओर बढ़ते हुए, इस बल ने रास्ते के बारह गाँवों को निशाना बनाया—घरों को लूटा, आग की लपटों में झोंका, और ग्रामीणों को तलवारों से काट डाला। चांदीपुर पहुँचकर, पहले पुरुषों को मौत के घाट उतारा, फिर महिलाओं पर जुल्म ढाए—उनके साथ बलात्कार किया, और उनके घरों को आग लगा दी। सैकड़ों हिंदुओं का खून बहा—उसी दौरान, रोहनपुर में पुलिस ने सैकड़ों किसानों के साथ इला मित्रा को पकड़ लिया। नचोले पुलिस स्टेशन में उनके साथ क्रूरता की हदें पार की गईं—हिरासत में 70 से 100 किसानों की जान चली गई। इला को चार दिनों तक यातनाएँ दी गईं, उनके साथ बलात्कार हुआ, फिर उन्हें नवाबगंज पुलिस स्टेशन भेजा गया। यह नरसंहार विद्रोह को दबाने से कहीं बढ़कर था—एक समुदाय को मिटाने की साजिश।

जब पाकिस्तान में इस्लाम की सत्ता आई, तो वहाँ कम्युनिस्टों को कुचल दिया गया—इला मित्रा और नचोले के किसानों पर हुए अत्याचार इसका प्रमाण हैं, लेकिन भारत में—जहाँ सेक्युलरिज़्म का पालन किया जाता है—कम्युनिस्ट और मुसलमान दोस्त बनकर घूमते हैं।

ढाका नरसंहार 1950

फरवरी 1950 में, पश्चिम बंगाल के मुख्य सचिव सुकुमार सेन ढाका गए, और वहाँ उन्होंने पूर्वी बंगाल के मुख्य सचिव अजीज अहमद के साथ बातचीत शुरू की—10 फरवरी को सुबह 10 बजे के करीब, जब यह बैठक चल रही थी, सचिवालय भवन के सामने एक मुस्लिम महिला को घूमते हुए देखा गया—उसके कपड़े खून से सने थे—कहा गया कि कोलकाता में उसके साथ बलात्कार हुआ था—इसके बाद सचिवालय के कर्मचारियों ने काम बंद कर दिया, और हिंदुओं के खिलाफ नारे लगाते हुए जुलूस निकाला।—प्रदर्शनकारियों ने सुकुमार सेन को घेर लिया।

सचिवालय की इस घटना के बाद हिंसा फैल गई—नमाज के बाद दंगे शुरू हो गए। पुलिस ने कोई कार्रवाई नहीं की—सात घंटे तक लूट, हत्या, और आगजनी की वारदातें चलती रहीं—लगभग 50,000 हिंदू अपने घर छोड़कर भाग गए। पीटीआई की रिपोर्ट के अनुसार, बानाग्राम और माकिम्स-लेन—जो हिंदू बहुल इलाके थे—वहाँ सबसे ज्यादा नुकसान हुआ। वहाँ घरों को लूटा गया, जलाया गया, और पूजा स्थलों को नष्ट कर दिया गया। ढाका के वारी इलाके के हिंदुओं ने अपने घर छोड़कर एनबीएसपी परिसर में शरण ली। भारतीय उच्चायोग और हिंदू विधायकों के घरों पर हमले हुए, और उन्हें तोड़ दिया गया। 12 फरवरी की दोपहर को कुर्मीटोला हवाई अड्डे पर भारत जाने वाले 60 हिंदू यात्रियों पर हमला कर दिया गया। पूर्वी पाकिस्तान के अंसारों ने हिंदुओं की हत्या की, और प्रशासन ने कोई हस्तक्षेप नहीं किया।

माधबपाशा नरसंहार 1950

इस नरसंहार में लगभग 200-300 हिंदू पुरुषों को एक पंक्ति में खड़ा किया गया, और एक-एक करके उनके सिर काट दिए गए, वहाँ खड़ी भीड़ इसका तमाशा देखती रही। बच्चों को उनकी माताओं से छीनकर निर्दयतापूर्वक मार डाला गया,

और महिलाओं के साथ बलात्कार कर उनकी गरिमा को तार-तार किया गया। बारीसाल में 1950 के दंगों ने हिंदू समुदाय को लगभग उजाड़ दिया, और हजारों हज़ारों हिंदू भारत की ओर पलायन करने पर मजबूर हो गए।

1950 में मुलादी बंदर नरसंहार हिंदुओं के खिलाफ हुई भयंकर हिंसा का एक काला अध्याय है। स्थानीय मुसलमानों और कुछ अधिकारियों के अनुसार, इस नरसंहार में मारे गए लोगों की संख्या तीन सौ से अधिक थी। मुलादी गाँव, जहाँ यह घटना घटी, वहाँ नदी के किनारे मानव कंकाल बिखरे पड़े थे, और जानवर और गिद्ध लाशों को खाते हुए देखे गए। इस हमले में सैकड़ों हिंदू पुरुषों की निर्मम हत्या की गई, जिसके बाद छोटी-छोटी लड़कियों को छीनकर बदमाशों के सरगनाओं के बीच बाँट दिया गया। यह हिंसा 1950 के बारीसाल दंगों का हिस्सा थी, जिसमें पुलिस और अंसारों की मिलीभगत से हिंदुओं के घरों को लूटा गया, जलाया गया, और पूरे समुदाय को तबाह कर दिया गया, जिसके परिणामस्वरूप हजारों लोग भारत की ओर पलायन करने को मजबूर हुए।

1950 में बारीसाल के राजापुर इलाके में हुई हिंसा में, एक ही मुखोपाध्याय परिवार के नौ सदस्यों और कुछ पड़ोसियों की हत्या कर दी गई, जिनमें एक नौ साल की बच्ची भी शामिल थी। रिपोर्ट्स के अनुसार, उनके सिर काटे गए, और प्रदर्शन के लिए रखे गए। राजापुर के एक अन्य स्थान पर 63 व्यक्तियों की हत्या हुई। थाने के निकट हिंदू घरों को लूट लिया गया, और जला दिया गया, जिसमें कई लोग मारे गए। बाबूगंज बाजार में हिंदुओं की सभी दुकानों को लूटा गया, और आग लगा दी गई, जिसके परिणामस्वरूप वहाँ भी कई हिंदुओं की मौत हुई। यह घटना फरवरी 1950 के बारीसाल दंगों का हिस्सा थी।

लकुटिया नरसंहार: बारीसाल

5 फरवरी 1950 को, बारीसाल जिले में हिंदू घरों पर हमला हुआ। घरों को लूटा गया, और जलाया गया, जिसमें आग लगाने के लिए सूखी पत्तियों और लकड़ी का उपयोग किया गया। भागने की कोशिश करने वाले हिंदुओं में से लगभग 50 की हत्या की गई। अन्य लोग आग से मारे गए। कुछ महिलाओं को पास के गाँवों में ले जाया गया। यह घटना 1950 के बारीसाल दंगों का हिस्सा थी।

1950 में पूर्वी बंगाल (अब बांग्लादेश) के दंगों के दौरान ट्रेनों पर हमले हुए। 15 फरवरी को हिंदू यात्रियों को निशाना बनाया गया। ट्रेनें रास्ते में रोकी गईं,

जिसके लिए रेलवे कर्मचारियों ने सहायता की| लगभग 50 यात्रियों की हत्या हुई, और कुछ लाशें रेलवे लाइनों के किनारे दफनाई गई| महिलाओं को पास के गाँवों में ले जाया गया| अखौरा जंक्शन पर ट्रेनों से खून के निशान हटाए गए| कुछ डिब्बों में पुलिस तैनात थी, लेकिन बाद में उतर गई| मुस्लिम यात्रियों ने हिंदू यात्रियों की पहचान की, और हमलों के बाद लूट और हत्याएँ हुई| एंडरसन/भैरव ब्रिज, संथार, और सीताकुंड में भी ट्रेनों पर हमले दर्ज हुए|

प्रेस सेंसरशिप

फरवरी 1950 में, नोआखाली के फेनी उप-मंडल में भारतीय समाचार पत्रों के संवाददाताओं पर रोक लगाने की कोशिश हुई| पीटीआई संवाददाता जदुगोपाल दत्ता के भाई डॉ. धीरेंद्र कुमार दत्ता की हत्या हुई| 2 मार्च 1950 को, भारत के प्रधान मंत्री जवाहरलाल नेहरू ने संसद में कहा कि पूर्वी पाकिस्तान (अब बांग्लादेश) में भारतीय समाचार पत्रों और पीटीआई के संवाददाताओं को समाचार भेजने से रोका गया|

1971 बांग्लादेश युद्ध और नरसंहार

1971 में, पूर्वी पाकिस्तान (अब बांग्लादेश) और पश्चिमी पाकिस्तान के बीच युद्ध हुआ, जिसमें भारत ने पूर्वी पाकिस्तान का समर्थन किया, जिससे बांग्लादेश बना| पूर्वी पाकिस्तान की आबादी लगभग 7.5 करोड़ थी, जो बांग्ला बोलते थे, और पश्चिमी पाकिस्तान की आबादी लगभग 5.5 करोड़ थी, जिसमें ज्यादातर पंजाबी बोलने वाले थे| हिंदुओं की संख्या पूर्वी पाकिस्तान में 23% और पश्चिमी पाकिस्तान में 3.5% थी| 1947 से 1971 तक पूर्वी पाकिस्तान में गैर-मुसलमानों पर हमले हुए, जिनमें स्थानीय और सरकारी भूमिका देखी गई थी| गैर-मुसलमानों को नागरिक अधिकारों में भेदभाव का सामना करना पड़ा| पश्चिमी पाकिस्तान के उर्दू भाषी नेताओं ने नियंत्रण रखा| दिसंबर 1970 में, शेख मुजीबुर रहमान की अगुवाई में अवामी लीग ने चुनाव जीता| इसके बाद पश्चिमी पाकिस्तान ने हमले की योजना बनाई, जिसमें नवंबर 1970 में ऑपरेशन ब्लिट्ज़ और 25 मार्च 1971 को ऑपरेशन सर्चलाइट शुरू हुआ| नरसंहार में हत्याएँ, आगजनी, यातनाएं, और बलात्कार हुए, जिसमें अनुमानित मृत्यु संख्या 300,000 थी| हिंदू और बौद्ध समुदायों को निशाना बनाया गया| हिंसा 25 मार्च 1971 से 16 दिसंबर 1971 तक

चली| पाकिस्तान सरकार और स्थानीय मिलिशिया (रजाकार, अल-बदर, अल-शम्स) जिम्मेदार थे| अमेरिका ने पाकिस्तान को हथियार और समर्थन दिया|

पूर्वी पाकिस्तान के नेताओं ने पश्चिमी पाकिस्तान पर नियंत्रण का विरोध किया| शेख मुजीबुर रहमान को 25 मार्च 1971 को गिरफ्तार किया गया, और पश्चिमी पाकिस्तान ले जाया गया| जनरल टिक्का खान ने पूर्वी पाकिस्तान में ऑपरेशन सर्चलाइट शुरू किया, जो 25 मार्च 1971 से 16 दिसंबर 1971 तक चला| इस दौरान पश्चिमी पाकिस्तानी सैनिकों और स्थानीय सहयोगियों (रजाकार, अल-बदर) ने हत्याएँ, यातनाएँ, और बलात्कार किए| अनुमानित मृत्यु संख्या 3,00,000 से 30,00,000 थी, जिसमें शिक्षक, पत्रकार, डॉक्टर, वकील, लेखक, और कलाकार शामिल थे| लगभग 200,000 से 400,000 महिलाओं के साथ बलात्कार हुआ|

1971 युद्ध की प्रमुख घटनाएँ

दिसंबर 1970 में, अवामी लीग के शेख मुजीबुर रहमान ने पाकिस्तान के चुनाव में पूर्वी पाकिस्तान से बहुमत हासिल किया| 25 मार्च 1971 को, पाकिस्तानी सेना ने ढाका में रमना काल मंदिर पर हमला किया, और कई हिंदुओं की हत्या की| 22 फरवरी 1971 को, जनरल याह्या खान ने पूर्वी पाकिस्तान में हिंसा की योजना बनाई| 1971 में, पूर्वी पाकिस्तान में नरसंहार और शरणार्थियों की संख्या बढ़ने की रिपोर्ट्स के बाद, भारतीय प्रधानमंत्री इंदिरा गाँधी ने अमेरिकी राजनेता रिचर्ड निक्सन और हेनरी किसिंजर के माध्यम से हस्तक्षेप की कोशिश की| दिसंबर 1971 में, संयुक्त राज्य अमेरिका ने यूएसएस एंटरप्राइज के नेतृत्व में बंगाल की खाड़ी में युद्धपोत भेजे| सोवियत संघ ने भारत-सोवियत संधि के तहत समर्थन दिया| 16 दिसंबर 1971 को, पाकिस्तानी जनरल नियाज़ी ने भारतीय लेफ्टिनेंट जनरल जगजीत सिंह अरोड़ा के सामने आत्मसमर्पण किया| कुल 90,368 सैनिकों ने समर्पण किया, जिसमें सेना (54,154), नौसेना (1,381), वायु सेना (833), अर्धसैनिक बल (22,000), और स्थानीय सहयोगी (8,000 से अधिक) शामिल थे| यह युद्ध 3 से 16 दिसंबर 1971 तक चला, और बांग्लादेश को स्वतंत्रता मिली|

1971 में, पूर्वी पाकिस्तान (अब बांग्लादेश) में गैर-मुसलमानों की आबादी लगभग 23.2% थी, जिसमें ज्यादातर हिंदू और कुछ बौद्ध शामिल थे| 2022 में, बांग्लादेश में गैर-मुसलमान की संख्या 8.96% शेष रह गई|

टेड कैनेडी की 1 नवंबर 1971 की रिपोर्ट: 1 नवंबर 1971 को, अमेरिकी सीनेटर टेड कैनेडी की रिपोर्ट के अनुसार, पूर्वी पाकिस्तान (अब बांग्लादेश) में हिंदू समुदाय पर सबसे अधिक प्रभाव पड़ा| उनकी जमीनें और दुकानें लूटी गईं, और उनकी हत्याएँ हुई| कुछ स्थानों पर उन्हें "एच" अक्षर से चिह्नित किया गया| यह हिंसा मार्शल लॉ के तहत इस्लामाबाद में पाकिस्तान सरकार द्वारा नियोजित की गई थी|

13 जून 1971 को लंदन के संडे टाइम्स के "जेनोसाइड" लेख में रिपोर्ट की कि पूर्वी पाकिस्तान (अब बांग्लादेश) में मुस्लिम सैनिकों और मिलिशियाओं ने गाँवों और घरों में हिंदुओं को खोजा| कपड़े उतारकर उनकी पहचान की गई, और उन्हें गोली मार दी गई| कोमिला के सर्किट-हाउस परिसर में लोगों की चीखें सुनाई दीं| ट्रकों में भरकर लोगों को ले जाया गया, और उनकी हत्या की गई| [संडे टाइम्स, लंदन, 13 जून 1971]

2 अगस्त 1971 को टाइम मैगज़ीन में रिपोर्ट किया गया कि ढाका में, पूर्वी पाकिस्तान (अब बांग्लादेश), सैनिकों ने पुराने शहर के कुछ हिस्सों में आग लगाई, और वहाँ से निकलने की कोशिश करने वाले लोगों पर मशीनगन से गोलीबारी की, जिसमें हजारों मारे गए| झुग्गी क्षेत्रों को बुलडोज़र से हटाया गया| एक वरिष्ठ अमेरिकी अधिकारी ने इसे नाजी काल के बाद सबसे सुनियोजित घटना बताया| रिपोर्ट ने इसे बड़े पैमाने की हिंसा से जोड़ा| [टाइम मैगज़ीन, अगस्त 2, 197]

हिन्दुस्तान टाइम्स, 7 अगस्त 2024 की रिपोर्ट

"5 अगस्त 2024 को, बांग्लादेश की पूर्व प्रधानमंत्री शेख हसीना ने पद से इस्तीफा दिया, और हिंसा के बीच देश छोड़कर भारत पहुँची| एएनआई के अनुसार, वह और उनकी टीम के कई सदस्यों को कपड़े या जरूरी सामान ले जाने का समय नहीं मिला| हसीना ने सुरक्षा कारणों से देश छोड़ा| उस समय बांग्लादेश में अशांति थी|"

शेख हसीना, बांग्लादेश की पूर्व प्रधानमंत्री, शेख मुजीबुर रहमान की बेटी हैं| मुजीबुर रहमान को 25 मार्च 1971 को पाकिस्तान सरकार ने हिरासत में लिया, और 8 जनवरी 1972 को रिहा किया गया| मुजीबुर रहमान की हत्या अगस्त, 1975 को हो गई थी, जब उन्हें ढाका, में उनके घर पर तख्तापलट के दौरान मार

डाला गया था| हसीना ने 2009 से 2024 तक शासन किया, और आर्थिक सुधारों और गैर-कट्टरपंथी नीतियों के लिए जानी गई| 5 अगस्त 2024 को, हिंसक विरोध प्रदर्शनों के बीच, उन्होंने इस्तीफा दिया, और भारत चली गईं

बांग्लादेश और पाकिस्तान में हिंदुओं के खिलाफ हिंसा, 2024

विदेश मंत्रालय के आंकड़ों के अनुसार, बांग्लादेश में हिंदुओं के खिलाफ हिंसा की घटनाएं 2022 में 47, 2023 में 302, और 2024 में 8 दिसंबर तक 2,200 दर्ज की गई| विदेश मंत्रालय (एम.ई.ए.) ने खुलासा किया कि वर्ष 2024 में बांग्लादेश में हिंदुओं के खिलाफ हिंसा के 2,200 मामले सामने आये, खासकर पड़ोसी देश में शेख हसीना के नेतृत्व वाली अवामी लीग सरकार के पतन के बाद| सरकार ने कहा कि इसी अवधि के दौरान पाकिस्तान में भी ऐसे 112 मामले सामने आये|

हिन्दुओं को यह मारने वाला खेल कब तक चलता रहेगा? आखिर भारत का अर्थ क्या है—क्या भारत का अस्तित्व पृथ्वी पर भूमि के केवल उस भाग से है, जहाँ भोर की सुनहरी किरणें कंचनजंगा के विशाल पर्वतों पर अपने प्रकाश का वैभव दिखलाती हैं? जहाँ ऊषा अपना हर्ष लिए गंगोत्री के पर्वतों पर उतरती है, और फिर धीरे-धीरे गंगा को नींद से जगाना शुरू कर देती है; जहाँ सूर्य की रश्मि इसके पवित्र जल को दुलारती है, और गंगा को एक ऐसी अलौकिक चमक से भर देती है, जहाँ जीवन फलता और फूलता है?

जहाँ सूरज की किरणें हरे-भरे खेतों में फैलती जाती हैं, और अपने सामर्थ्य से भारत की पावन भूमि को स्वर्ग समान बना देती हैं| जहाँ सुबह की आभा मिट्टी में समा, बीजों को पोषित करती है, और सौंधी मिट्टी की खुशबू खिलते फूलों की मिठास संग मिलकर धरती को नव-जीवन के विश्वास से जीवंत कर देती है| जहाँ पक्षी मधुर स्वरों से भोर का स्वागत करते हैं, हरे खेत, पीली सरसों, और फलों से लदे वृक्ष मनुष्य को अपने सौंदर्य में खींच लाते हैं| जैसे-जैसे सूरज उगता जाता है, उसकी ऊर्जा परिदृश्य को जीवन से भरती है—जिससे शांति और उल्लास की अनुभूति होती है—पर क्या भारत का यह स्वरूप ही उसे भारत बनाता है, या इसमें यहाँ रहने वाले पशु-पक्षी, जीव-जंतु, और इंसानों का भी कुछ योगदान है?

भारत को भारत, केवल भारत का भूगोल ही नहीं बनाता, बल्कि इसमें सदियों से की गई हिन्दुओं की तपस्या का बहुत बड़ा योगदान है| भारत का अर्थ है ऋषि-

मुनियों के रहने का स्थान, और ऋषि-मुनी अर्थात पंडित - शास्त्री - वैज्ञानिक, जिन्होंने पृथ्वी और ब्रह्मांड के रहस्यों को समझने के लिए ज्ञान का रास्ता अपनाया। भारत का अर्थ है ज्ञान, शिक्षा, सुख, शांति, और समृद्धि का राष्ट्र।

आज के वैज्ञानिक युग में यह माना जाता है कि पृथ्वी लगभग 4.54 अरब वर्षों से अस्तित्व में है, और मानव जीवन इस धरती पर तीन लाख वर्षों से पनप रहा है—निश्चित ही मनुष्य के 3 लाख वर्षों के इतिहास में बहुत से उतार-चढ़ाव आये होंगे। भारत भी पिछले कुछ वर्षों से ऐसे संकटों से गुजर रहा है; कुछ लोग भारत के इस स्वर्ग का आनंद लेने के बजाय इसे नर्क बनाने पर तुले हुए हैं; क्या प्रत्येक भारतीय नागरिक का यह कर्तव्य नहीं है कि वह अपनी विरासत और अपनी संस्कृति को बचाने के लिए खड़ा हो?

एक ओर कुछ हिंदू, जो मुसलमान बन गए, अपनों से अलग होकर अपनों को ही दुश्मन मान बैठे—हालाँकि उनके लिए यह अलगाव शायद कोई बड़ी मजबूरी रही हो, पर आखिर हम हिंदू-मुसलमान में बँटकर क्यों रह गए हैं? हम यह कब समझेंगे कि हमारे पूर्वज एक ही थे? यदि हमारे पूर्वज एक ही थे, तो यह नफरत क्यों? यह सवाल मुझसे कंचनजंगा की ऊँची चोटियाँ पूछती हैं, गंगा की बहती धारा पूछती है, भारत की यह धरती पूछती है, और वे हरे-भरे खेत पूछते हैं, जहाँ कभी आनंद की वर्षा होती थी।

नरसंहारों की ये कहानियाँ—कलशिरा से लेकर 2024 तक—क्या केवल खून और आँसुओं की स्याही से लिखी गई हैं, या इनमें कहीं एक सबक भी छिपा है? भारत का अर्थ शायद उस माँ-भारती की पुकार में सुना जा सकता है, समझा जा सकता है—जो अपने बच्चों से एक बार फिर जागने को कह रही है—उन सोए हुए शेरों से, जो अपनी शक्ति भूल गए हैं। क्या हम कभी सुन पाएँगे, या यह प्रश्न भी समय की धूल में खो जाएगा?

11

कुछ नहीं बदला
सीएए: दिल्ली दंगे, 2019-2020

—8वीं से 12वीं शताब्दी के बीच, इस उपमहाद्वीप पर दूर-दूर से आए आक्रमणकारियों की धमक गूँज उठी| अरब, मंगोल और मध्य एशिया की इन ताकतों ने अपने पीछे तबाही के गहरे निशान छोड़े|

—बारहवीं और तेरहवीं शताब्दी के अंधेरे युग में, मोहम्मद ग़ौरी ने अपनी तलवार का कहर बरपाया|

—1526 ईस्वी में, मध्य एशिया से ज़हीर-उद-दीन मुहम्मद बाबर भारत आया, जिसे इतिहास में 'बाबर' के नाम से जाना जाता है|

—1658 ईस्वी में, औरंगज़ेब आलमगीर मुग़ल साम्राज्य का छठा शासक बना, और उसका शासन 1658 से 1707 तक चला|

—1921—जंगल में नदी किनारे, एक महिला अपने बच्चे को सीने से लगाए जान बचाकर भाग रही थी| पीछे मोपला अपने हाथों में तलवारें लिए उसका पीछा कर रहे थे|

—1946—माँ-भारती फूट-फूटकर रो रहीं थीं—उनकी सिसकियाँ पूरे कमरे में गूँज रही थीं, जैसे हर शब्द, हर याद उनके सीने को चीर रही हो| उसके आगे उनसे कुछ बोला नहीं जा रहा था—उनकी आवाज़ टूट चुकी थी, जैसे सदी भर का दर्द एक साथ बाहर आ गया हो|

—1990—कश्मीर में एक बेबस बाप गुहार लगा रहा था— "मेरे बेटे को टेररिस्ट ने गोलियाँ मार दी हैं—तुम किसी तरह से एम्बुलेंस लेकर आ जाओ—मेरे बेटे को बचा लो"|

—2019 का साल खत्म होने को था, और भारत की धरती पर एक नई सुबह की किरण फूट रही थी| दशकों की चुप्पी, अनसुनी पुकारों और अनदेखे घावों के बाद, भारत सरकार ने पहली बार उन गैर- मुसलमानों की ओर देखा, जिन्हें उनके अपने ही देशों से—जो कभी भारत का हिस्सा थे—केवल इसलिए खदेड़ दिया गया, क्योंकि वे मुसलमान नहीं थे| बांग्लादेश की जलती गलियों से लेकर पाकिस्तान और अफ़ग़ानिस्तान की बर्फीली वादियों तक, इन लोगों की कहानियाँ सदियों से भारत की मिट्टी में दबी पड़ी थीं|

'नागरिकता (संशोधन) विधेयक 2019' (CAA) कोई साधारण कानून नहीं था—यह एक वादा था, उन अनगिनत माँ-भारती को एक जवाब था, जो "अमर कब आएगा?" की पुकार लगाती रही थीं| यह सोच कि "गैर-मुसलिमों को संसार में ऐसे ही मरने के लिए नहीं छोड़ दिया जाएगा," उस दर्द से जन्मी थी, जिसे नोआखाली की सिसकियाँ, ढाका की राख, और पंजाब की लाशों ने लिखा था|

11 दिसंबर 2019 को, नई दिल्ली में राज्यसभा में गृह मंत्री श्री अमित शाह ने इस विधेयक को पेश करते हुए कहा, "नागरिकता (संशोधन) विधेयक 2019 ने हिंदू, सिख, बौद्ध, जैन, पारसी और ईसाई समुदायों के उन लोगों के मन में आशा की एक नयी किरण जगा दी, जो पाकिस्तान, अफगानिस्तान और बांग्लादेश में धर्म के आधार पर उत्पीड़न का सामना करने के बाद भारत आ गए थे| यह विधेयक भारत के किसी भी अल्पसंख्यक समुदाय के खिलाफ नहीं है|"

"पाकिस्तान, अफगानिस्तान और बांग्लादेश में जो अल्पसंख्यक रहते थे, उनकी आबादी में निरंतर कमी हुई| कहाँ गए ये लोग? या तो वो मार दिए गए, या उनका धर्म परिवर्तन करवा दिया गया, या फिर वो शरणार्थी बनकर अपने धर्म और सम्मान को बचाने के लिए भारत आ गए| यह बिल उन सभी लोगों को उनके अधिकार देने का बिल है|" [57]

"नरेंद्र मोदी सरकार देश के प्रत्येक नागरिक के अधिकारों की रक्षा के लिए प्रतिबद्ध है| मोदी सरकार का एकमात्र धर्म भारत का संविधान है| इस विधेयक का उद्देश्य किसी की नागरिकता छीनना नहीं, बल्कि नागरिकता देना है|"— [57]

फिर इसे राज्यसभा ने भी पारित कर दिया, जिस विधेयक को पेश करते हुए केंद्रीय गृह मंत्री श्री अमित शाह ने दोहराया कि, नागरिकता (संशोधन) विधेयक 2019 भारत में किसी भी अल्पसंख्यक समुदाय के खिलाफ नहीं है| उन्होंने कहा,

"नरेंद्र मोदी सरकार देश के प्रत्येक नागरिक के अधिकारों की रक्षा के लिए प्रतिबद्ध है| मोदी सरकार का एकमात्र धर्म भारत का संविधान है| इस विधेयक का उद्देश्य किसी की नागरिकता छीनना नहीं, बल्कि नागरिकता देना है|" [57]

अपनी बात को और स्पष्ट करते हुए उन्होंने कहा, "हम यहाँ केवल सरकार चलाने के लिए नहीं, बल्कि आम आदमी की वास्तविक समस्याओं को हल करने के लिए भी हैं|"— [57]

ऐसा नहीं कि यह कानून एकदम से बना दिया गया हो; नागरिकता संशोधन अधिनियम, जिसके नाम पर भारत में कई बार अशांति फैलाने की कोशिशें की गईं, पहली बार 2016 में प्रधानमंत्री नरेंद्र मोदी के नेतृत्व वाली भारत सरकार द्वारा संसद में पेश किया गया था| यह 2019 में लोकसभा से पारित हुआ, लेकिन शुरू में राज्यसभा में अटक गया, जहाँ विपक्षी दलों का प्रभाव मजबूत था|

17वीं लोकसभा के गठन के बाद, केंद्रीय मंत्रिमंडल ने नागरिकता (संशोधन) विधेयक, 2019 को संसद में पेश करने के लिए मंजूरी दी| विधेयक को 9 दिसंबर 2019 को गृह मंत्री अमित शाह द्वारा 17वीं लोकसभा में पेश किया गया, और उसी दिन पारित किया गया, जिसमें 311 सांसदों ने विधेयक के पक्ष में और 80 ने विपक्ष में मतदान किया| फिर यह विधेयक 11 दिसंबर 2019 को राज्यसभा द्वारा पारित किया गया, जहाँ इसके पक्ष में 125 वोट और विपक्ष में 105 वोट पड़े| 12 दिसंबर 2019 को भारत के राष्ट्रपति की सहमति प्राप्त करने के बाद, अंततः इस विधेयक को एक अधिनियम का दर्जा प्राप्त हुआ|

—"इसका मतलब है कि यह कानून भारत सरकार ने भारत के प्रजातंत्र के एक-एक नियमों का अनुसरण करते हुए लोकतांत्रिक प्रणाली के आधीन ही बनाया?"— मैंने सौरभ से पूछा|

—"जी, छोटी से छोटी अनदेखी भी नहीं की गई,"— सौरभ ने कहा|

—"और यह कानून किसके लिए बनाया गया?"— मैंने पूछा|

—"उन गैर-मुसलमानों के लिए जिन्हें आस-पास के देशों में धर्म के नाम पर मारा जा रहा था; जो देश एक समय पर भारत का ही हिस्सा थे,"— सौरभ ने जवाब दिया|

—"तो इस कानून का विरोध कौन कर रहा था? जिस कानून से निर्दोष हिंदुओं की जान बच रही थी?"— मैंने पूछा|

—"भारत का मुस्लिम समुदाय,"— सौरभ ने कहा|

एनआरसी और सीएए को लेकर शुरू से ही बहुत सारी गलत जानकारी फैलाई गई| दिसंबर 2019 की शुरुआत में, विपक्षी नेताओं ने संसद के भीतर और बाहर इन कानूनों पर सवाल उठाए| कुछ ने तो सरकार पर व्यक्तिगत हमले भी किए, जिससे समाज में भ्रम और गड़बड़ी फैलाने की कोशिश की गई|

AIMIM नेता असदुद्दीन ओवैसी ने तो 9 दिसंबर 2019 को लोकसभा में विधेयक पर बहस के दौरान अध्यक्ष से कहा, "देश को और गृह मंत्री को ऐसे कानून बनाने से बचाएँ, अन्यथा नूर्नबर्ग जैसे नस्ली कानूनों और इज़राइल के नागरिकता अधिनियम की तरह, गृह मंत्री का नाम हिटलर और डेविड बेन-गुरियन के साथ लिया जाएगा|" यह बयान भले ही संसद के रिकॉर्ड से हटा दिया गया, लेकिन इसने समाज में भ्रम और बहस को और बढ़ा दिया|

आयशा रेना को 'जामिया शेरो' के नाम से जाना जाता है, और वह जामिया मिलिया इस्लामिया विश्वविद्यालय में CAA के खिलाफ विरोध प्रदर्शनों में सक्रिय थीं| 15 दिसंबर 2019 को जामिया के पास हुए प्रदर्शन में हिंसा भड़की, जिसके बाद वह सुर्खियों में आईं| इस दौरान भारत के कई शहरों में भी विरोध प्रदर्शन शुरू हो गए|

राजनीतिक नेताओं के बयानों ने CAA के खिलाफ प्रदर्शनों को और जटिल बना दिया| असम में छात्रों और क्षेत्रीय संगठनों ने विश्वविद्यालय कैंपसों पर विरोध प्रदर्शन किए, जो कभी-कभी हिंसक हो गए| IIT बॉम्बे में भी छात्रों ने 2020 में CAA और पुलिस कार्रवाई के खिलाफ प्रदर्शन शुरू किया, जिसमें विभिन्न विचारधाराओं के लोग शामिल थे|

इंडियन यूनियन मुस्लिम लीग (आईयूएमएल) ने सुप्रीम कोर्ट में याचिका दायर कर माँग की कि CAA के कार्यान्वयन पर रोक लगाई जाये, क्योंकि यह भारत के संविधान में निहित समानता के मौलिक सिद्धांतों का उल्लंघन करता है; इस अपील का प्रतिनिधित्व वरिष्ठ अधिवक्ता कपिल सिब्बल ने किया| IUML अपनी वेबसाइट पर धर्मनिरपेक्षता और सांप्रदायिक सद्भाव के आदर्शों का दावा करती है, हालाँकि कुछ आलोचकों का मानना है कि उनका विरोध इन सिद्धांतों से मेल नहीं खाता|

12 दिसंबर 2019 को जामिया मिलिया इस्लामिया ने सीएए विरोध में मार्च निकाला| जमात-ए-इस्लामी और जमीयत-ए-उलेमा की कई प्रदेश इकाइयों जैसे संगठनों ने नागरिकता संशोधन अधिनियम की जमकर आलोचना की| उस

शुक्रवार की नमाज के तुरंत बाद, भारत के विभिन्न हिस्सों में मुसलमानों की भीड़ सीएए के खिलाफ सड़कों पर उतर आई और प्रदर्शन करने लगी| अलीगढ़ मुस्लिम विश्वविद्यालय के छात्रों और जमीयत-ए-उलेमा-ए-हिंद के सदस्यों ने भी इसके खिलाफ विरोध प्रदर्शन किया| पश्चिम बंगाल, कोलकाता में भी कई प्रदर्शनकारियों ने शुक्रवार की नमाज के बाद सीएए के विरोध में प्रदर्शन किए| सीएए पूरे भारत में चर्चा का मुख्य विषय बन गया, और सड़कों से लेकर मुख्यधारा मीडिया, वामपंथी छात्रों से लेकर सोशल मीडिया तक 'सीएए वापस लो' का नारा गूँजने लगा|

—"ऐसा केवल भारत में और भारत में भी केवल हिन्दुओं के साथ हो सकता है, क्योंकि हिन्दू डरपोक होते हैं,"— सौरभ ने कहा|

—"मैं ऐसा नहीं मानता,"— मैंने जवाब में कहा|

—"क्यों सर? जब सीएए किसी का विरोध करता ही नहीं, बल्कि केवल हिन्दुओं के हक़ की बात करता है, तो इससे मुसलमानों को क्या परेशानी हो गयी? वो तो सड़कों पे उतर आये, पर हिन्दू चुप बैठा रहा—डरपोक नहीं बोलूं, तो और क्या कहूँ?"— सौरभ ने खीजते हुए कहा|

—"हिन्दू डरपोक नहीं; अगर डरपोक होता, तो ज़रूर प्रदर्शन करता| जो अंदर से सच्चा होता है, उसे कभी डर नहीं लगता| क्या कारण है कि हिन्दू कभी अपने बच्चों पर भगवान को मानने के लिए ज़ोर-ज़बरदस्ती नहीं करते? उन्हें भगवान से डराकर मंदिर जाने को नहीं कहते| क्या कारण है कि हमारे यहाँ किसी भी बात को ज़बरन नहीं मनवाया जाता? और सच मानिए, यही हिन्दुओं की सबसे बड़ी शक्ति है; जब तक यह विचार बना रहेगा, तब तक हिन्दू हिन्दू बना रहेगा,"— मैंने अपने विचार रखे|

—"अगर हमारे बच्चे अपने ही धर्म के प्रति अनजान बने रहेंगे, तो इसमें क्या अच्छा होगा?"

—"हिन्दू धर्म का आधार ही संवाद है, और संवाद केवल तब होता है जब मन में संदेह होता है, और संदेह केवल तब हो सकता है जब विचार पूरी तरह से स्वतंत्र होते हों| अगर आज इन बच्चों के मन में ईश्वर के प्रति भय पैदा कर दिया जाये; इन्हें मंदिर जाना अनिवार्य कर दिया जाये; अगर कोई तिलक न लगाये या उसके हाथ पर कलावा न बँधा हो, तो उसे डाँटा जाने लगे, तो सोचिए हमारा समाज कैसा हो जायेगा? तब क्या उन बच्चों के मन में ईश्वर के प्रति वो श्रद्धा और विश्वास

के भाव देखने को मिलेंगे? क्या डरा-धमकाकर कोई ईश्वर के प्रति प्रेम और भक्ति के भाव ला सकता है? हम जैसे हैं, वैसे ही रहें, तो यह हमारे समाज को बचा सकता है; यही हमारी सबसे बड़ी शक्ति है; हिन्दू डरपोक नहीं है, बल्कि उसके डीएनए में निर्भीकता है, इसलिए वो सदियों से स्वयं की खोज में लगा है; स्वयं को जीतना ही उसके जीवन का उद्देश्य है,"— मैंने अपनी बात पूरी की।

दिल्ली में हिंसा:

दिल्ली के जामिया मिलिया इस्लामिया विश्वविद्यालय में नागरिकता संशोधन अधिनियम (सीएए) के खिलाफ विरोध प्रदर्शन हिंसक हो गया, जिसमें कई पुलिसकर्मी घायल हो गए। 15 दिसंबर 2019 को, लगभग 2,000 छात्रों और स्थानीय लोगों ने प्रदर्शन में भाग लिया। पुलिस के रोकने पर पथराव शुरू हो गया, जिससे कई पुलिस कर्मियों को चोट आई। करीब 50 छात्रों को हिरासत में लिया गया। विश्वविद्यालय ने परीक्षाएँ स्थगित कर दीं गयीं, और 16 दिसंबर से 5 जनवरी तक शीतकालीन अवकाश घोषित कर दिया गया।

15 दिसंबर को हिंसा और तेज हो गई। जामिया के बाहर निकलकर भीड़ ने न्यू फ्रेंड्स कॉलोनी में उत्पात मचाया। प्रदर्शनकारियों ने 'छीन के लेंगे आज़ादी' और 'लड़ के लेंगे आज़ादी' जैसे नारे लगाए, बसों में आग लगाई, अग्निशामकों पर हमला किया, और पुलिस पर पत्थर फेंके। विरोध हिंसक होता गया। जवाब में पुलिस ने लाठीचार्ज और आंसू गैस का इस्तेमाल किया, जिसकी निंदा में शाम के टीवी डिबेट्स में कई बुद्धिजीवियों ने हिस्सा लिया।

19 दिसंबर 2019 तक देश के कई हिस्सों में CAA के खिलाफ हिंसा भड़क उठी थी। मुस्लिम संगठनों और नेताओं ने इसे संविधान-विरोधी बताकर इसका कड़ा विरोध किया। धीरे-धीरे विरोध प्रदर्शन तीव्र होते गए। 21 दिसंबर को बिहार के पटना में प्रदर्शनकारियों और पुलिस के बीच झड़प हुई। मुस्लिम समुदाय के साथ-साथ वामपंथी छात्र संगठनों ने भी इसमें हिस्सा लिया, जिसके चलते कई जगहों पर तनाव बढ़ गया।

मेरे सामने मेज पर सीएए के विरोध में हुए दंगों की लगभग हज़ार पन्नों की रिसर्च बिखरी पड़ी थी। उनमें दर्दनाक तस्वीरें थीं—टूटी हुई सड़कें, जले हुए घर, चीखते चेहरे। शाहीन बाग, दिल्ली दंगे, किसान आंदोलन, संभल हिंसा, लखनऊ, अलीगढ़, कोलकाता, किशनपुर, मुर्शिदाबाद, लालगोला, बेंगलुरु,

मेंगलुरु, पटना, हैदराबाद, अहमदाबाद, केरल, मुंबई, चंडीगढ़—हर जगह से उठती बस एक ही कहानी: 'मैं मुसलमान हूँ और यह मेरा विश्वास है कि जो मेरे खुदा की इबादत नहीं करता, वह काफिर है—मुझे काफिरों से लड़ना है—उन्हें मिटाना है'।

क्या आज के 2024 के भारत में विभाजन नहीं हो रहा? क्या आज के भारत को बाँटा नहीं जा रहा? इसके आगे मैं कुछ और लिखना नहीं चाहता था—या यूँ कहूँ कि मुझसे और लिखा नहीं जा रहा था। शायद मेरे पास अब कुछ नया लिखने को बचा ही नहीं था। भारत में जो 1905 में होता था, वही आज भी हो रहा है। तब भी हिंदू काटे जाते थे, आज भी हिंदू काटे जा रहे हैं। मैंने फोन उठाया और सौरभ से कहा, "कोलकाता से वापस जाने की तैयारी कर लो।" मैंने अपनी रिसर्च को समेटने का फैसला किया और इस पर एक फिल्म बनाने की योजना बनाने लगा।

इस बार मैं कोलकाता में बीस दिनों से भी ज़्यादा समय तक रहा था, इसलिए वहाँ कई लोगों से मेरी अच्छी जान-पहचान हो गई थी। मैंने अपने कमरे की खिड़की का पर्दा हटाया, तो बाहर देखा—सामने क्रिकेट खेलते-खेलते बच्चों के बीच कुछ कहा-सुनी हो गई थी।

—"मैं आउट नहीं था—चीटिंग मत कर अनवर!"

—"ओये बंगाली फट्टू—आउट बोला मतलब आउट! भगोड़े साले!"—

—"भगोड़ा किसे बोला तूने?"

—"तुझे बोला बे—फट्टू नहीं हो, तो क्या हो तुम लोग? लड़ भी नहीं सके साले भगोड़े..."

तभी उस बच्चे ने अपने बैट से दूसरे बच्चे के सिर पर मार दिया और भाग गया। मैंने ध्यान से देखा, तो वो शिवा था—विष्णु प्रसाद जी का बेटा। विष्णु प्रसाद से मेरी मुलाकात कुछ महीनों पहले अपनी रिसर्च के दौरान हुई थी, जब मुझे पता चला था कि वो कुछ साल पहले बांग्लादेश से किसी तरह अपनी जान बचाकर कोलकाता में रहने आ गए थे। अब वो किसी भी कीमत पर वापस नहीं जाना चाहते थे, भले ही भारत में उन्हें कोई अधिकार न मिल रहे हों। इन जैसे लोगों के लिए ही तो सीएए का कानून लाया गया था। मुझे उनकी चिंता हुई, और मैं सीधे उनके घर की ओर निकल पड़ा।

थोड़ी ही दूर पर उनका घर था। जब मैं वहाँ पहुँचा, तो विष्णु प्रसाद शिवा के लिए दूध गर्म कर रहे थे। मैंने शिवा की तरफ देखा, तो समझ गया कि इसने घर पर

अभी तक कुछ नहीं बताया। तभी दरवाजे से घंटी की आवाज़ आई। जैसे ही दरवाज़ा खोला, तो देखा कि एक आदमी उस बच्चे का हाथ पकड़कर खड़ा था, जिसे शिवा ने बैट से मारा था। उसके सिर से खून निकल रहा था।

—"शिवा, शिवा... यहाँ आओ। तुमने मारा इसे?"

—"इसने चीटिंग की, ऊपर से मुझे फट्टू और भगोड़ा बोला।"

—"तो क्या गलत बोला? भाग के तो आए हो तुम लोग बांग्लादेश से,"— उस बच्चे के साथ आए हुए आदमी ने कहा।

—"सॉरी बोलो,"— शिवा के पिता ने कहा।

—"जब मैंने कुछ गलत नहीं किया, तो सॉरी क्यों बोलूँ?"

—"मैं कह रहा हूँ, इसलिए बोलो।"

—"सॉरी,"

—"ऐसे नहीं, ढंग से बोलो—इज़्ज़त से—सिर झुकाकर।"

शिवा की आँखों में आंसू आ गए—भीगी आँखों से उसने अपने पिता की तरफ देखा, जैसे उनकी नजरों में कोई जवाब ढूंढ रहा हो। फिर धीरे से उसने उस बच्चे और उसके साथ आए आदमी की ओर देखा, जैसे हर नजर उसे अपने अंदर के दर्द को और गहरा कर रही हो। उसने अपने हाथ जोड़े, सिर झुकाया, और काँपती आवाज़ में कहा, "सॉरी अनवर—मुझसे गलती हो गई।" उसका गला भर आया, मानो वो माफी नहीं, अपने वजूद की लड़ाई हार गया हो। उस आदमी ने धीरे से कुछ कहा, फिर बच्चे का हाथ पकड़कर चुपचाप चला गया। दरवाज़े के बंद होने की हल्की-सी आवाज़ के साथ बात वहीँ थम गई, जैसे कुछ हुआ ही न हो।

—"विवेक जी, थोड़ी देर टीवी देखिए, मैं जब तक इसका होमवर्क करवा दूँ,"— विष्णु प्रसाद ने मुझसे कहा, उनकी आवाज़ में नम्रता थी।

—"आप मेरी चिंता छोड़िए और अपना काम खत्म कर लीजिए,"— मैंने जवाब दिया, मेरी नजरें अभी भी शिवा पर टिकी थीं।

विष्णु प्रसाद शिवा का स्कूल बैग खोलते हुए बोले,—"कितनी बार कहा है तुमसे, किसी से लड़ाई नहीं करनी—बस चुपचाप अपने काम से काम रखो।"

—"भगोड़ा नहीं हूँ मैं,"— शिवा ने अपने आंसू पोंछते हुए कहा, उसकी आवाज़ में गुस्सा और बेबसी एक साथ घुल गए थे।

—"जानते हो उसका बाप कौन है? नेता है वो,"— विष्णु प्रसाद ने अपने बेटे को बताया, जैसे उसे दुनिया की हकीकत से रूबरू करा रहे हों।

—"नेता है, तो मैं डर जाऊँ?"— शिवा ने सिसकी भरते हुए कहा।

—"मिडिल क्लास हो तुम—मिडिल क्लास! कैसे भूल जाते हो? ये जो सिस्टम है, ये हम और तुम नहीं बदल सकते। अपना गुस्सा, अपना दर्द, अपने आंसू पी जाने में ही भलाई है—इससे जो भी लड़ा है, वो मरा है!"— विष्णु प्रसाद अपने बेटे को सहन करना सिखा रहे थे, मगर उनकी हर बात मेरे सीने में सुई बनकर चुभ रही थी।

—"माँ तो कभी नहीं लड़ी, फिर वो क्यों मरी?"— शिवा ने अचानक कहा।

विष्णु प्रसाद जैसे कुछ घबरा से गए और मेरी तरफ देखने लगे, जैसे जानना चाह रहे हों कि मैंने शिवा की बात सुनी या नहीं। उनकी नजरों में एक डर था, एक ऐसी चुप्पी जो बरसों के अनकहे दर्द को छिपाए हुए थी।

—"क्या होमवर्क मिला है आज?"— विष्णु प्रसाद ने बात बदलने की कोशिश की।

—"टैगोर की कविता का ट्रांसलेशन,"— शिवा ने जवाब दिया, अभी भी अपनी सिसकियों को थामने की कोशिश करते हुए।

—"चलो, तुम इंग्लिश में पढ़ो, मैं हिंदी में अनुवाद करता हूँ,"— विष्णु प्रसाद ने कहा।

—"Where the mind is without fear,"— शिवा ने धीरे से पढ़ना शुरू किया।

—"जहाँ चित्त में न हो कोई डर,"— विष्णु प्रसाद ने अनुवाद किया।

—"And the head is held high,"— शिवा की आवाज़ में अब भी एक हल्की-सी रुलाई थी।

—"जहाँ झुके न किसी का सर,"— विष्णु प्रसाद ने कहा।

—"Where knowledge is free,"— शिवा ने आगे पढ़ा।

—"जहाँ ज्ञान मुक्त हो, विचार स्वतंत्र हों,"— विष्णु प्रसाद की आवाज़ में एक अजीब-सा ठहराव आ गया।

—"Where the world has not been broken up into fragments…"— शिवा ने अगली पंक्ति पढ़ी।

—"जहाँ विश्व न बँटा हो खंडों में, मनुष्य के छोटे झगड़ों में…"— विष्णु प्रसाद बोलते-बोलते एकदम से कहीं खो गए और चुपचाप दीवार की तरफ देखने लगे। उनकी आँखें स्थिर थीं, जैसे उस खाली दीवार पर बांग्लादेश की जलती गलियाँ, अनसुनी चीखें, और एक टूटा हुआ सपना उभर आया हो।

—"My father, let my country awake,"— शिवा ने अगली पंक्ति पढ़ी।

विष्णु प्रसाद ने कोई जवाब ही नहीं दिया।

—"क्या हुआ? करो न ट्रांसलेट; My father, let my country awake,"— शिवा ने कहा, उसकी आवाज़ में अब उतावलापन था।

—"करो निर्माण उस स्वर्ग का, जहाँ नये भारत का उदय हो, जहाँ दिल में कोई डर न हो, जहाँ झुकता कोई सर न हो,"— विष्णु प्रसाद ने धीरे-धीरे कहा।

—"अभी तो आप कह रहे थे बड़े लोगों के सामने हमेशा सर झुकाना चाहिए?"— शिवा ने अपने पिता से सवाल किया, उसकी नजरें उनके चेहरे पर ठहर गईं।

—"ये कविता है, वो जीवन..."— विष्णु प्रसाद ने जवाब दिया, उनकी आवाज़ में एक कड़वाहट थी, जैसे वो खुद को समझा रहे हों कि सपने और हकीकत में बहुत फासला होता है।

और क्या यही अंतिम सत्य है? अगर किताबों में लिखी हुई बातें जीवन में नहीं उतारी जा सकतीं हैं, तो या तो वो किताबें झूठी हैं या जीवन?—यह प्रश्न मेरे सीने में चुभ रहा था।

—"विष्णु प्रसाद कुछ देर बाद मेरे पास आये, मुझसे कहने लगे, 'देखा आपने कितना परेशान करता है मुझे—कैसे-कैसे सवाल करता है—बोलता है बड़ा होकर पुलिस ऑफिसर बनेगा, पर मैं ऐसा हरगिज़ नहीं होने दूंगा—मैं जानता हूँ क्या होती है पुलिस की नौकरी—मैं खुद एक सब इन्स्पेक्टर था'—उनकी आवाज़ में एक पुराना दर्द था।"

—"अगर आप बुरा न मानें, तो क्या मैं आपसे कुछ पूछ सकता हूँ?"— मैंने पहले पूछना ठीक समझा, मेरी आवाज़ में हिचक थी।

—"आपकी बात का कैसे बुरा लग सकता है?"— विष्णु प्रसाद ने कहा।

—"जब आप खुद पुलिस में थे, तो आखिर ऐसा क्या हो गया कि आपको सब छोड़कर भारत आना पड़ा?"— मैंने धीरे से पूछा।

विष्णु प्रसाद की आँखों में एक पुराना दर्द उभर आया। "विवेक जी, हमने तो कभी भारत को छोड़ा ही नहीं था। हाँ, भारत ने हमें ज़रूर छोड़ दिया—या यूँ कहें कि राजनेताओं ने भारत को हमसे अलग कर दिया। पर हमारे लिए वो कैसे अलग हो सकता था? जिस मिट्टी पर हम सदियों से रहते आए, क्या उसका नाम बदल देने से वो हमारी नहीं रह जाती? नाम बदल देने से क्या हमारे खेत-

खलिहान, हमारा घर, हमारा गाँव भी बदल जाता है? हमारे पूर्वजों ने उसे अपना समझा और वहाँ रुकने का फैसला किया। हमारी जान-माल की सुरक्षा का वादा भी तो किया गया था। पर वहाँ रुकना मेरे बाप-दादाओं की भूल थी, जिसकी सज़ा आज मुझ जैसे अभागों को भुगतनी पड़ रही है,"—विष्णु प्रसाद अपने दर्द को बयाँ कर रहे थे।

उन्होंने आगे कहा,—"मेरे अपने सगे दादा के सगे भाई को केवल इसलिए इस्लाम अपनाना पड़ा, क्योंकि वो एक मुस्लिम-बाहुल इलाके में रहते थे। आए दिन उनके घर में लोग घुस आते थे और मुसलमान बनने का दबाव डालते थे। घर में तोड़-फोड़ होती, घर की महिलाओं के साथ बदसलूकी की जाती। फिर कुछ पैसे लेकर, कुछ दिनों की मोहलत दे दी जाती थी। ये तिरस्कार, ये डर, और अपनी बहन-बेटियों की इज़्ज़त बचाने की खातिर, एक दिन उन्होंने दिल पर पत्थर रखकर इस्लाम कबूल कर लिया।"—उनकी आवाज़ में सदी भर का दर्द उभर आया था।

—"अगर मैं ज़िंदा हूँ, तो केवल इसलिए कि उस रात शिवा ज़िंदा बच गया। इसलिए इसे पाल-पोस कर बड़ा करना मेरा फ़र्ज़ है,"— उन्होंने कहा, उनकी नजर अब मुझ पर नहीं, बल्कि कहीं दूर खोई हुई थी, जैसे वो किसी रात की आग और चीखों को फिर से सुन रहे हों।

—"क्या हुआ था उस रात?"— मैंने पूछा, मेरी आवाज़ में एक अनजाना डर समा गया था।

—"एक बार आप कल्पना करके देखिए,"— विष्णु प्रसाद ने शुरू किया, "मेरे सगे दादा के सगे भाई का पोता—यानी मेरा चचेरा भाई—जो अब तक पूरी तरह कट्टरपंथी बन चुका था, वो धोखे से भीड़ लेकर मेरे घर में घुस गया—उस वक्त मैं सरकारी ड्यूटी पर था। उस रात वो मेरी पत्नी और बेटी को उठाकर ले गया। सुबह जब मैं लौटा, तो नारायणगंज के सारे इलाकों में दंगे भड़क चुके थे। हिन्दुओं को घरों से खींच-खींचकर मारा जा रहा था। मैं शिवा को लेकर वहाँ से भागा और दिन भर अपनी पत्नी और अपनी सत्रह साल की बेटी को ढूंढता रहा। शाम को मुझे खबर मिली—मैं धालेश्वरी नदी के तट पर पहुँचा और उनकी निर्वस्त्र लाशों की पहचान की। उसके बाद मैं शिवा के साथ भारत आ गया।"—यह बताते हुए उनकी आँखों से आँसू बह रहे थे, और उनकी साँसें जैसे उस रात की ठंडी हवा में फिर से अटक गई थीं।

अगले दिन मुंबई लौटने से पहले, मैं कोलकाता की गलियों में एक बार फिर निकला। मेरा मन बहुत भारी था, जैसे हर कदम के साथ बंगाल की मिट्टी मुझसे कुछ और भी कहना चाह रही हो। मैं माँ-भारती से मिलने गया—उस छोटे-से कमरे में, जहाँ गौरी ने मुझे उनसे मिलवाया था। वो वहाँ बैठी थीं, उनके चेहरे पर एक थकी हुई मुस्कान थी। हमने साथ चाय पी।

—"अब ग़ुलाम ज़्यादा दिन नहीं बचेगा,"— माँ-भारती ने कहा, उनकी आवाज़ में एक गहरी आशा थी।

उनकी बात सुनकर मेरी आँखें नम हो गईं। ये पल इतना भावुक था कि मेरे पास शब्द नहीं थे। मैंने उनकी ओर देखा, और लगा जैसे वो मुझसे कह रही हों कि उनकी कहानी को पूरा करना मेरा कर्तव्य है।

गौरी साथ थी—वो, जो अब मेरी रिसर्च टीम का हिस्सा बन चुकी थी। उसने चुपचाप चाय का कप थाम रखा था, मगर उसकी नजरें माँ-भारती पर टिकी थीं। एयरपोर्ट के लिए निकलने से पहले, मैंने गौरी से कुछ ज़रूरी फाइलें लीं—कुछ आर.टी.आई. के जवाब, जो उसने मेहनत से जुटाए थे।

—"सर, इसे दुनिया के सामने लाना अब आपके ऊपर है,"— उसने कहा, उसकी आवाज़ में एक उम्मीद थी।

मैंने माँ-भारती के पैर छुए। उनकी ठंडी हथेली ने मेरे माथे को छुआ, जैसे कोई आशीर्वाद दे रही हों। मैं निकल पड़ा। जब गाड़ी एयरपोर्ट की ओर बढ़ी, तो माँ-भारती की वो बात और गौरी की उम्मीद मेरे साथ चल पड़ी। बंगाल के लोगों का घाव मेरे दिल में था, और मैं जानता था कि मुंबई पहुँचकर भी ये दर्द मुझसे जुदा नहीं होगा।

उस समय सूर्यास्त हो चुका था, और आकाश में हल्का-सा अँधेरा छा गया था, जब कोलकाता के नेताजी सुभाष चंद्र बोस हवाई अड्डे से मैंने मुंबई के लिए उड़ान भरी। ऊपर से जब मैंने कोलकाता शहर को देखा, तो हर कोने में बने छोटे-छोटे घर माचिस की डब्बियों की तरह दिख रहे थे। वो शहर, जो नीचे से इतना बड़ा और भरा हुआ लगता था, अब एक छोटी-सी तस्वीर बन गया था। इन घरों में भारत के साधारण लोग रहते हैं, जिनके जीवन की अपनी एक कहानी है। कोई यह कल्पना भी कैसे कर सकता है कि ऐसे अनगिनत घरों में ऐसी अनगिनत कहानियाँ छुपी हैं, जिनमें भारत के लोगों का दर्द, विवशता, और पीड़ा छुपी हुई है—छुपी हुई है, क्योंकि कभी इन्हें सुना नहीं गया।

अगर हम भारत के इतिहास के प्रति सजग हैं, तो सबसे पहले हमें इतिहास में छुपी ऐसी अनेक कहानियाँ सुननी चाहिए। उनका दर्द सुना जाना चाहिए। ऐसा करना उन्हें न्याय दिलाने के लिए हमारे द्वारा उठाया गया पहला कदम होगा। माँ-भारती की सिसकियाँ, गौरी की चुप्पी, और उन अनगिनत माचिस की डब्बियों में बसी कहानियाँ मेरे साथ मुंबई चल पड़ीं। मैं जानता था कि ये दर्द अब मेरा हिस्सा बन चुका है।

12

रक्तबोध: बंगाल की गाथा

मैं पिछले चार साल से जूझ रहा था—क्यों? क्योंकि मैं बंगाल से बहते हुए रक्त को देख पा रहा था जिसका दर्द मेरे दिल में उतर आया था| मैं बंगाल की आत्मा को सिर्फ समझना ही नहीं चाहता था, बल्कि अब मैं उसे अपने भीतर जीना चाहता था| मैंने अनगिनत लोगों से बातें कीं, पुराने कागज़ों के ढेर में इतिहास को टटोला, और कोलकाता की उन तंग गलियों में भटका, जहाँ कभी इतिहास ने हर्ष और आनंद की सैर की थी| मैंने उन लोगों की कहानियाँ सुनीं, जो अब केवल उनकी धुंधली यादों में सिमटकर रह गई हैं| मैंने जाना कि बंगाल वह पवित्र धरती है, जिसने भारत को उसका सांस्कृतिक रंग, उसकी आत्मा दी| परंतु मैं उनसे भी मिला, जो यह समझ ही नहीं पाए कि यह सब कैसे बिखर गया|

इतने वर्षों की खोज, अनगिनत दस्तावेज़ों के अध्ययन, और गहरे मनन के बाद, एक सवाल मेरे हृदय को कचोटता है—बंगाल, जो कभी कला, साहित्य और सांस्कृतिक गौरव का प्रकाशस्तंभ था, कैसे टूटे सपनों और राजनीतिक हिंसा की माटी बनकर रह गया? यह प्रश्न मेरे भीतर एक तूफान खड़ा कर देता है, जिसका जवाब खोजने की प्यास मुझे बेचैन कर देती है|

जैसे-जैसे मैं इस रहस्य की गहराइयों में उतरता गया, वैसे-वैसे कई डरावने सच मेरे सामने आने लगे—वही ताकतें, जिन्होंने बँटवारे के समय बंगाल के हृदय को छलनी किया था, आज और भी उग्र, और भी घातक रूप में लौट आई हैं| जितना अधिक मैंने जाना, समझा और महसूस किया, उतना ही अधिक यह स्पष्ट होता चला गया कि बंगाल आज भी लहूलुहान है—अपने गौरव और पतन के अंतर्द्वंद्व में जकड़ा हुआ, अपनी ही विरासत के बोझ तले दबा हुआ|

क्या बंगाल केवल एक भूखंड है? क्या बंगाल की धरती महज़ एक राज्य है? या फिर उससे कहीं अधिक—कुछ ऐसा जो नदियों, सीमाओं और राजनीति के दायरे से परे, अनंत और अमर है?

बंगाल केवल एक राज्य नहीं है| यह भारत का बौद्धिक और आध्यात्मिक दीपस्तंभ है, जिसके प्रकाश ने सदियों से देश की आत्मा को आलोकित किया है| इसे मात्र एक राजनीतिक इकाई मान लेना इसकी पवित्र आत्मा के साथ अन्याय करना है| बंगाल वह धरती है, जहाँ भारत की सांस्कृतिक चेतना ने अपनी सबसे सशक्त और गहन अभिव्यक्ति को जन्म दिया| विश्व में केवल दो स्थान ऐसे हैं, जिन्होंने चेतना के बल पर इतिहास की दिशा बदली, उन्हें पुनः जागृत किया — एक फ्रांस और दूसरा बंगाल|

जन गण मन और वंदे मातरम् की ज्वाला कहाँ से प्रज्वलित हुई? बंगाल से| आज़ाद हिंद फौज, जिसने अंग्रेजों के दिलों में दहशत भर दी और भारत को उसकी अपार शक्ति से पुनः परिचित कराया, उसका नेतृत्व कहाँ से उभरा? बंगाल से| कोलकाता केवल एक महानगर नहीं—यह वह सांस्कृतिक और वैचारिक केंद्र है, जहाँ राष्ट्रवादी चिंतन और क्रांतिकारी कदम एक-दूसरे के साथ कंधे से कंधा मिलाकर चले| यह वह भूमि है, जहाँ विचारों ने क्रांति को जन्म दिया और क्रांति ने नए भारत का स्वप्न बुना|

आध्यात्मिक जागृति, वेदांत, और हिंदू दर्शन का ऐसा शक्तिशाली संगम कहाँ हुआ? बंगाल में| यह वही पवित्र धरती है, जहाँ स्वामी विवेकानंद का जन्म हुआ, जिन्होंने अपनी आध्यात्मिक दृष्टि से विश्व को हिंदू धर्म का सच्चा अर्थ समझाया| यहीं श्री अरबिंदो ने चेतना के विकास का दर्शन रचा, जो मानवता को आध्यात्मिकता से दिव्य जीवन की ओर ले जाता है| रामकृष्ण परमहंस की भक्ति और चैतन्य महाप्रभु के आध्यात्मिक मार्गदर्शन ने भारतीय आध्यात्मिकता की आत्मा को नया आकार दिया| इनकी शिक्षाओं ने भक्ति, आत्म-जागरूकता और मानवता की उन्नति के लिए एक अनश्वर मार्ग प्रशस्त किया| बंगाल की यह आध्यात्मिक धरोहर न केवल भारत, बल्कि समूचे विश्व के लिए एक प्रेरणा है, जो हमें याद दिलाती है कि परम शक्ति आत्मा की गहन जागृति और उसके दिव्य प्रकाश में निहित है|

बंगाल की बौद्धिक चेतना ने आधुनिक भारतीय साहित्य, कला, संगीत और सिनेमा को न केवल जन्म दिया, बल्कि उसे विश्व मंच पर अमर बनाया| रवींद्रनाथ टैगोर की कविताएँ भारत की आत्मा का स्वर बन गईं, तो सत्यजीत रे की

रचनात्मक प्रतिभा ने विश्व को दिखाया कि भारतीय कहानियाँ कितनी गहरी और सर्वव्यापी हो सकती हैं| बंगाल भारत के सांस्कृतिक विकास का मात्र भागीदार नहीं था—वह उसकी धड़कन, उसकी आत्मा था|

न केवल कला, बल्कि बंगाल की क्रांतिकारी चेतना भी अतुलनीय है| खुदीराम बोस से जतिंद्रनाथ मुखर्जी (बाघा जतिन), रास बिहारी बोस से सुभाष चंद्र बोस तक—इस धरती ने उत्पीड़न के खिलाफ उग्र और अडिग संघर्ष का ध्वज लहराया| बंगाल ने भारत के स्वतंत्रता संग्राम में केवल हिस्सा नहीं लिया—उसने इसका नेतृत्व किया, अपनी रक्त-रंजित बलिदानों से स्वतंत्रता के मार्ग को दीप्तिमान किया|

यहीं, बंगाल की पवित्र धरती पर, चैतन्य महाप्रभु ने भक्ति का वह अलौकिक राग छेड़ा, जो आत्मा को कृष्ण के चरणों तक ले गया| यहीं, राजा राममोहन राय ने सती प्रथा के अंधेरों को मिटाकर सामाजिक नवजागरण की पहली किरण जगाई| द्वारकानाथ टैगोर ने व्यापार और परोपकार के नए द्वार खोले, तो ईश्वर चंद्र विद्यासागर ने विधवाओं के आँसुओं को शिक्षा और सम्मान का बल प्रदान किया| रामकृष्ण परमहंस की सरल भक्ति ने मानवता को ईश्वर का साक्षात्कार कराया, और बंकिम चंद्र चट्टोपाध्याय ने "वंदे मातरम्" की गूँज से स्वाधीनता की चिंगारी सुलगाई|

स्वामी विवेकानंद ने विश्व मंच पर वेदांत का शंखनाद किया, तो रवीन्द्रनाथ टैगोर की कविताएँ बंगाल की आत्मा को अपने शब्दों में संजोकर विश्व की चेतना में अमर कर देती हैं| सत्येंद्रनाथ टैगोर ने प्रशासन के गलियारों में भारतीयता का झंडा लहराया, और श्री अरबिंदो ने मानव चेतना को दिव्यता की ओर ले जाने का स्वप्न दिखलाया| शरतचंद्र चट्टोपाध्याय ने अपनी लेखनी से बंगाल के गाँवों की व्यथा को अमर किया, तो काजी नज़रूल इस्लाम ने विद्रोह की कविताओं से अन्याय के खिलाफ आग उगलने का पाठ पढ़ाया|

सुभाष चंद्र बोस ने "तुम मुझे खून दो, मैं तुम्हें आज़ादी दूँगा" के नारे से स्वाधीनता की राह को अटल संकल्प से सबल बनाया|

ये नाम महज़ नाम नहीं हैं—ये बंगाल की गौरवशाली विरासत के जीवंत स्मारक हैं| इन सभी ने धरती के रक्त और संताप को अपनी साधना में ढाला, और उसकी आत्मा को अनंत काल तक जीवित रखा| बंगाल की यह धरोहर केवल एक राज्य की कहानी नहीं—यह भारत की आत्मा की अमर गाथा है|

बंगाल की बौद्धिक शक्ति ने विज्ञान और शिक्षा के क्षेत्रों में भी अपनी अमिट छाप छोड़ी| जगदीश चंद्र बोस, एक प्रख्यात भारतीय वैज्ञानिक, भौतिकशास्त्री और जीवविज्ञानी, बंगाल रेनेसाँ के प्रमुख स्तंभ थे| 1917 में, उन्होंने कोलकाता में बोस इंस्टीट्यूट की स्थापना की—भारत का पहला आधुनिक वैज्ञानिक अनुसंधान केंद्र| उन्होंने भारतीय वैज्ञानिकों को प्रोत्साहित किया और बंगाली व अंग्रेजी में लेखों के माध्यम से विज्ञान को जन-जन तक पहुँचाया| सत्येंद्रनाथ बोस, बंगाल के एक और विश्व विख्यात भौतिकशास्त्री और गणितज्ञ, ने बोस-आइंस्टीन सांख्यिकी और बोस-आइंस्टीन कंडेन्सेट की खोज से विश्व को भारतीय बौद्धिकता का परिचय करवाया|

बंगाल ने पत्रिकारिता के जगत में भी एक अनूठा उदाहरण प्रस्तुत किया| उन्नीसवीं सदी के अंत में स्थापित अमृता बाज़ार पत्रिका ने ब्रिटिश प्रचार का डटकर मुकाबला किया और दबे-कुचले लोगों की आवाज़ को बुलंद किया| इस समाचार-पत्र ने न केवल सत्य को उजागर किया, बल्कि बंगाल की निर्भीक चेतना को देश के सामने लाया|

1905 में अंग्रेजों ने बंगाल को क्यों विभाजित किया? क्योंकि वे बंगाल की आध्यात्मिक और बौद्धिक शक्ति से भयभीत हो गए थे| उन्होंने बंगाल को हिंदू और मुस्लिम हिस्सों में बाँटकर कर उसकी एकता को तोड़ने की कोशिश की| परंतु बंगाल के अटूट नैतिक बल और "वंदे मातरम्" की एकजुट पुकार के आगे विश्व की महाशक्ति को सिर झुकाना पड़ा| नतीजा? बंगाल को पुनः एक करना पड़ा| यही थी बंगाल की अजेय शक्ति—एक ऐसी शक्ति, जो बड़े से बड़े साम्राज्य को भी झुका देती है|

अंग्रेजों ने भारत की राजधानी को कोलकाता से दिल्ली क्यों स्थानांतरित किया? क्योंकि वे बंगाली चेतना की शक्ति से डरते थे| वे जानते थे कि बंगाल—भारत की आत्मा—को दबाना असंभव है| कहा जाता था, "बंगाल जो आज सोचता है, भारत भी कल वही सोचता है|" यदि बंगाल को मिटा दिया जाए, तो भारत, भारत नहीं रहेगा| 1946 की तबाही ने यह साबित कर दिया, जब बंगाल की मार-काट, देश के विभाजन का कारण बनी|

परंतु बंगाल केवल ज़मीन का एक टुकड़ा नहीं है| यह भारत का प्रकाशस्तंभ है—राष्ट्र की चेतना, रचनात्मकता और निर्भीकता का वह दीपक, जो सदियों से मार्गदर्शन करता आया है|

बंगाल की गौरवशाली विरासत भी उसे पतन से नहीं बचा सकी। 1947 के विभाजन ने पहला घातक प्रहार किया। रातोंरात जूट उद्योग तबाह हो गया—कारखाने पश्चिम बंगाल में रह गए, जबकि जूट के उपजाऊ खेत पूर्वी पाकिस्तान को दे दिए गए। इस क्षेत्र की आर्थिक नींव चूर-चूर हो गई। बंगाल का हृदय टूट गया, और उसका दर्द आज भी गूँजता है।

धर्म परिवर्तन का यह दुखद खेल तब से लेकर आज तक अनवरत जारी है, जिसने भारत के क्षेत्रीय जनसांख्यिकीय ताने-बाने को उलट-पुलट कर रख दिया। हिंदू अपने ही देश में शरणार्थी बनकर लौटे—पहले 1947 के विभाजन की त्रासदी में, फिर 1971 के बांग्लादेश मुक्ति संग्राम की उथल-पुथल में। पंजाब ने अपने शरणार्थियों को व्यवस्थित ढंग से बसाया, परंतु बंगाल में उन्हें उनके हाल पर छोड़ दिया गया। जनसंख्या 30% बढ़ गई, लेकिन अर्थव्यवस्था इस बोझ को सहन करने में असमर्थ रही। बंगाल का हृदय, जो पहले ही विभाजन की तलवार से छलनी था, इस उपेक्षा से और घायल हो गया।

बंगाल का औद्योगिक पतन केवल उपेक्षा की कहानी नहीं, बल्कि विश्वासघात की करुण गाथा है। 1948 में, बंगाल भारत में इंजीनियरिंग नौकरियों का सबसे बड़ा केंद्र था, जहाँ 1,07,495 नौकरियाँ थीं, जबकि बंबई में केवल 54,798। उस समय भारत के 20% उद्योग बंगाल की धरती पर फल-फूल रहे थे। लेकिन 1991 तक यह आँकड़ा सिकुड़कर मात्र 6% रह गया। यह केवल उद्योगों का नुकसान नहीं था—यह सपनों, आकांक्षाओं और लाखों परिवारों की जीविका पर प्रहार था।

एक नीति, जिसने बंगाल के औद्योगिक पतन को गहरा आघात पहुँचाया, वह थी माल ढुलाई समानीकरण नीति (1952)। केंद्र सरकार ने पूरे भारत में कच्चे माल की लागत को एकसमान करने का लक्ष्य रखा। यह नीति भले ही निष्पक्षता के नाम पर लाई गई हो, परंतु इसने बंगाल की आर्थिक नींव को खोखला कर दिया। कोयला और आयरन-ओर खदानों की निकटता से पनपने वाले उद्योग अब पश्चिमी और दक्षिणी भारत में सस्ते पड़ने लगे। बंगाल की भौगोलिक श्रेष्ठता एक झटके में समाप्त हो गई। मैंने उन कारखानों के खंडहर देखे हैं, जो कभी समृद्धि और विकास के प्रतीक थे—अब जंग से ढँके, उजाड़ कंकाल बनकर रह गए। जिन लोगों से मैंने बात की, उन्होंने बार-बार पछतावे और विश्वासघात का दर्द बयाँ किया। "हमें क्या पता था कि हम अपनी ही कब्र खोद रहे हैं," एक श्रमिक ने उदास

स्वर में कहा। राजनीतिक दलों ने मजदूर वर्ग के स्वाभिमान को शस्त्र बनाकर उनकी जीविका को तहस-नहस कर दिया गया।

जब 1977 में भारतीय कम्युनिस्ट पार्टी (मार्क्सवादी) सत्ता में आई, तो प्रारंभ में आशा की किरण जगी कि यह वंचित वर्गों को सशक्त करेगी। लेकिन इसके बाद ऐसी विनाशकारी नीतियों का सिलसिला शुरू हुआ, जिन्होंने बंगाल के औद्योगिक और शैक्षिक परिदृश्य को तहस-नहस कर दिया। वामपंथी सरकार की विचारधारा श्रमिकों के संरक्षण और धन के पुनर्वितरण पर केंद्रित थी। यह सुनने में आदर्शवादी लगता था, किंतु इसका क्रियान्वयन गंभीर रूप से त्रुटिपूर्ण था। बड़े भूस्वामियों को अपनी जमीनें छोड़ने के लिए मजबूर किया गया, लेकिन आधुनिकीकरण या तकनीकी सहायता के अभाव में कृषि फल-फूल न सकी।

इसी तरह, बड़े उद्योगों को राजनीतिक रूप से प्रेरित यूनियनों द्वारा बार-बार हड़तालों का सामना करना पड़ा। लगातार विरोध प्रदर्शन और सामूहिक बंद ने व्यवसायों का संचालन असंभव बना दिया, जिससे उद्योगों को अन्य राज्यों में स्थानांतरित करने के लिए विवश होना पड़ा। बंगाल, जो कभी भारत का औद्योगिक गौरव था, धीरे-धीरे अपनी चमक खोता चला गया, और इसके साथ ही लुप्त हो गया उसका स्वाभिमान, उसकी आशा।

एक ओर विनाशकारी फैसला था कंप्यूटरीकरण के प्रति विरोध का रुख। जब शेष भारत ने सूचना प्रौद्योगिकी की क्रांति को गले लगाया, बंगाल में नौकरियों के नुकसान के भय से इसका कड़ा विरोध किया गया। कम्युनिस्ट नेताओं ने कंप्यूटरों को आजीविका का विनाशक करार देकर उन्हें पूँजीवादी शोषण का प्रतीक घोषित कर दिया। जब तक उन्हें अपनी भूल का एहसास हुआ, बंगाल इस वैश्विक दौड़ से पूरी तरह बाहर हो चुका था। बंगाल की युवा पीढ़ी, जो कभी बौद्धिक नेतृत्व की धरोहर थी, तकनीकी प्रगति के अवसरों से वंचित रह गई।

अंग्रेजी शिक्षा को "उच्चवर्गीय" कहकर इसका भी कड़ा विरोध किया गया। परिणामस्वरूप, कई पीढ़ियाँ भाषा की दृष्टि से पृथक रह गईं। बंगाल के लोग, बंगाल के बाहर नौकरी की प्रतिस्पर्धा से लगभग बाहर हो गए। आज भी इस मानसिकता के अवशेष बंगाल के युवाओं को निष्क्रिय और कम जागरूक बनाए हुए हैं। एक ऐसी धरती, जो कभी विश्व को बौद्धिक प्रेरणा देती थी, अब अपनी ही संभावनाओं के बोझ तले दबी हुई है।

वामपंथ से हटकर जब लोगों का विश्वास तृणमूल के ऊपर जागा तो बंगाल में आशा की नयी किरण देखी गई लेकिन जल्द ही मोहभंग हो गया। 2011 में जब ममता बनर्जी सत्ता में आईं, तो बंगाल के लोगों को लगा कि अब एक नई शुरुआत होगी। 34 वर्षों के कम्युनिस्ट शासन का अंत—जो एक लंबी, अंधेरी रात-सा था—उषा की पहली किरण की तरह प्रतीत हुआ। किंतु यह आशा उभरने से पहले ही मुरझा गई। तृणमूल का शासन, जो प्रगति और एक नई सुबह का वादा लेकर आया था, तुष्टिकरण और राजनीतिक संरक्षण की वही पुरानी मृगमरीचिका बन गया। इसने बंगाल के लोगों के सपनों को निराशा के गर्त में डुबो दिया, उनकी उम्मीदों को चूर-चूर कर दिया।

मेरी शोध ने यह कटु सत्य उजागर किया कि भ्रष्टाचार और हिंसा का सिलसिला वामपंथ से तृणमूल तक बिना रुके चलता रहा—बल्कि अब यह और गहरा हो गया। जहाँ कम्युनिस्ट अपने कैडरों के बल पर सत्ता थामे थे, वहीं तृणमूल ने स्थानीय गुंडों को उनका उत्तराधिकारी बना दिया। शिक्षक की नौकरियाँ रिश्वत के बदले बेची गईं—एक ऐसा घृणित कारनामा, जिसने योग्यता और परिश्रम से नौकरी पाने की उम्मीद में जी रहे लोगों का भरोसा तोड़ दिया।

राजनीतिक हिंसा रुकी नहीं—बस उसका रूप बदल गया। चुनाव एक मजाक बनकर रह गए। मतदान केंद्रों पर कब्जा, वोटों में हेराफेरी, और विरोध करने वालों को धमकियों या हिंसा से चुप कराने का सिलसिला आम हो गया। 2008 में सिंगुर की कहानी इसका ज्वलंत उदाहरण है। ममता बनर्जी ने, विपक्षी नेता के रूप में, टाटा मोटर्स के नैनो कारखाने के खिलाफ विरोध प्रदर्शन भड़काए, और भारत के सबसे प्रतिष्ठित उद्योगपतियों में से एक को बंगाल से भगा दिया। सत्ता में आने के बाद भी, 2011 से, उनकी सरकार ने इस उद्योग-विरोधी रुख को जारी रखा। संदेश स्पष्ट था: बंगाल में उद्योग के लिए कोई जगह नहीं है। एक ऐसी धरती, जो कभी भारत की औद्योगिक रीढ़ थी, अब अपने ही गौरव के खंडहरों में सिसक रही है।

जैसे-जैसे मैंने बंगाल के लोगों से बातें कीं, मेरे सामने यह कटु सत्य उजागर हुआ कि युवाओं ने सारी आशाएँ छोड़ दी हैं। सबसे प्रतिभाशाली मस्तिष्क और सबसे महत्वाकांक्षी चित्त ने संघर्ष का रास्ता छोड़कर पलायन को गले लगा लिया। आज, बंगाल के बाहर बंगालियों की सबसे बड़ी आबादी बेंगलुरु, दिल्ली और हैदराबाद में बसी है—आधुनिक भारत के कॉर्पोरेट जगत में। जो लोग घर पर

रह गए, वे या तो इतने वृद्ध हैं कि अब हिल-डुल भी नहीं सकते, या इतने हताश कि उन्हें अब किसी की परवाह नहीं|

एक युवक, जो वर्षों बाद कोलकाता लौटा, ने मुझसे कहा, "यदि आप काम के समय कोलकाता की सड़कों पर 30 वर्ष से कम उम्र के किसी व्यक्ति को टहलते देखें, तो समझ लीजिए वह बेरोज़गार है|" यह कितनी करुण विडंबना है कि एक ऐसा राज्य, जो कभी भारत को सांस्कृतिक विचारों और उद्योग में राह दिखाता था, अब केवल बीते दिनों की धुंधली स्मृतियों में सिमटकर रह गया है| मैंने क्लबों में बुजुर्गों को देखा, जो बीते युग की गौरव गाथाओं में खोए, अतीत की बातें करते रहते हैं|

जब मैंने गहराई से यह जानने की कोशिश की कि लोग आखिर क्यों चले गए, तो हर बार जवाब एक-सा था: "यहाँ कोई भविष्य नहीं है|" वो शहर, जो कभी सर्वश्रेष्ठ प्रतिभाओं को अपनी ओर आकर्षित किया करते थे, अब राजनीतिक महत्वाकांक्षा के भूतिया कस्बों में बदल गए हैं| पलायन करने वालों ने अन्य शहरों में नए घर बसा लिए और रिटायरमेंट के बाद भी लौटने से इंकार कर दिया| उन्होंने अपनी पहचान—वोटर कार्ड, आधार, पासपोर्ट—पर पते बदल लिए, मानो बंगाल से अपनी अस्मिता को हमेशा के लिए मिटा दिया हो| यह केवल भौतिक पलायन नहीं, बल्कि बंगाल की आत्मा से भावनात्मक विच्छेद है|

बंगाल का सांस्कृतिक ताना-बाना लहूलुहान हो गया है| वे पुराने मोहल्ले, जहाँ कभी बाउल संगीत की धुनें और कीर्तन मंडलियों की भक्ति गूँजती थी, अब वीरान पड़े हैं| कोलकाता की गौरवशाली रंगमंच परंपरा, जो कभी इसका मान हुआ करती थी, अब दर्शकों की बाट जोहती है| मानो बंगाल के लोग सांस्कृतिक रूप से समय में जम गए हों, अतीत के नॉस्टैल्जिया में डूबे, पुरानी गौरव गाथाओं पर जीते हुए| उनका वह उत्साह, जो कभी नवीन सांस्कृतिक कीर्तिमान रचता था, कहीं मुरझा गया है|

बंगाल का बौद्धिक समुदाय, जो कभी अपनी मुखरता और जीवंतता के लिए विश्व भर में जाना जाता था, अब या तो खामोश है या राजनीतिक संरक्षण की बेड़ियों में जकड़ा बैठा है| वे विचारक और कलाकार, जिन्होंने कभी इस राज्य की चेतना को गढ़ा था, अब एक बौद्धिक खोल में कैद हैं, जहाँ उनकी सोच जमीनी सच्चाइयों से कोसों दूर भटकती है, मानो बंगाल की सजीव चेतना को भूलकर वे अपने ही रचे स्वप्नलोक में विचरण कर रहे हों|

मैं बंगाल में गहराती सांप्रदायिक दरार को अनदेखा नहीं कर सका—एक ऐसी खाई, जो इसकी आत्मा को चीर रही है| अपनी यात्राओं के दौरान, मैंने कई जिलों में ऐसे इलाके देखे, जो बंगाल के लिए पराए हो चुके हैं—जहाँ पारंपरिक बंगाली संस्कृति का नामोनिशान मिट गया है, मानो उसकी स्मृतियाँ रेत में दफन हो गई हों|

बांग्लादेश से अवैध आप्रवास का सैलाब बेरोकटोक बह रहा है, जो जनसांख्यिकी को उस भयावह अराजकता की ओर धकेल रहा है, जैसी 1947 के विभाजन की त्रासदी से पहले थी| कुछ क्षेत्रों में मूल हिंदू अब अल्पसंख्यक बनकर रह गए हैं, अपनी ही धरती पर उपेक्षित, ठीक वैसे ही जैसे कश्मीरी पंडितों को उनकी जड़ों से खून और आँसुओं के साथ उखाड़ फेंका गया| ओर अब या बंगाल में हो रहा है— यह दृश्य बंगाल की सांस्कृतिक चेतना का अंत नहीं, बल्कि उसके रक्तरंजित हृदय की अंतिम सिसकी है|

हर गाँव, हर गली में मैंने बंगाल के लोगों की मूक सिसकियाँ सुनी हैं—वे चुपके से रोते हैं, अपने खोए हुए घरों, मंदिरों और उत्सवों के लिए विलाप करते हुए, मानो उनकी आत्मा की हर धड़कन में वह खोया हुआ बंगाल कराह रहा हो|जहाँ कभी दुर्गा पूजा की धूम और रवींद्र संगीत की स्वरलहरियाँ गूँजती थीं, वहाँ अब भय और अनिश्चितता का सन्नाटा पसरा रहता है| बांग्लादेश से आए अनगिनत चेहरों ने बंगाल की आत्मा को अनजान बना दिया है, और वहाँ के मूल निवासी अपनी ही धरती पर परदेसी बनकर रह गए| यह केवल बंगाल की हार नहीं, बल्कि पूरे भारत की सांस्कृतिक स्मृति की पराजय है|

1946 के डायरेक्ट एक्शन डे की भयावह स्मृति आज भी बंगाल के हृदय को कचोटती है| जिन्नाह के "डायरेक्ट एक्शन" के आह्वान ने ऐसी हिंसा भड़काई, जिसने पड़ोसियों को ही दुश्मन बना दिया| आज मैं बंगाल में फिर से वही तनाव उभरता देख रहा हूँ| यह पैटर्न स्पष्ट है—जनसांख्यिकीय बदलाव, हिंसक शक्तियों को राजनीतिक संरक्षण, और बंगाल की मूल पहचान का व्यवस्थित विनाश|

यह समझना कठिन नहीं कि बंगाल एक नया कश्मीर बन रहा है—एक ऐसा राज्य, जो अपने ही भीतर बँट गया है, जहाँ दो समुदाय साथ रहते हैं, पर कभी एक नहीं हो पाते| यहाँ दोहरे नियमों का जाल बिछा है—एक समुदाय के लिए रियायतों का ढेर, और दूसरे के लिए उपेक्षा और भय का अंधेरा|

यही कारण है कि मैंने इस पुस्तक को रक्तबोध का नाम दिया—एक ऐसा राज्य, जो अपनी ही धरती पर, सरकार की आँखों के सामने, राजनीतिक संरक्षण

में पल रहे गुंडों के हाथों रक्तरंजित हो रहा है। क्या हमें इस रक्तरंजित सत्य का बोध भी नहीं होना चाहिए?

क्या अभी भी कोई उम्मीद बाकी है? क्या बंगाल अपनी रक्तरंजित आत्मा को पुनः प्राप्त कर सकता है? मेरा विश्वास है—हाँ। पहला कदम है कि इस कटु सत्य को स्वीकार करना—हम अपनी सांस्कृतिक विरासत और नैतिक मूल्यों के विध्वंस के कगार पर खड़े हैं। इसे केवल बंगाल को जीवित रखकर ही बचाया जा सकता है। परंतु आज, बंगाल की सांस्कृतिक विरासत का निरंतर गला घोंटा जा रहा है। हमें अपनी बौद्धिक समृद्धि को फिर से जीवंत करना होगा, नई पीढ़ी में रचनात्मकता की चिंगारी प्रज्वलित करनी होगी, और उस तुष्टिकरण की गंदी राजनीति को पूरी तरह ठुकराना होगा, जो बंगाल को रक्तरंजित कर रही है।

हमें अतीत की रूमानी स्मृतियों से बाहर निकलना होगा और भविष्य के लिए निर्भीक संघर्ष शुरू करना होगा। बंगाल महज़ एक भूखंड नहीं है; यह भारत की रचनात्मक और बौद्धिक शक्ति का जीवंत प्रतीक है। यह आज भी वह प्रकाशस्तंभ बन सकता है, जो भारत को राह दिखाए—परंतु केवल तभी, जब हम अपने स्वाभिमान और आत्मसम्मान की प्रचंड अग्नि को फिर से प्रज्वलित करें।

चार वर्षों की निरंतर शोध, गहन चिंतन और आत्म-निरीक्षण के बाद, मैं इस गंभीर निष्कर्ष पर पहुँचा हूँ: बंगाल अपनी आत्मा को संरक्षित रखने के लिए एक निर्णायक और अस्तित्वगत संघर्ष में उलझा हुआ है। यदि हम अब भी नींद से नहीं जागे, तो हम इसे सदा के लिए खो देंगे—जैसा कि कश्मीर के एक हिस्से के साथ हुआ, एक ऐसी भूमि जो खंडित हो गई, जिसकी आत्मा चूर-चूर हो गई, और जिसकी कहानी विस्मृति के गर्त में डूब चुकी है।

बंगाल के पास अपनी समृद्ध सांस्कृतिक और आध्यात्मिक विरासत को जीवित रखने का अवसर तेज़ी से क्षीण हो रहा है। यदि हमने अभी तुरंत ठोस कदम नहीं उठाए, तो यह जीवंत धरोहर इतिहास के पन्नों में मात्र एक भूली-बिसरी कथा बनकर रह जाएगी।

बंगाल को आज गंभीर चिंतन की आवश्यकता है—न केवल कल के भारत का नेतृत्व करने की आकांक्षा के लिए, बल्कि अपनी संपूर्ण पहचान और आत्मा को रक्तरंजित विनाश से बचाने के लिए। रक्तबोध यही पुकार है—उठो, जागो, और बंगाल की आत्मा को पुनर्जनन की ओर ले चलो।

13

उपसंहार: "हम भारत के लोग"

चार वर्षों की थकान, दुःख और पीड़ा से भरा मन, मेरी आँखों के सामने काले अँधेरे बादल और मुंबई की बेरहम बारिश। काँच पर बूंदें ऐसी पड़ रही थीं, मानो कोई गहरी क्षति का विलाप कर रहा हो। प्रत्येक बूंद अपने साथ बंगाल के रक्त और टूटे हुए सपनों का दर्द लिए थी। यह मुझे उसके इतिहास से जुड़ने की याद दिला रही थी क्योंकि रिसर्च के दौरान मैंने इस इतिहास को दुनिया के सामने लाने का प्रण लिया था।

मेरे मन में कुछ सवाल उठ रहे थे:

– हमने स्वतंत्रता के लिए इतना बलिदान क्यों दिया?

– हमने क्या वाकई इसे पा लिया?

– हमारा मन और हमारी आत्मा, क्या सच में स्वतंत्र हैं?

अचानक बाहर से ज़ोर से बिजली कड़कने की आवाज़ सुनाई दी पर ऐसा लगा जैसे एक बिजली मेरे अंदर भी गरजी—मेरी आत्मा की गहराइयों में। उस पल मेरे मन में कुछ कहने की तीव्र इच्छा जागी—जैसे कोई और मेरी आवाज बनकर कुछ बोलना चाहता हो, एक गहरा, अनसुना सच उजागर करने के लिए।

मैंने तुरंत अपना फोन उठाया, वॉयस रिकॉर्डर खोला, और बिना किसी स्क्रिप्ट या तैयारी के बोलना शुरू कर दिया—बस विचारों का एक उफान उमड़ पड़ा, जैसे स्वयं माँ भारती मेरे माध्यम से बोल रही हों। मैं न रुका, न मैंने कुछ सोचा, न ही मैं हिचकिचाया। शब्द ऐसे बह रहे थे, मानो कोई आलौकिक शक्ति मेरे भीतर समा गई हो। यह रिकॉर्डिंग "द बंगाल फाइल्स" के सबसे प्रभावशाली दृश्यों का एक हिस्सा बनी, जिसे शिवा पंडित ने अद्भुत दृढता के साथ जीवंत किया।

यह एक कड़वा सच है—एक ऐसा सच, जिसे मैंने रिकॉर्ड तो कर लिया था, पर मेरे भीतर से कौन बोल रहा था, यह समझा पाना मेरे लिए थोड़ा मुश्किल है। शायद यह मेरे स्वतंत्रता-सेनानी माता-पिता की आवाज थी या हो सकता है इसमें माँ भारती की आवाज़ भी शामिल हो, या फिर ऐसा भी हो सकता है कि यह एक साधारण भारतीय की आवाज़ हो। मगर एक बात तो तय है—यह एक ऐसी आवाज़ है जो हमारे देश की पीड़ा, विश्वासघात और कड़वी सच्चाई को बयान करती है।

मैं भारत के कुछ शहरों के नाम लेने जा रहा हूँ—कोलकाता, हटिया, गुजरात, मुरादाबाद, नेल्ली, पंजाब, भिवंडी, मेरठ, भागलपुर, कश्मीर, हैदराबाद, खुर्जा, सहारनपुर, सूरत, मुम्बई, कंधमाल, मुजफ्फरनगर, गोधरा, मालेगाँव, मालदा, अलीगढ़, जमशेदपुर, राँची, मंगलौर, कोयम्बटूर, बरेली, आसनसोल, धुले, भोपाल, इंदौर, लखनऊ, जोधपुर, जयपुर, अजमेर, सीतामढ़ी, फैजाबाद, अहमदाबाद, वाराणसी, बेंगलुरु, कालियाचक, कानपुर, पटना, भद्रक, नूह, संभल, फिरोजाबाद, उदयपुर...

यह कभी न खत्म होने वाली सूची है। क्या कोई मुझे यह बता सकता है कि इन जगहों में क्या समानता है?

इन सभी शहरों में सांप्रदायिक दंगे हुए हैं। इनमें से हर जगह करोड़ों रूपये की सार्वजनिक संपत्ति को आग के हवाले कर दिया गया, पुलिस वालों को मार डाला गया, हज़ारों निर्दोष भारतीय—बच्चे, बुज़ुर्ग, पुरुष, और महिलाओं ने अपनी जान गँवाई। महिलाओं के साथ बलात्कार हुआ। यह कश्मीर, पंजाब, गुजरात, मुंबई, दिल्ली... हर जगह हुआ। और इन सभी दंगों में, नेताओं के उकसावे वाली तस्वीरें और वीडियो मौजूद हैं। हर कोई जानता है कि इस तरह के खूनखराबे की साजिश कौन रचता है।

इनमें एक और समानता है—जस्टिस जी.डी. खोसला आयोग, जस्टिस जगनमोहन रेड्डी आयोग, जस्टिस वेणुगोपाल आयोग, जस्टिस रंगनाथ मिश्र आयोग, जस्टिस डी.पी. मडन आयोग, जस्टिस श्रीकृष्ण आयोग, जस्टिस नानावती आयोग, जस्टिस तिवटिया आयोग, जस्टिस थॉमस आयोग, जस्टिस वाधवा आयोग, जस्टिस एस.एन. ढींगरा समिति, जस्टिस जी.टी. नानावती और जस्टिस अक्षय मेहता आयोग, गुजरात दंगे विशेष जाँच दल, सिख-विरोधी दंगे विशेष जाँच दल...

ये सभी जाँच आयोग, न्यायिक समितियाँ, या विशेष जाँच दलों (एसआईटी) के नाम हैं। इनके अलावा कई संयुक्त संसदीय समितियाँ भी विभिन्न सांप्रदायिक

हिंसा की जाँच के लिए गठित की गई| इन पर करोड़ों रुपये खर्च किये गए जो करदाताओं से अर्जित किये गए थे| इसमें कई वर्षों का समय लगाया गया| ऐसा नहीं कि इन्होंने अपराधियों की पहचान नहीं की या किसी निष्कर्ष तक नहीं पहुँचे| हर स्तर पर असंख्य अदालती मामले चले| न्यायालयों ने अपने फैसले भी सुनाए|

लेकिन क्या कभी किसी को सज़ा मिली? नहीं|

क्या कभी किसी पीड़ित को न्याय मिला? नहीं|

क्यों?

क्योंकि हिंदू-मुस्लिम दंगों का यह खेल राज्य-संरक्षित माफिया द्वारा संचालित किया जाता है| यह इतना बेतुका सच है कि यह सुनने में अटपटा सा लगता है|

मेरे लिए यह विश्वास करना कठिन था कि 2025 के युग में, जब सैटेलाइट पृथ्वी के हर कोने को अपनी निगरानी में रखती हैं और मोबाइल फोन न केवल आपका सटीक स्थान बता देते हैं, बल्कि आपके मन की गहराइयों को भी पढ़ लेते हैं| ऐसे में भला सरकार से कुछ भी, कैसे छिपा रह सकता है| इस बात को समझकर मैं स्तब्ध था कि आज के युग में भी हमारी आँखों के सामने भारत की संप्रभुता, सुरक्षा और धर्मनिरपेक्ष आत्मा को कोई कैसे कुचल सकता है? भारत का संविधान और कानून भी खुले तौर पर ताक पर रख दिए जाते हैं|

हो सकता है "हम भारत के लोग" इस बारे में कुछ नहीं जानते हों—या हो सकता है कि "हम भारत के लोग" सबकुछ जानते हों—सबकुछ, लेकिन किसी मजबूरी के कारण हमने इसे अनदेखा करना बेहतर समझा|

कुछ लोग चाहते हैं कि यह खेल ऐसे ही चलता रहे—चुपचाप—बेरोकटोक|

आज़ादी के बाद, आखिर क्या बदला? आज़ादी के पहले भी तो यही खेल खेला जा रहा था|

मेरे मन में एक और प्रश्न आ रहा था| जो लोग सत्ता को नियंत्रित करते हैं, वो इसे हमेशा के लिए खत्म क्यों नहीं कर देते?

क्योंकि यह हिंदू-मुस्लिम मामला है इसलिए?

हर कोई चुप रहता है क्योंकि इस खेल को चलाने वाला कोई और ही है... संसद—सरकार—न्यायव्यवस्था के परे| जिसपर किसी का ज़ोर नहीं चलता; हाँ उसका ज़ोर अवश्य सब पर चलता है| आखिर कौन है वो?

"माफिया"

यह माफिया ही है जो सबको अपने नियंत्रण में रखता है|

यह माफिया सत्ता में बैठे कुछ लोगों को भी अपने नियंत्रण में रखता है जिन्होंने किसी समय भारत के संविधान की शपथ ली थी|

कौन सा संविधान? वह संविधान जो "हम भारत के लोग" को सुरक्षा, न्याय और जीने के अधिकार का वादा करता है|

इस वादे के बावजूद, अगर आज के युग में भी दंगे होते हैं तो क्या यह किसी की भूल हो सकती है? अगर हाँ तो यह कोई साधारण भूल नहीं है, यह सिर्फ लापरवाही का मामला नहीं है; फिर यह "हम भारत के लोग" के साथ धोखा और देशद्रोह का मामला है|

क्या इसके लिए भारत सरकार दोषी है?—हाँ! क्योंकि उसने ऐसा होने दिया| भारत सरकार का मेरा मतलब हम सभी से है—संसद—सरकार—न्यायपालिका—सभी से क्योंकि किसी ने भी इस माफिया को नहीं रोका|

सब ने मिलकर "हम भारत के लोग" को विफल कर दिया|

इस विफलता ने, केवल भारत के संविधान के साथ ही छल नहीं किया, बल्कि भारत की आत्मा को भी परास्त किया| वो आत्मा जो कभी सत्य, न्याय और एकता के स्तम्भों पर खड़ी थी, उसे उसके संरक्षकों ने ही खंडित कर दिया, असल में जिनका काम उसकी रक्षा करना था|

कश्मीर नरसंहार, मोपला नरसंहार, डायरेक्ट एक्शन डे, नोआखली नरसंहार—इनके सैकड़ों पीड़ितों से बात करने के बाद; भ्रष्टाचार सहन करने वालों, प्रदूषण में जीने वालों, और टूटी हुई सड़कों पर चलने वालों से बात करने के बाद, मैंने यह जाना: हमारा असली शत्रु यह सांप्रदायिक हिंसा नहीं है|

हमारा असली शत्रु यह सिस्टम (व्यवस्था) है, जो ऐसी हिंसाओं और माफियाओं का पालन-पोषण करता है, उन्हें बढ़ावा देता है, और अपनी सुविधानुसार व अनकहे मकसदों तक पहुँचने के इरादे से उनका इस्तेमाल करता है| सिस्टम के अंदर बैठे लोग इसका प्रयोग एक हथियार की तरह करते हैं—बाँटने, शासन करने, और सत्ता में बने रहने के लिए| यही सिस्टम भारत को आगे बढ़ने से रोकता है, भले ही इसके 140 करोड़ लोग अपनी कड़ी मेहनत से देश को महान बनाने का अथक प्रयास करते रहते हैं|

बात मेरे या आपके वैचारिक मतभेद की नहीं—यह मेरी सरकार या आपकी सरकार की बात भी नहीं है| समस्या उस विचारधारा से है, जिससे हमारा सिस्टम कभी मुक्त नहीं हो पाता| वोट बैंक को सुरक्षित करने के लिए राजनीतिक दल

तुष्टिकरण की विचारधारा को हथियार बनाते हैं। सांप्रदायिक हिंसा दोनों पक्षों के वोट बैंक को मजबूत करती है—इसलिए दोनों ही सशक्त महसूस करते हैं। पर "हम भारत के लोग" का क्या? दोनों ओर से हम क्यों मरते हैं? हर बार और हमेशा केवल हमारी हार होती है—माँ भारती बार-बार हारती है।

बंगाल का सच केवल सांप्रदायिक हिंसा तक सीमित नहीं है; इसके पीछे छिपा माफिया, जो हमारी नाक के नीचे पनप रहा है, उसका पर्दाफाश करना अत्यंत आवश्यक है। यह माफिया वहाँ के सिस्टम में इतना गहराई तक समा चुका है कि अब यह राज्य का अभिन्न अंग बन गया है। इस घिनौने खेल में सभी शामिल हैं—नेता, गुंडे, यहाँ तक कि संविधान की रक्षा की शपथ लेने वाले लोग भी। केवल "हम भारत के लोग" ही इस सिस्टम के लाभों से अछूते रह जाते हैं; इस व्यवस्था में हमारी कोई जगह नहीं, सिवाय पीड़ा और शोषण के।

यह पूरा खेल एक विशेष वर्ग के लोगों को बसाने, वोट बैंक हासिल करने, और ज़मीनों पर कब्ज़ा करने के इर्द-गिर्द घूमता है। माफिया बांग्लादेश से अवैध शरणार्थियों को तस्करी कर बंगाल लाता है, जैसा कभी कश्मीर में होता था। शुरू में साधारण लोग लाए जाते हैं, ताकि सब कुछ सामान्य लगे। धीरे-धीरे इनमें आतंकवादी शामिल हो जाते हैं। जैसे ही किसी इलाके में इनके बसाए हुए लोगों की आबादी ताकतवर हो जाती है, स्थानीय लोगों को मारकर या डराकर भगा दिया जाता है। यही कश्मीर में हुआ।

राजनीतिक दल इन अवैध प्रवासियों को फर्जी राशन कार्ड, मतदाता पहचान पत्र, और यहाँ तक कि आधार कार्ड देकर इस प्रवृत्ति को बढ़ावा देते हैं। इन्हें मुफ्त राशन और भारत की नागरिकता मिलती है और बदले में ये लोग राजनीतिक दलों के वफादार वोट बैंक बन जाते हैं। यही चलन कश्मीर में देखा गया था लेकिन जब इस असहज सच्चाई का सामना करने की बारी आती है, तो सब चुप हो जाते हैं। न सरकार, न पुलिस, न ही न्याय व्यवस्था—कोई भी आगे नहीं आता।

"यतो धर्मस्ततो जयः" अर्थात् जहाँ धर्म है, वहाँ विजय है। हमारा सर्वप्रथम धर्म क्या है? सत्य की राह पर चलना। क्या हमने ऐसा किया, या सत्य के प्रति अपने कर्तव्य को निभाने में हम विफल हो गए हैं? क्या हम अपनी आँखों के सामने घटित हो रही वास्तविकता को अनदेखा कर अधर्मी नहीं बन गए? जब कोई हमारे सामने सच बोलने की हिम्मत करता है, तो वह हमें षड़यंत्र सा प्रतीत होता है, क्योंकि हमने सच को पहचानने की अपनी क्षमता खो दी है। हम विज्ञापन,

प्रचार-प्रसार, और झूठी चकाचौंध की दुनिया में इतने डूब चुके हैं कि जब सच्चाई हमारे सामने आती है, तो वह हमें अपरिचित-सी लगती है, और हम उससे मुँह मोड़ लेते हैं| इस अंधकार में, हमारी अंतरात्मा की पुकार भी धीमी पड़ गई है, पर माँ भारती की आत्मा कराह रही है|

सत्य के बाद, हमारा दूसरा सबसे बड़ा कर्तव्य है—न्याय, और न्याय के प्रति जागरूक रहना| क्या हमारे समाज में हर स्तर पर वास्तव में न्याय का पालन होता है? क्या "हम भारत के लोग" को सही मायने में कभी न्याय मिलता है? आज लोग न्याय के मंदिरों में जाने से डरते हैं, क्योंकि उन्हें लगता है कि वहाँ भी कुछ हासिल न होगा| उलटे, परेशानियाँ गले पड़ सकती हैं| इस भय और अविश्वास ने हमारे समाज की नींव को खोखला कर दिया है|

आज बंगाल में लोग सत्य और न्याय जैसे विषयों पर बात करने से भी डरते हैं, क्योंकि सिस्टम को पूरी तरह से हाईजैक कर लिया गया है| यहाँ पुलिस या अदालत यह तय नहीं करती कि एफआईआर दर्ज होगी या नहीं—यह माफिया है जो इन फैसलों का मालिक बन बैठा है, ठीक वैसे ही जैसे 1990 के दशक में कश्मीर में न्याय मात्र एक खोखला शब्द बनकर रह गया था| यह माफिया सिर्फ़ एक आपराधिक नेटवर्क तक सीमित नहीं है; इसमें वो लोग भी शामिल हैं जिन्होंने कभी संविधान की रक्षा की शपथ ली थी| वो जो आदिवासी महिलाओं, दलित महिलाओं, और आम नागरिकों की सुरक्षा व सम्मान के लिए ज़िम्मेदार हैं| जो लोग न्याय की रक्षा का वचन देते हैं, अब वही लोग इसे मिटाने वालों को संरक्षण दे रहे हैं|

आज बंगाल में लोग इतने भयभीत हैं कि वे अपनी जवान बेटियों को अन्य राज्यों में अपने रिश्तेदारों के पास भेज रहे हैं, ठीक वैसे ही जैसे कश्मीरी पंडितों ने बलात्कार और हिंसा के डर से अपनी बेटियों को जम्मू भेज दिया था| मज़हबी आबादी में बदलाव का यह खेल केवल वोटों के लिए नहीं, बल्कि समाज के ताने-बाने को बदलने की गहरी साजिश है| जबकि हम इसके विनाशकारी परिणामों को अच्छी तरह जानते हैं, तब भी यह घिनौना खेल कैसे फल-फूल रहा है? क्योंकि अवैध प्रवासियों को बंगाल में बसाने का रैकेट कुछ राजनीतिक दलों के लिए वोट बैंक की अनमोल संपत्ति बन गया है|

इन अवैध प्रवासियों के लिए नकली मतदाता पहचान पत्र, राशन कार्ड, आधार कार्ड, और यहाँ तक कि भारत के पासपोर्ट तक बनवाए जाते हैं| जाली

पहचान हासिल कर, ये लोग मुफ्त राशन और नागरिकता के अन्य लाभों के हकदार हो जाते हैं| ताकि इन पर कोई परेशानी न आए, ये "लाभार्थी" बनकर राजनीतिक दलों के लिए वफादार वोट बैंक बन जाते हैं| वोट के बदले, ये राजनीतिक दल गैरकानूनी रूप से रह रहे लोगों के माई-बाप बन जाते हैं| इस पूरे सिस्टम में माफिया को धन, संरक्षण, और पूर्ण राजनीतिक समर्थन प्राप्त होता है—बिना किसी कानून के डर के| इस तरह, उन्हें गैरकानूनी कार्यों के लिए खुला लाइसेंस मिल जाता है, और "हम भारत के लोग" की आत्मा इस अन्याय के बोझ तले दबती चली जाती है|

इन माफियाओं के पास लोकल गुंडों की एक अपनी फौज होती है, जो स्थानीय लोगों को डराती-धमकाती है| कौन स्थानीय लोग-"हम भारत के लोग"| ये गुंडे न केवल यह तय करते हैं कि कौन चुनाव लड़ेगा, बल्कि यह भी कि कौन चुनाव जीतेगा, कौन वोट देगा और कौन नहीं| यही कारण है कि बंगाल में चुनावी हिंसा इतनी आम हो गई है| कई बार विपक्ष अपना उम्मीदवार तक नहीं उतार पाता, क्योंकि माफिया पहले ही सत्ता का खेल तय कर चुका होता है| पूरा खेल पैसे के दम पर खेला जाता है|

यह मज़हबी आबादी में बदलाव का खेल महज़ संयोग नहीं, बल्कि एक सोची-समझी रणनीति है| इतिहास बताता है कि जब अवैध प्रवासी आबादी का 10% हिस्सा हो जाते हैं, तो वो महत्वपूर्ण वोट बैंक बन जाते हैं; 20% होने पर वो विशेष अधिकारों की माँग करते हैं, और 30% होने पर अलग राष्ट्र की माँग उठाने लगते हैं|

हमने यह खेल नोआखली में देखा, जहाँ हिंदू समुदाय को व्यवस्थित रूप से निशाना बनाया गया| हमने यह खेल 1946 के डायरेक्ट एक्शन डे के दौरान देखा जब जिन्ना के एक आह्वान पर कोलकाता को खून के मैदान में बदल दिया गया जिसका परिणाम था भारत का विभाजन और पाकिस्तान का जन्म|

स्वतंत्रता के बाद, यही खेल कश्मीर में दोहराया गया| मज़हबी आबादी में बदलाव और राजनीतिक संरक्षण के चलते कश्मीरी पंडितों को उनकी अपनी जन्मभूमि से खुलेआम मारकर भगा दिया गया|

आज यही खेल बंगाल में खेला जा रहा है—वही डराना-धमकाना, वही खून-खराबा, और बंगाल से हिंदुओं को भगाने की साजिश| एक प्रश्न दिन-रात मेरे मन को कचोटता है: क्या हमने 1947 के विभाजन से कुछ भी नहीं सीखा? या 1990 के कश्मीर से?

वोट बैंक की राजनीति के चलते, क्या हम इतने अंधे हो गए हैं कि आज हम बंगाल की आत्मा को भी बेचने को तैयार हैं? दुखद इतिहास खुद को दोहरा रहा है, क्योंकि हम उसे ऐसा करने दे रहे हैं| नोआखली नरसंहार के दौरान हम चुप रहे, कश्मीरी पंडितों के दर्द को हमने अनदेखा किया, और अब, जब बंगाल एक नई तबाही के कगार पर खड़ा है, हम फिर से अपनी आँखें मूँदे बैठे हैं|

भारत की सबसे बड़ी भूल यह थी कि उसने अपने ही लोगों को आपस में बाँट दिया—बहुसंख्यक और अल्पसंख्यक| हम भारत के मुसलमानों को अल्पसंख्यक कहते हैं, जो वास्तव में भारत का दूसरा सबसे बड़ा बहुसंख्यक समुदाय है| दुनिया की दूसरी सबसे बड़ी मुस्लिम आबादी को भारत में अल्पसंख्यक का दर्जा दिया जाता है| 2002 में जब टी.एम.ए. पाई मामले में सुप्रीम कोर्ट की ग्यारह जजों की बेंच ने सरकार को अल्पसंख्यकों को राज्य स्तर पर परिभाषित करने का निर्देश दिया, तो यह महज़ एक सुझाव नहीं, बल्कि भारत की आवश्यकता थी| कोर्ट समझता था कि पूरे समुदाय को राष्ट्रीय स्तर पर अल्पसंख्यक कहना तर्कसंगत नहीं है| मगर क्या सरकार ने इस पर अमल किया? नहीं, एक भी कदम नहीं उठाया गया|

आज भारत में दो तरह के लोग हैं: एक वो जो डर में जीते हैं, और दूसरे वे जो डराकर जीते हैं| एक वो जो दंगों में मरते हैं, और दूसरे वो जो दंगों में मारते हैं| एक वे जो महिलाओं के शरीर में लोहे की छड़ें घुसाते हैं, और दूसरे वो जो शिकायत करने से डरते हैं| जानते हैं जो पीड़ित हैं वो कौन हैं? —"हम भारत के लोग"

बंगाल में आज लोग डरे हुए हैं—वो पुलिस के पास जाने से डरते हैं, अदालतों में न्याय माँगने से डरते हैं, सड़कों पर चलने से डरते हैं, स्थानीय गुंडों से डरते हैं, ताकतवर और प्रभावशाली लोगों से डरते हैं, और सबसे दुखद कि वो सच बोलने से डरते हैं| लोग अपनी बेटियों के जन्म से डरते हैं—डरते हैं कि कहीं उनका बलात्कार न हो जाए, और अगर हो भी जाए, तो अपराध से ज़्यादा सिस्टम की बर्बरता से डरते हैं| लोग सवाल उठाने से डरते हैं; वो उन नेताओं से डरते हैं जिन्हें उन्होंने खुद ने चुना है|

"हम भारत के लोग" आज अपने ही देश में असुरक्षित महसूस करते हैं। इस असुरक्षा का इलाज क्या है? क्या लोगों को अपनी सुरक्षा के लिए घरों में बंदूकें नहीं रखनी चाहिए? और यदि वो ऐसा करते हैं, तो इसमें गलत क्या है? जब राज्य अपने नागरिकों को सुरक्षा देने में विफल हो जाता है, तो एक नागरिक के पास और क्या विकल्प बचता है? यदि हमारी रक्षा करने वाला कोई नहीं, तो क्या माँ

भारती का इस तरह घुट-घुटकर मरना तय है? क्या हम चुपचाप यूँ ही खड़े रहेंगे और माँ भारती को अपनी आँखों के सामने मरते देखते रहेंगे?

क्या सरस्वती की इस धरती पर एक भी ऐसा राजनेता, मंत्री, या जज नहीं है जो यह समझे कि यह अंतहीन हिंदू-मुस्लिम संघर्ष अब बंद होना चाहिए? क्या 140 करोड़ लोगों के इस देश में एक भी राम, कृष्ण, बुद्ध, विवेकानंद, या महात्मा नहीं है जो "हम भारत के लोग" के बारे में सोचे और कहे, "बस, बहुत हुआ"?

मज़हब के नाम पर बँटवारा आज भी जारी है—कभी जिन्नाह, कभी सुहरावर्दी, कभी यासीन मलिक, कभी याकूब मेमन, कभी अजमल कसाब के रूप में| नाम बदलते हैं, चेहरे बदलते हैं, मगर खेल वही रहता है| पहले कहा गया था कि भारत में दो राष्ट्र हैं—एक हिंदुओं के लिए और मुसलमानों दूसरा मुसलमानों के लिए| पर आज यह दो नहीं रह गए, बल्कि यहाँ कई राष्ट्र बन गए: बहुसंख्यक-अल्पसंख्यक, उत्तर-दक्षिण, आरक्षित-अनारक्षित, ब्राह्मण-दलित, मराठा-जाट, गुज्जर-राजपूत| हमारी चुप्पी हर दिन नए बँटवारों की नींव रख रही है| हम "यतो धर्मस्ततो जयः"—जहाँ धर्म है, वहाँ विजय है—का पालन भूलकर इन बँटवारों को बढ़ावा दे रहे हैं|

हमने आज़ादी की लड़ाई क्यों लड़ी? क्या सिर्फ़ सड़कें, पुल, और मॉल बनवाने के लिए? क्या अंग्रेज़ हमसे बेहतर सड़कें, पुल, और मॉल नहीं बनवा सकते थे? शायद तब भ्रष्टाचार भी इतना न होता| हमने गोरे मालिकों को हटाकर नए मालिकों को लाने के लिए तो आज़ादी की लड़ाई नहीं लड़ी| हमने आज़ादी की लड़ाई लड़ी—अपनी गरिमा के लिए, जीवन के अधिकार के लिए, बिना डर के जीने के हक के लिए—ताकि कोई यह न कह सके, "कुत्तों और भारतीयों का प्रवेश वर्जित है|" मगर क्या "हम भारत के लोग" आज वही डर और गुलामी में नहीं जी रहे हैं?

हमने आज़ादी की लड़ाई इसलिए लड़ी ताकि दंगों में कोई न मारा जाए, ताकि कोई सांप्रदायिक राजनीति हमें अलग न कर सके| पर आज़ादी के अस्सी साल बाद भी हम वही लड़ाई लड़ रहे हैं—हिन्दू मुस्लिम की| "हम भारत के लोग" के जीवन का कोई मूल्य क्यों नहीं है? क्या हम वाकई स्वतंत्र हैं? और अगर हम सच में स्वतंत्र हैं, तो हम इतना असुरक्षित क्यों महसूस करते हैं? हमें ऐसा क्यों लगता है कि हमें सच्चाई जानने का कोई अधिकार नहीं है, न्याय पाने का कोई अधिकार नहीं है, जीवन जीने का कोई अधिकार नहीं है?

इतने लंबे समय तक स्वतंत्र रहने के बाद भी हम इतना डरा हुआ क्यों महसूस करते हैं? अगर डर, लाचारी, अराजकता आज भी समाप्त नहीं हुई तो हमें आज़ादी

कहाँ से मिल गई? एक समय हमने अंग्रेजों की क्रूरता को स्वीकार कर उनके अत्याचारों को सामान्य मान लिया था, वैसे ही क्या हमने अपने ही देश के आंतरिक क्लेश को भी सहज रूप से स्वीकार कर लिया है?

ब्रिटिश शासन के दौरान, हमने जलियांवाला बाग जैसे नरसंहारों को, गुलामी की बेड़ियों को, और "कुत्तों और भारतीयों का प्रवेश वर्जित" जैसे अपमानों को सहन किया, क्योंकि हमने अंग्रेज़ों के अत्याचारों को जीवन का हिस्सा मान लिया था| क्या आज हमें उसी दुःख के साथ अपने ही सिस्टम की बर्बरता, माफिया के आतंक, और वोट बैंक की साजिशों को देखने की आदत हो गई है? क्या हमने डर, भ्रष्टाचार, और अन्याय को इतना आत्मसात कर लिया है कि वह हमें अब असामान्य नहीं लगता? यह हार स्वीकार कर लेना ही हमारी सबसे बड़ी हार है—जो हमें नोआखली, कश्मीर, और अब बंगाल की तबाही को चुपचाप देखने के लिए मजबूर करती है|

हम अपने आप को एक सभ्य समाज कैसे कह सकते हैं जब हमारे पास सच जानने का और सच बोलने का अधिकार नहीं है| आज सच बोलने की कीमत कभी-कभी जान देकर चुकानी पड़ती है| हम अपने आप को एक सभ्य समाज कैसे कह सकते हैं जब न्याय की बात करना और न्याय देने में ज़मीन आसमान का फर्क हो| "हम भारत के लोग" आखिर हैं क्या? क्या हम केवल कागज़ों में दर्ज आँकड़े मात्र हैं?

हमने अपने ऋषियों, संतों और योद्धाओं के इस पूजनीय राष्ट्र को मौकापरस्त लोभी और सत्ता के भूखे माफियाओं के हाथों क्यों जाने दिया? कहाँ हैं वो आवाज़ें जो कभी अत्याचार के खिलाफ़ उठा करती थीं? कहाँ हैं वे आत्माएँ, जो निर्भीकता से कह सकें, "बस! अब और नहीं!"

सच तो यह है कि हमने अपनी स्वतंत्रता इन माफियाओं के हाथों नहीं खोई| हमने इसे अपनी ही कायरता और उदासीनता के कारण गँवाया है| हम अपने ऊपर किसी भी तरह का लेबल लगने से डरते हैं| हम अपने शत्रु को पहचानने और उसकी विचारधारा को समझने के बजाय अज्ञानता को गले लगाना पसंद करते हैं| फिर हम यह दावा करते हैं कि हम शांतिप्रिय हैं, पर हमारे साथ अत्याचार होता रहा है| नहीं! हमें यह कहने का कोई अधिकार नहीं कि हम वास्तव में स्वतंत्र हैं|

हम एक राष्ट्र के रूप में भले ही स्वतंत्र हों, लेकिन एक समाज के रूप में हम अब भी गुलामी की बेड़ियों में जकड़े हुए हैं| हमने अंग्रेज़ों के शासन की जंजीरें तो

तोड़ दीं, पर खुद को राजनीतिक भय, सांप्रदायिक घृणा और नैतिक पतन की नई जंजीरों में जकड़ा पाया|

हमें खुद अपने आप से ईमानदारी और निर्भीकता से एक प्रश्न करना चाहिए - क्या हम वाकई में स्वतंत्र हैं या हम स्वतंत्रता के भ्रम जी रहे हैं?

स्वतंत्रता निडरता के बिना स्वतंत्रता नहीं है, सत्य के बिना न्याय, न्याय नहीं है, और प्रतिष्ठा के बिना जीवन, जीवन नहीं है| यदि हम अब भी इसे नहीं पहचानते, यदि हम अपनी स्वतंत्रता के लिए अब भी नहीं लड़ते, तो माँ भारती का खून बहता रहेगा| हम केवल यह सोचते रह जाएँगे कि हमसे कहाँ गलती हुई| क्या हम भारत को ऐसा बनने देंगे, जहाँ सत्य पर भय की जीत हो? या फिर हम अंततः खड़े होंगे और अपने भारत की आत्मा को पुनः प्राप्त करेंगे?

यह प्रश्न मुझे रातों को जगाए रखता है| यही प्रश्न इस समय की असली लड़ाई है| याद रखें, यह केवल बंगाल के बारे में नहीं है—यह भारत के हर हिस्से की बात है| यह उस स्वतंत्रता की भावना पर प्रश्न है, जिसे हम प्राप्त कर लेने का दावा करते हैं परंतु हमारे दिल जानते हैं कि हम वास्तव में स्वतंत्र नहीं हैं| हम यह बात इसलिए नहीं कहते, क्योंकि हम सच बोलने से डरते हैं|

भारत की आत्मा को समझने के वर्षों के प्रयासों के बाद, बंगाल के घावों पर आँसू बहाने के बाद, और आने वाली अकल्पनीय परिस्थितियों पर विचार करने के बाद, मैं बार-बार उसी प्रतीक की ओर लौटता हूँ—हमारे राष्ट्रीय चिह्न में अंकित उन शेरों की ओर| क्या आपने कभी सोचा है कि हमारे राष्ट्रीय प्रतीक में दर्शाए गए तीन शेर वास्तव में क्या दर्शाते हैं? ये महज़ सजावट के लिए नहीं बनाए गए| जब इन्हें भारत के राष्ट्रीय प्रतीक में स्थान दिया गया, तो इसके पीछे निश्चित रूप से कोई गहरी सोच रही होगी|

ये शेर हमारे मौलिक अधिकारों के संरक्षकों के प्रतीक हैं। एक सच्चे गणतंत्र में, ये हमें हमारी व्यवस्था से "हम भारत के लोग" की रक्षा करने की याद दिलाते हैं| जैसा कि मैं समझता हूँ कि तीन शेरों में से पहला शेर सत्य के अधिकार का प्रतीक है—सत्य जानने, सत्य बोलने और सत्य को बिना भय के उजागर करने के मौलिक अधिकार का प्रतीक|

दूसरा शेर न्याय के अधिकार का प्रतीक है— यह भारत की संपूर्ण व्यवस्था को "हम भारत के लोग" के प्रति यह आश्वासन देने की याद दिलाता है कि आपको न्याय अवश्य मिलेगा|

तीसरा शेर "हम भारत के लोग" के जीवन के अधिकार का प्रतीक है—हर व्यक्ति को भय, हिंसा या उत्पीड़न से मुक्त जीवन का अधिकार।

लेकिन एक चौथा शेर भी है, जिसे आप देख नहीं पाते। यह शेर हमारे राष्ट्रीय प्रतीक को पूर्णता प्रदान करता है, परंतु वह कभी दिखाई नहीं देता। जानते हैं, वह चौथा शेर कौन है?—"हम भारत के लोग"।

"हम भारत के लोग"—भारत की संस्कृति।

"हम भारत के लोग"—भारत राष्ट्र।

"हम भारत के लोग"—इसका असली तंत्र।

परंतु कहीं न कहीं, "हम भारत के लोग" का अर्थ खो सा गया है। हम केवल एक आँकड़ा बनकर रह गए हैं—एक संख्या, एक वोट। समस्या यह है कि इस चौथे शेर को सबसे पीछे धकेल दिया गया है—आँखों से ओझल, दिमाग से दूर। जबकि इसे ठीक सामने होना चाहिए था, ताकि हमारी व्यवस्था (विधायिका, कार्यपालिका और न्यायपालिका) को उसका असली कर्तव्य याद आता रहे—"हम भारत के लोग" के प्रति। यदि हमें एक राष्ट्र के रूप में आगे बढ़ना है, तो इस चौथे शेर—"हम भारत के लोग"—को सबसे आगे लाना होगा। क्योंकि हमारे बिना, राष्ट्र को संचालित करने वालों के आदर्श निरर्थक हैं।

जब मैं बँटवारे के बारे में सोचता हूँ, तो मुझे एहसास होता है कि यह निर्णय "हम भारत के लोग" ने नहीं लिया था। यह दिल्ली में एक मेज पर बैठे आठ नेताओं का फैसला था। आम लोगों से कुछ नहीं पूछा गया, उनकी आवाज़ नहीं सुनी गई। यदि बँटवारा करना ही था, तो इसके कुछ नियम-कायदे भी तय किए जाने चाहिए थे। 1960 में, जब एक पत्रकार ने नेहरू से विभाजन की सच्चाई के बारे में पूछा, तो उनका जवाब आज भी मेरे कानों में गूँजता है: "दरअसल, लड़ते-लड़ते हम सब इतने थक चुके थे कि हम किसी तरह सांप्रदायिक राजनीति की दलदल से निकलना चाहते थे।"

आज अक्सर कहा जाता है कि यदि गाँधी, नेहरू और जिन्नाह चाहते, तो बँटवारा रोका जा सकता था। लेकिन क्या आने वाली पीढ़ियाँ यही सवाल हमारे बारे में नहीं करेंगी? क्या वो यह नहीं पूछेंगी कि जब हम भारत को टूटने से बचा सकते थे, तो हमने उस ओर ध्यान क्यों नहीं नहीं दिया? क्या आने वाली पीढ़ियाँ यह नहीं कहेंगी कि हम निराशा से ग्रस्त थे, या शायद बहुत डरे हुए? हम और कितने विभाजनों की नींव रखने देंगे, चुप रहकर, "यतो धर्मस्ततो जयः"—को भूलकर?

यह विचार मुझे बार-बार परेशान करता है, क्योंकि इतिहास स्वयं को यूँ ही नहीं दोहराता। वह प्रतीक्षा करता है कि हम उससे सबक लें। परंतु जब हम उससे कुछ नहीं सीखते, तो वह उसी नृशंसता, उसी बर्बरता के साथ लौटता है।

जब मैं भारत भर में यात्रा करता हूँ, तो मैं लोगों को अपनी कलाई पर अलग-अलग रंग के धागे पहने देखता हूँ। कुछ भगवा, कुछ हरे, कुछ काले। एक बच्चा भी बता सकता है कि कौन-सा धागा हिंदुओं का है और कौन-सा मुसलमानों का। लेकिन सवाल यह नहीं है। असली सवाल यह है कि इन सभी धागों में से कौन-सा धागा "हम भारत के लोग" का धागा है?

इनमें से कौन-सा धागा भारत का धागा है?

चाहे यह किताब हो, चाहे फ़िल्में—द कश्मीर फाइल्स हो या द बंगाल फाइल्स—ये कहानियाँ, ये फ़िल्में, ये ऐतिहासिक विवरण केवल सुनाने या दिखाने के लिए नहीं हैं। ये एक पुकार है, जो "हम भारत के लोग" की चेतना को झकझोर कर जागृत करना चाहती है। ये उस दर्द, उस रक्त, उस बलिदान की गूँज हैं, जो हमें हमारे देश की मिट्टी की याद दिलाती है।

मैं आपसे यह समझने का आह्वान करता हूँ कि रक्तबोध केवल कश्मीर या बंगाल की कहानियों को जान लेने से नहीं आता। असली रक्तबोध तब जागेगा, जब "हम भारत के लोग" की आवाज़ सत्ता के गलियारों तक गूँजेगी। जब सत्ता में बैठे लोग यह महसूस करेंगे कि यदि वे हमारे अधिकारों की रक्षा नहीं कर सकते, तो "हम भारत के लोग" अपने लोकतंत्र की असीम शक्ति—अपने वोट की ताकत—से उन्हें सत्ता से उखाड़ फेंक सकते हैं। जब तक हम, "हम भारत के लोग," अपनी इस अपार शक्ति को नहीं पहचान लेते, तब तक हम सही मायने में स्वतंत्र नहीं हो सकते।

संवैधानिक रूप से भले ही हम स्वतंत्र हों, परंतु जब तक हमारी आत्मा बेड़ियों में जकड़ी हुई है, हम एक रक्तरंजित गणराज्य बने रहेंगे। हमारी मिट्टी, हमारे पूर्वजों का बलिदान, हमारी साझी विरासत हमें पुकार रही है। अब समय है कि हम उठें, एकजुट हों, और उस चौथे शेर—"हम भारत के लोग"—को उसका सही स्थान दिलाएँ।

सत्यमेव जयते!

संदर्भ ग्रंथ सूची

1. Ahmad, Imtiaz. Recognizing the 1971 Bangladesh Genocide. Dhaka: Ministry of Foreign Affairs, Government of Bangladesh, n.d.
2. Bachitar Natak. Attributed to Guru Gobind Singh, n.d.
3. Bandyopadhyay, Sandip. The Great Calcutta Killing. Kolkata: Srishti Publishers, 2016.
4. Basham, Arthur Llewellyn. The Wonder That Was India. London: Sidgwick & Jackson, 1954.
5. Beveridge, A. S., trans. Babur Nama (Tuzk-i-Babri). London: Luzac & Co., 1922.
6. Bolitho, Hector. Jinnah: Creator of Pakistan. London: John Murray, 1954.
7. Burke, S. M., and Salim Al-Din Quraishi. Mohammed Ali Jinnah: A Biography. Karachi: Oxford University Press, 1981.
8. Burrows, Frederick. "Report to Viceroy Lord Wavell, August 22, 1946." In The Transfer of Power 1942-47, Volume VIII, edited by Nicholas Mansergh. London: Her Majesty's Stationery Office, 1979.
9. Chandra, Satish. Medieval India: From Sultanat to the Mughals. New Delhi: Har-Anand Publications, 1997.
10. Chatterji, Joya. Bengal Divided. Cambridge: Cambridge University Press, 1994.
11. Curzon Speeches, Volume 3. Edited collection of Lord Curzon's speeches, n.d.
12. Das, Suranjan. Communal Riots in Bengal 1905-1947. New Delhi: Oxford University Press, 1991.

13. "Debate on the No-Confidence Motion Against Suhrawardy Ministry: The Great Calcutta Killings." The Modern Review, October 1946, supplemented by Sinha, Dinesh Chandra, and Dasgupta, Ashok. 1946: The Great Calcutta Killings and Noakhali Genocide: A Historical Study. Kolkata: Swatantra Prakashan, 2011.
14. Elliot, Henry Miers, and John Dowson. The History of India, as Told by Its Own Historians, Volumes II, III, and VII. London: Trübner & Co., 1867–1877.
15. Elphinstone, Mountstuart. The History of India. London: John Murray, 1841.
16. "Evolution of a Plan: The Transfer of Power in India." n.d. Available at www.sanipanhwar.com.
17. Faulkner, William. Intruder in the Dust. New York: Random House, 1948.
18. "General Elections Overview." In The Transfer of Power in India. n.d. Available at www.sanipanhwar.com.
19. Gopalan Nair, C. The Moplah Rebellion, 1921. Calicut: Norman Printing Bureau, 1923.
20. Gordon, Leonard A. Brothers Against the Raj. New York: Columbia University Press, 1990.
21. Grewal, J. S. The Sikhs of the Punjab. Cambridge: Cambridge University Press, 1990.
22. "The Gruesome Aftermath of India's 1946 Hindu-Muslim Riots." TIME, August 16, 2015. Available at https://time.com/3879963/vultures-of-calcutta-the-gruesome-aftermath-of-indias-1946-hindu-muslim-riots/.
23. Guru Granth Sahib. Amritsar: Shiromani Gurdwara Parbandhak Committee, n.d.
24. Haig, Wolseley, ed. The Cambridge History of India. Cambridge: Cambridge University Press, 1928.
25. Hodson, H. V. The Great Divide. London: Hutchinson, 1969.
26. Iqbal, Allama. "Taraana-e-Millii: Chiin-o-Arab Hamaaraa Hindostaan Hamaaraa." Rekhta, n.d. Available

at https://www.rekhta.org/nazms/taraana-e-millii-chiin-o-arab-hamaaraa-hindostaan-hamaaraa-allama-iqbal-nazms?lang=hi.
27. Jalal, Ayesha. The Sole Spokesman. Cambridge: Cambridge University Press, 1985.
28. Kaul, B. K. Sharada University: A Historical Study. New Delhi: Sharada Publishing House, 1984.
29. Khan, Yasmin. The Great Partition. New Haven: Yale University Press, 2007.
30. Khosla, G. D. Stern Reckoning. New Delhi: Oxford University Press, 1989.
31. Krishna, Gopal. The Indian National Congress and the Struggle for Freedom, 1885-1947. New Delhi: Oxford University Press, 2017.
32. Kripalani, J. B. "Accounts of Direct Action Day 1946 and Noakhali 1946." In Gandhi: His Life and Thought. Bombay: Orient Longman, 1970.
33. Mansergh, Nicholas, ed. The Transfer of Power 1942-47, Volume 1 to 8. London: Her Majesty's Stationery Office, 1979.
34. Mehta, J. L. Advanced Study in the History of Medieval India. New Delhi: Sterling Publishers, 1981.
35. Menon, V. P. The Transfer of Power in India. New Delhi: Orient Longman, 1957.
36. Mukherjee, Bhaswati. Bengal and Its Partition. New Delhi: Rupa Publications, 2011.
37. Mukhopadhyay, Gopal Chandra ("Gopal Patha"). "Personal Narrative on the 1942 Quit India Movement and 1946 Direct Action Day." Interview, n.d. Available at https://youtu.be/w7jXZRMBRbQ?si=juxfMmx75Z31yePV.
38. Pandita, Rahul. Our Moon Has Blood Clots. New Delhi: Random House India, 2013.
39. Richards, John F. The Mughal Empire. Cambridge: Cambridge University Press, 1993.
40. Sanders, J. H., trans. The Memoirs of Timur (Tuzk-i-Timuri). London: Royal Asiatic Society, 1938.

41. Santayana, George. The Life of Reason: Volume 1. New York: Charles Scribner's Sons, 1905.
42. Sarkar, Jadunath. A Short History of Aurangzib. Calcutta: M. C. Sarkar & Sons, 1930.
43. Sengupta, Nitish. The Unmaking of a Nation. New Delhi: Vision Books, 2007.
44. Singh, Harbans. The Sikh Encyclopedia. Patiala: Punjabi University, 1998.
45. Singh, Jaswant. Jinnah: India-Partition-Independence. New Delhi: Rupa Publications, 2009.
46. Singh, Patwant. The Sikhs. New Delhi: Rupa Publications, 1999.
47. Singh, Renuka. The Dalai Lama's Little Book of Wisdom. New Delhi: HarperCollins India, 2002.
48. Sinha, Dinesh Chandra, and Ashok Dasgupta. 1946: The Great Calcutta Killings and Noakhali Genocide: A Historical Study. Kolkata: Swatantra Prakashan, 2011.
49. Subba, C. "Historical Significance of the Great Calcutta Killings of 1946." International Journal of Novel Research and Development 7, no. 3 (2022): 408–413.
50. Şahbaz, D. "Role of the Two Nations Theory in Pakistan's Establishment." Akademik Tarih ve Düşünce Dergisi 7, no. 1 (2020): 207–232.
51. Timur. Tuzuk-i-Timuri. Translated in The History of India, as Told by Its Own Historians, Volume III, by Henry Miers Elliot and John Dowson. London: Trübner & Co., 1871.
52. [Untitled Document on Direct Action Day 1946]. n.d.
53. "The Vultures of Calcutta." LIFE Magazine, September 9, 1946.
54. Wolpert, Stanley. Jinnah of Pakistan. New York: Oxford University Press, 1984.
55. Ambedkar, B. R. Pakistan or the Partition of India
56. Indian Council of Historical Research. Report on Martyrs of India's Freedom Struggle. New Delhi: ICHR, 2019

57. "Lok Sabha Proceedings – Citizenship (Amendment) Bill, 2019." Lok Sabha, 9 Dec. 2019, http://loksabha.nic.in/.
58. "Press Release on Cabinet Approval of Citizenship (Amendment) Bill, 2019." Press Information Bureau, 4 Dec. 2019, https://pib.gov.in/PressReleseDetail.aspx?PRID=1595180.
59. "Rajya Sabha Proceedings – Citizenship (Amendment) Bill, 2019." Rajya Sabha, 11 Dec. 2019, http://rajyasabha.nic.in/.
60. "The Citizenship (Amendment) Act, 2019." Gazette of India, 12 Dec. 2019, http://egazette.nic.in/.
61. ANI. "Asaduddin Owaisi in Lok Sabha on CAB." X, 9 Dec. 2019, https://twitter.com/ANI/status/1203999638656327680.
62. "Citizenship Amendment Bill 2019: Asaduddin Owaisi Tears Citizenship Bill In Lok Sabha Amid Fiery Debate." NDTV, 10 Dec. 2019, https://www.ndtv.com/india-news/citizenship-amendment-bill-2019-asaduddin-owaisi-tears-citizenship-bill-in-lok-sabha-amid-fiery-debate-2145484.
63. "2019 Jamia Millia Islamia Attack." Wikipedia, en.wikipedia.org/wiki/2019_Jamia_Millia_Islamia_attack, accessed 21 Mar. 2025.
64. "Meet India's Jamia Women Who Took on Delhi Police in Viral Video." Al Jazeera, 17 Dec. 2019, https://www.aljazeera.com/news/2019/12/17/meet-indias-jamia-women-who-took-on-delhi-police-in-viral-video.
65. A blow-by-blow account of Jamia protest in last 24 hrs over Citizenship Act." Hindustan Times, 20 Dec. 2019, www.hindustantimes.com.
66. "Citizenship Act: Protests Across Country; Delhi Police Lathicharge, Detain Jamia Students." The Wire, 13 Dec. 2019, thewire.in.
67. "Anti-CAA protests in Kolkata: Jamiat Ulema-e-Hind rally today." Firstpost, 22 Dec. 2019, www.firstpost.com

68. "Anti-Citizenship Act protests: violence hits Delhi, over 50 injured." The Hindu, 16 Dec. 2019, www.thehindu.com.
69. "Jamia Millia Islamia, Delhi Protest: After Delhi, Student Protests At Aligarh, Hyderabad, Varanasi: 10 Points." NDTV, 17 Dec. 2019, www.ndtv.com.
70. "Violent Clashes In South Delhi Against Citizenship Act; DTC Buses Set Ablaze, Police Use Tear Gas, Lathicharge." Outlook India, 14 Feb. 2022, www.outlookindia.com.
71. "Citizenship Act: Protests Across Country; Delhi Police Lathicharge, Detain Jamia Students." The Wire, 20 Dec. 2019, thewire.in.
72. "Violent protests in Patna against Citizenship Amendment Act." Hindustan Times, 22 Dec. 2019, www.hindustantimes.com.
73. "Anti-Citizenship Act protests: Violence hits UP, 11 Dead." NDTV, 20 Dec. 2019, www.ndtv.com.
74. 48. Tucker, Francis. The Pattern of War. London: Cassell, 1948
75. https://www.hindustantimes.com/world-news/sheikh-hasinas-dramatic-escape-to-save-her-life-carried-no-clothes-essentials-101723048467380.html

लेखक के बारे में

विवेक रंजन अग्निहोत्री एक राष्ट्रीय पुरस्कार से सम्मानित फिल्मकार, लोकप्रिय लेखक और स्वतंत्र विचारक के रूप में जाने जाते हैं| इन्होने अपने करियर की शुरुआत विज्ञापन जगत से की, जहाँ इन्हे शानदार सफलता मिली, लेकिन बाद में सिनेमा की दुनिया में कदम रखकर आपने अपनी अनूठी छाप छोड़ी| जनसमूह के दिलों में इनकी गहरी पैठ है| रचनात्मकता और सामाजिक-राजनीतिक मुद्दों पर ये विश्व के प्रतिष्ठित मंचों पर अपनी बात प्रेरक और प्रभावशाली अंदाज में रखते हैं|

विवेक रंजन अग्निहोत्री भारतीय सभ्यता के प्रबल समर्थक हैं और कई राष्ट्रीय व अंतरराष्ट्रीय पुरस्कारों के प्राप्तकर्ता हैं| इनकी फिल्म बुद्धा इन अ ट्रैफिक जैम (2016) नक्सलवाद जैसे विवादास्पद विषय पर आधारित है; शुरू में फिल्म को मिश्रित प्रतिक्रियाएं मिलीं, लेकिन बाद में यह दर्शकों की पसंद बनी और इसे विस्तृत जनसमर्थन और एक विशिष्ट पहचान मिली|

इनकी 'ट्रायोलॉजी' कड़ी की पहली फिल्म, द ताशकंद फाइल्स (2019), एक आश्चर्यजनक सफलता बनी, जिसके लिए विवेक को सर्वश्रेष्ठ पटकथा और डायलॉग्स के लिए राष्ट्रीय पुरस्कार मिला| ट्रायोलॉजी कड़ी की इनकी दूसरी फिल्म, द कश्मीर फाइल्स (2022), ने बॉक्स ऑफिस पर अभूतपूर्व सफलता हासिल की और एक ऐतिहासिक ब्लॉकबस्टर बनी| 69वें राष्ट्रीय फिल्म पुरस्कार समारोह में, द कश्मीर फाइल्स को 'राष्ट्रीय एकता पर सर्वश्रेष्ठ फीचर फिल्म' की श्रेणी में नर्गिस दत्त पुरस्कार से सम्मानित किया गया| द वैक्सीन वॉर,

भारत की पहली बायोसाइंस फिल्म, सितंबर 2023 में सिनेमाघरों में रिलीज हुई, जिसे दर्शकों और समीक्षकों से जबरदस्त प्रशंसा मिली। इसकी पटकथा को अकादमी ऑफ मोशन पिक्चर आर्ट्स एंड साइंसेज, जो ऑस्कर पुरस्कार देती है, की मार्गरेट हेरिक लाइब्रेरी में आधिकारिक तौर पर संग्रहित किया गया, जो विश्व सिनेमा के लिए एक बड़ा सम्मान है। इसके अलावा 54वें भारतीय अंतरराष्ट्रीय फिल्म महोत्सव के भारतीय पैनोरमा वर्ग में इसे स्क्रीनिंग के लिए भी चुना गया।

विवेक द्वारा लिखी गई पहली पुस्तक, द अर्बन नक्सल्स, सबसे तेजी से बिकने वाली नंबर 1 बेस्टसेलर बनी। इनकी अन्य रचनाओं में,'हू किल्ड शास्त्री?': द ताशकंद फाइल्स और रचनात्मकता शृंखला में द बुक ऑफ लाइफ: माय डांस विद बुद्धा फॉर सक्सेस शामिल हैं।

इनका विवाह राष्ट्रीय पुरस्कार विजेता अभिनेत्री पल्लवी जोशी से हुआ है। ये दोनों मिलकर एक गैर-सरकारी संगठन, "आई एम बुद्धा फाउंडेशन," चलाते हैं, जो वंचित युवाओं को रचनात्मक सोच में मार्गदर्शन और प्रशिक्षण प्रदान करता है। इनकी दो संतानें हैं।

www.ingramcontent.com/pod-product-compliance
Lightning Source LLC
LaVergne TN
LVHW060623051026
849519LV00002B/733